DE ITALIAANSE DOCHTER

SORAYA LANE

DE ITALIAANSE DOCHTER

DE VERLOREN DOCHTERS 1

Vertaald door Erica Disco

oceaan

De Italiaanse dochter is deel 1 van de serie De verloren dochters

Eerste druk januari 2023
Zevende druk oktober 2023

Oorspronkelijke titel *The Lost Daughters – The Italian Daughter*.
Bookouture, imprint of Storyfire Ltd., Londen

Omslagontwerp bij Barbara
Omslagbeelden © Yolande de Kort / Trevillion Images; © Potapov Alexander / Shutterstock (witte bloemetjes bovenin); © VICUSCHKA / Shutterstock (gele bloemetjes bovenin)
Foto auteur © Jemima Helmore
NUR 302
ISBN 978 90 468 3053 6
www.oceaanboeken.nl

Voor mijn redacteur, Laura Deacon. Bedankt dat je in deze reeks geloofde vanaf het moment dat ik het idee aan je voorlegde. Ik ben je eeuwig dankbaar voor deze kans.

Proloog

Het Comomeer, 1946

ESTEE

Ademloos zag ze dat Felix iets uit de zak van zijn jasje haalde.

'Estee, ik heb deze ring gekocht op de dag nadat ik je op het podium in La Scala had gezien, jaren geleden,' zei hij terwijl hij haar het fluwelen doosje voorhield. 'Jij bent de enige vrouw van wie ik ooit gehouden heb.'

Het liefst zou ze zich vergapen aan de diamant die hij voor haar had uitgekozen, maar in plaats daarvan legde ze haar hand op de zijne, over het doosje heen.

Hij is nog steeds verloofd met een andere vrouw.

'Nee,' fluisterde ze. 'Dit is niet het juiste moment. Ik wil dat je me pas een aanzoek doet als je daar echt vrij in bent.'

Zonder zijn blik van de hare af te wenden liet hij het doosje weer in zijn zak glijden. 'Mag ik je één ding vragen?'

Ze knikte. 'Natuurlijk.'

'Als ik jou eerst had gevraagd, had je dan ja gezegd?'

Plotseling sprongen de tranen haar in de ogen. 'Ja, Felix. Duizendmaal ja. Jij bent de enige die ik ooit heb gewild.'

1

Londen, heden

Lily duwde de deur van de flat open en sleepte haar koffer en weekendtas achter zich aan naar binnen. ‘Hallo?’ Ze deed de deur met haar voet dicht en zette alles op de grond neer.

Toen er geen reactie kwam, deed ze nog een paar stappen, keek om zich heen en besefte dat alles bij het oude was gebleven in de vier jaar dat ze weg was geweest. Van de crèmekleurige muren tot de donzige kussens op de bank en de vergulde spiegel boven de haard.

Ze bleef staan om naar de talloze fotolijstjes op de schoorsteenmantel te kijken. Op de meeste foto’s prijkte haar eigen stralende glimlach. Ze stak haar hand uit naar een foto van haar vader en streek met haar duim langs zijn gezicht. Toen ze verderging naar de foto van haar moeder, drong het pas tot haar door hoe erg ze haar had gemist.

Ze liep naar de keuken. Instinctief voelde ze aan dat haar moeder niet thuis was; daarvoor hoefde ze niet verder te kijken. Er lag een briefje en ze ging tegen het aanrecht geleund staan om het te lezen.

Kan niet wachten om je te zien, lieverd, maar ik heb besloten de komende weken in Italië door te brengen omdat het daar nu zulk prachtig weer is. Zie ik je daar? Liefs, mam.

Lachend legde Lily het briefje neer. Nou ja, zeg, dacht ze. En ik maar denken dat me een emotioneel weerzien te wachten stond. Mam is gewoon naar Italië gegaan!

Toch kon ze het haar niet kwalijk nemen. Nadat Lily naar het buitenland was verkast had haar moeder zelf een leven moeten opbouwen, en Lily vond het alleen maar fijn dat ze gelukkig was.

Naast het broodrooster zag ze een stapel ongeopende brieven liggen en ze pakte ze op, in de verwachting dat ze voor haar zouden zijn. Een paar waren aan haar moeder geadresseerd, maar de envelop onder op de stapel trok haar aandacht.

Die was namelijk gericht aan de erven van Patricia Rhodes.

Lily draaide de envelop om. Als deze brief bestemd was voor de erfgenamen van haar oma, waarom had haar moeder hem dan niet opengemaakt? Ze liet haar nagel onder het officiële zegel van een advocatenfirma glijden en besloot een kijkje te nemen, ook al begon de jetlag haar parten te spelen nadat ze tweeëntwintig uur onderweg was geweest. Waar zij had gewoond was het nu bijna middernacht, geen wonder dat ze zo moe was.

Aan de erven van Patricia Rhodes.

Bij dezen bent u uitgenodigd om op vrijdag 26 augustus om 9.00 uur op het kantoor van Williamson, Clark & Duncan in Paddington te Londen een voorwerp in ontvangst te komen nemen dat aan u is nagelaten. Graag vernemen wij of u deze brief in goede orde ontvangen hebt.

Met vriendelijke groet,
John Williamson

Lily wreef in haar ogen en las de woorden nog eens. Haar oma was overleden toen zij nog een tiener was, meer dan tien jaar geleden. Bij het zien van haar naam ging er een huivering door haar heen. Haar oma was een van de liefste vrouwen die ze gekend had en ze was altijd dol op haar geweest, maar tot haar schande had ze al een hele tijd niet meer aan haar gedacht. En dat terwijl de dood van haar vader haar nog regelmatig bezighield. Ze glimlachte bij de herinnering aan haar bezoekjes aan oma. Ze hadden vaak theegedronken in de zon, en Lily had haar al haar puberperikelen toevertrouwd.

Ze pakte haar telefoon en stuurde snel een mailtje naar de jurist om meer informatie te vragen. Er moest een vergissing in het spel zijn. Als de erfenis nog niet was afgewikkeld, dan had ze dat toch wel geweten?

2

Toen Lily haar ogen opendeed, duurde het even voordat ze wist waar ze was. Het hoge witte plafond kwam haar in eerste instantie niet bekend voor.

Uiteindelijk zwaaide ze haar benen van het bed en haalde haar vingers door haar haar in een poging het te ontwarren. In de kamer was het donker, het enige licht kwam uit de hal waar ze kennelijk de lamp aan had gelaten. Op de wekker zag ze dat het bijna vier uur 's nachts was. Dat betekende dat ze het grootste deel van de dag en de nacht had geslapen, maar ze voelde zich nog duffer dan toen ze naar bed was gegaan.

In de badkamer plensde ze water in haar gezicht en keek ze in de ronde spiegel boven de wastafel. Nu ze geen make-up droeg, zag ze de sproetjes op haar neusbrug en haar wangen, met dank aan de felle zon in Nieuw-Zeeland, waar ze de afgelopen jaren had gewoond en gewerkt. Glimlachend beroerde ze haar huid met haar vingertoppen. Deze nieuwe zomerse look beviel haar wel. In combinatie met haar wilde donkere manen zag ze er eerder uit als een strandtype dan als een stadsmeisje, en ook dat vond ze prettig. Dit was een relaxtere versie van haarzelf, een versie waarnaar ze jarenlang op zoek was geweest. Dat wilde ze vasthouden nu ze weer terug was in Londen.

Ze draaide haar haar in een hoge knot en liep naar de keuken, waar ze haar telefoon op het aanrecht had laten liggen. Toen ze haar e-mails bekeek zag ze er een van een oud-collega, met als bijlage een foto van de wijngaard waar ze had gewerkt. De druiven waren afgedekt met netten en er lag een laagje rijp op het gras. Glimlachend stelde ze zich voor dat ze daar weer was, dat ze zoals elke dag koffie ging halen zodra het restaurant openging en naar de eindeloze rijen met wijnstokken staarde. Ze zuchtte. Misschien had ze beter in Nieuw-Zeeland kunnen blijven en die tijdelijke functie in Italië niet moeten aannemen, maar ze had zichzelf nu eenmaal voorgenomen om zo veel mogelijk ervaring op te doen in verschillende regio's voordat ze zich ergens zou settelen.

Ze ging weer naar haar inbox, speurend naar iets interessants, en zag dat er een reactie was van de advocatenfirma.

Geachte juffrouw MacKenzie,

Dank voor uw bericht. We begrijpen dat ons verzoek aan u wellicht raadselachtig overkomt, maar het lijkt ons het beste om deze kwestie in een persoonlijk gesprek met u of iemand anders uit uw familie toe te lichten. Graag horen wij of u aanwezig kunt zijn bij de afspraak op vrijdag. Zo niet, dan zullen we een andere afspraak voor u inplannen.

Met vriendelijke groet,
John Williamson
Namens de erven van Hope Berenson

Hope Berenson?

Lily pijnigde haar hersens, maar de naam deed geen belletje rinkelen. Was haar moeder hier nou maar, dan kon ze het aan haar vragen. Misschien was het iemand die haar oma nog van vroeger had gekend, iemand die haar in haar testament had opgenomen, zonder te weten dat ze allang niet meer leefde. Lily hoopte maar dat het niet ging om een antiek meubelstuk dat ze na afloop mee naar huis zou moeten sjouwen.

Ze legde haar telefoon neer en besloot koffie te zetten, want ze had dringend behoefte aan cafeïne.

'Lieverd! Wat fijn om je stem te horen!'

Lily lachte en drukte de telefoon tegen haar oor om het hese stemgeluid van haar moeder beter te kunnen horen. 'Niet te geloven dat je zomaar naar Italië bent gegaan!' zei ze. 'Ik had wel een welkom-thuis-feestje verwacht.' Ze probeerde niet te teleurgesteld te klinken omdat ze was thuisgekomen in een lege flat. Als haar moeder maar gelukkig was. Hoewel Lily nog niet had kennisgemaakt met haar nieuwe partner, leken ze samen een heerlijk leven te hebben.

'Lieverd, je hebt er een hekel aan om in het middelpunt van de belangstelling te staan, voor jou ga ik echt geen feestje organiseren.'

Daar had ze gelijk in. Lily had een hekel aan aandacht, terwijl haar moeder daar juist voor leefde. Ze had zich altijd afgevraagd of ze juist door haar uitbundige moeder zo timide en introvert was geworden.

'Wanneer kom je? Zien we je bij het Comomeer?'

'Ik kom binnenkort. Het lijkt me heerlijk om je weer te zien, al is het misschien maar voor twee nachten.'

'Geweldig! Ik moet zo ophangen, want we staan op het punt om aan boord te gaan van een luxe jacht om een dagje te varen. Weet je zeker dat je je vlucht niet kunt omboeken zodat je langer bij ons kunt blijven?'

Lily schudde haar hoofd, ook al kon haar moeder dat natuurlijk niet zien. Ze keek ernaar uit om door Italië te reizen. Daar had ze altijd al eens naartoe gewild, maar ze had geen zin in hordes toeristen. Ze kon niet wachten om de cultuur op te snuiven en door de wijngaarden te wandelen, de frisse lucht in te ademen en kennis te maken met de mensen die verantwoordelijk waren voor het oogsten en maken van de wijn. Ze wilde restaurantjes ontdekken en zich tussen de plaatselijke bevolking begeven op kleine marktjes, niet een van de vele fans aan het Comomeer zijn die een glimp van George Clooney probeerden op te vangen. Grappig genoeg zou haar moeder dat nou juist wél graag doen.

'Dat gaat niet, want ik moet eerst nog wat dingen afhandelen in Londen, maar ik kan niet wachten om je te zien,' zei Lily. 'O, voordat je ophangt, zegt de naam Hope Berenson jou iets?'

'Nee, waarom?'

'Er lag hier een brief van een advocaat, geadresseerd aan de erven van oma.'

'O, dan ben ik zeker vergeten die open te maken. Je weet wat een warhoofd ik ben, schat.'

'Geeft niks. Ik zoek wel uit waar het over gaat en laat het je nog weten.'

'*Ciao, bella*!' zei haar moeder zangerig, voordat ze de verbinding verbrak.

Lily bleef de telefoon nog even vasthouden en zag haar moeder al voor zich in een van haar felgekleurde kaftans, behangen met sieraden, terwijl ze aan boord ging van een prachtige boot. Lily was echt blij voor haar. Ze was een geweldige moeder en had Lily altijd op de eerste plaats gezet. Na het overlijden van haar man had ze alles draaiende gehouden en zich alleen op hun gezinnetje geconcentreerd tot Lily naar de universiteit was gegaan. Maar hoe dankbaar Lily ook was dat haar moeder iemand had leren kennen, ze werd ook nerveus bij de gedachte dat ze kennis zou moeten maken met de eerste man die haar moeders hart na de dood van haar vader had weten te veroveren. 'Veel plezier,' zei ze nog tegen de telefoon voordat ze die weglegde en besloot te gaan douchen.

In de badkamer draaide ze de kraan open en wachtte tot de

ruimte gevuld was met stoom. Terwijl ze met haar ogen dicht onder de warme straal ging staan, bleef de naam Hope Berenson maar door haar hoofd spoken.

De afspraak was pas over twee dagen en ze stierf van nieuwsgierigheid.

3

Lily zat in de wachtruimte van Williamson, Clark & Duncan en deed alsof ze verdiept was in het tijdschrift op haar schoot. Ze keek op toen er een jonge vrouw binnenkwam en op gedempte toon met de receptionist begon te praten.

Voordat de vrouw zich omdraaide, keek Lily weer snel naar het blad, zodat het niet opviel dat ze had zitten staren. Het was haar opgevallen dat er maar één man in de wachtruimte zat. Verder waren er alleen vrouwen van haar leeftijd, die stilletjes in een tijdschrift zaten te bladeren.

Ze keek op haar horloge en ging verzitten, maar op dat moment werd haar aandacht getrokken door een stem.

'Mag ik even jullie aandacht? Neem me niet kwalijk dat ik jullie als groep toespreek, maar kunnen Lily, Georgia, Claudia, Ella, Blake en Rose alsjeblieft met mij meekomen?'

Lily wisselde een blik uit met een aantal van de andere vrouwen en vroeg zich af wat hier in vredesnaam gaande was. 'Heb jij enig idee waar dit over gaat?' fluisterde ze tegen een knappe blonde vrouw die naast haar kwam lopen.

De blondine schudde haar hoofd. 'Nee, geen idee. Inmiddels begin ik me af te vragen wat ik hier eigenlijk doe.'

'Volgens mij waren we allemaal gewoon te nieuwsgierig om weg te blijven,' zei een andere vrouw.

Lily glimlachte naar haar.

'Misschien zijn we hier wel omdat we een paar miljoen hebben geërfd, of anders staan we misschien op het punt om ontvoerd te worden. Hoe dan ook denk ik stiekem dat we opgelicht worden.'

Lily lachte. Het leek haar sterk dat ze op een akelige manier aan hun einde zouden komen in dit moderne advocatenkantoor in Paddington, maar sceptisch was ze wel.

Toen ze eindelijk een grote vergaderzaal binnenkwamen, werden ze naar hun zitplaatsen geleid. Aan het hoofd van de tafel nam een goedgeklede man in een grijs kostuum plaats. Links van hem zat een vrouw van halverwege de dertig. Ook zij was keurig uitgedost, in een zijden blouse en een zwarte pantalon met een hoge taille. Haar haar was naar achteren getrokken in een strakke paardenstaart. Ondanks haar elegante voorkomen zag ze er nerveus uit en waren haar ogen groot.

Terwijl Lily ging zitten, deelde de assistent die hen de kamer in had geleid vellen papier uit. Niemand raakte de gebakjes en de koffie in het midden van de tafel aan, zelfs niet toen de assistent zei dat ze gerust iets mochten pakken.

'Welkom, en bedankt voor jullie komst,' begon de man, die opstond en naar hen glimlachte. Zijn haar was grijs, een tint lichter dan zijn pak, en toen hij het woord nam leek hij opeens een stuk jonger. 'Het zal jullie al zijn opgevallen dat jullie hier vandaag met zijn zessen zijn. Hoewel ik besef dat zo'n groepsbespreking hoogst ongebruikelijk is, leek het me in dit geval logisch om jullie allemaal tegelijk uit te nodigen.'

Lily keek hem onderzoekend aan en schraapte haar keel. De verleiding was groot om op te staan en weg te lopen, maar haar nieuwsgierigheid kreeg weer de overhand.

'Ik ben John Williamson en dit is mijn cliënt, Mia Jones. Het was haar idee om jullie hier vandaag bijeen te roepen, omdat zij de wensen van haar tante, Hope Berenson, uitvoert. Onze firma heeft haar tante jaren geleden ook vertegenwoordigd.'

Lily pakte het papier dat voor haar lag beet en friemelde aan de randjes.

'Mia, zou jij het verder willen uitleggen?'

De vrouw knikte en stond op. Ze zag er zenuwachtig uit.

Lily leunde achterover om naar haar te luisteren.

'Ook namens mij bedankt dat jullie vandaag zijn gekomen, en mijn excuses voor mijn rode wangen. Ik ben het niet gewend om zo veel mensen tegelijk toe te spreken.' Ze glimlachte gespannen. 'Eerlijk gezegd ben ik de hele ochtend al nerveus.'

Daar moest Lily om glimlachen en het leek wel of iedereen in de kamer een zucht van opluchting slaakte. Na die bekentenis was de sfeer meteen een stuk ongedwongener.

'Zoals jullie net al hebben gehoord, heette mijn tante Hope Berenson. Ze heeft jarenlang een privétehuis gerund hier in Londen, Hope's House, voor ongehuwde moeders en hun kinderen. Ze stond bekend om haar discretie en haar vriendelijkheid, iets wat in die tijd niet zo vanzelfsprekend was.' Met een nerveus lachje keek Mia om zich heen. 'Jullie vragen je vast af waarom ik dit allemaal vertel, maar geloof me, dat wordt straks duidelijk.'

Lily leunde naar voren. Wat kon haar oma in vredesnaam te maken hebben met Hope's House? Voor zover zij wist, had ze maar één kind gehad, Lily's vader. Had ze in haar jongere jaren misschien nóg een kind op de wereld gezet? Of ging het verband zelfs nog verder terug?

'Het tehuis staat al jaren leeg, maar binnenkort wordt het gesloopt en komen er nieuwe woningen voor in de plaats. Daarom ben ik er nog één keer een kijkje gaan nemen.'

Lily keek naar de andere vrouwen om de tafel. Die staarden Mia allemaal met gefronste of opgetrokken wenkbrauwen aan, alsof zij er ook niets van begrepen.

'Wat heeft dat oude huis precies met ons te maken?' vroeg een jonge vrouw met kastanjebruin haar, die tegenover Lily zat.

'Sorry, dat had ik natuurlijk meteen moeten zeggen!' Mia zag er opgelaten uit toen ze naar de andere kant van het vertrek liep.

'Mijn tante had een grote studeerkamer waar ze dossiers en zo bewaarde. Ik wist nog dat mijn moeder het vloerkleed daar altijd zo mooi vond, dus besloot ik het mee te nemen en te kijken of ik het nog ergens kon gebruiken, omdat het anders weggegooid zou worden. Toen ik het optilde, dacht ik door een kier tussen de vloerplanken iets te zien. Later ben ik teruggegaan om ze los te wrikken en te kijken wat er onder de vloer lag.'

Er ging een huivering door Lily heen en ze slikte moeizaam, benieuwd naar de rest van het verhaal.

Van een tafel achter in de kamer pakte Mia een kistje op. 'Toen ik de eerste plank optilde, zag ik twee stoffige kistjes staan. Onder de tweede plank stonden er nog meer, allemaal op een rijtje en met een handgeschreven naamkaartje eraan. Ik brandde van nieuwsgierigheid, maar omdat er op elk kistje een naam stond, wist ik dat ik ze niet mocht openmaken.' Voordat ze verderging, keek ze hen een voor een glimlachend aan. 'Die kistjes heb ik vandaag meegenomen, om aan jullie te laten zien. Ik kan amper geloven dat jullie hier door mijn nieuwsgierigheid allemaal bij elkaar zijn.' Voorzichtig zette ze het ene na het andere kistje op tafel.

Lily strekte haar hals uit om ze te kunnen zien. En daar stond het, overduidelijk: *Patricia Rhodes*. Ongelovig keek ze naar Mia. Waarom zou de naam van haar oma op een van die kistjes staan?

De advocaat nam het woord weer. 'Nadat Mia de kistjes had gevonden, kwam ze ermee naar mij toe en hebben we alle oude dossiers in het kantoor van haar tante uitgeplozen. Ze had alles nauwkeurig bijgehouden en hoewel de informatie in de dossiers vertrouwelijk was, hebben we er in dit geval voor gekozen de namen op de kistjes te zoeken en te kijken of we ze konden teruggeven aan hun rechtmatige eigenaar. Dat zag ik als mijn plicht.'

'Heb je de kistjes opengemaakt?' vroeg Lily aan Mia.

'Nee.' Mia's stem werd zachter. 'Daarom heb ik jullie allemaal gevraagd om vandaag hierheen te komen, zodat jullie zelf kunnen bepalen of jullie ze willen openmaken of niet.' Haar ogen vulden zich met tranen, die ze bruusk wegveegde. 'Omdat mijn tante de kistjes al die jaren heeft bewaard, zullen ze wel erg belangrijk voor haar zijn geweest. Alleen begrijp ik niet waarom ze ze niet aan hun rechtmatige eigenaar heeft teruggegeven toen ze nog leefde. Ik vond dat ik het aan haar verplicht was om het op zijn minst te proberen, en nu is het aan jullie of ze verzegeld blijven of niet.'

Lily voelde de overweldigende drang om op te staan en Mia een knuffel te geven, maar het volgende moment rechtte de vrouw haar rug en leek haar moment van kwetsbaarheid weer voorbij.

De advocaat leunde met zijn handen op de tafel en stond langzaam op. 'We weten niet of er door de jaren heen nog meer kistjes zijn geweest. Misschien heeft Hope er om de een of andere reden voor gekozen om deze zeven niet terug te geven, of misschien zijn ze gewoon nooit opgehaald.'

'Of ze vond, om wat voor reden dan ook, dat de inhoud beter geheim kon blijven,' vulde Mia aan. 'In dat geval was het misschien niet de bedoeling dat ik ze zou vinden.'

De advocaat schraapte zijn keel. 'Wat haar beweegredenen ook geweest mogen zijn, het is mijn taak om de kistjes terug te geven aan hun rechtmatige eigenaren. Of in dit geval aan hun erfgenamen.'

'En jullie hebben geen idee wat erin zit?' vroeg een van de andere vrouwen.

'Nee, geen flauw idee,' antwoordde Mia.

'Nou, dit klinkt allemaal bijster interessant, maar ik moet weer aan het werk,' zei een beeldschone donkerharige vrouw, die het verst bij iedereen vandaan zat. 'Als jullie me het kistje met de naam Cara Montano erop kunnen geven, dan ga ik weer.'

Het verbaasde Lily hoe ongeïnteresseerd de vrouw overkwam. Zelf kon ze niet wachten om het kistje van haar oma open te maken en te zien wat erin zat.

'Bedankt voor je komst,' zei de advocaat tegen de vrouw. 'Mochten er vragen zijn, neem dan gerust contact met me op.'

De vrouw knikte, maar aan de uitdrukking op haar gezicht te zien was ze niet van plan om nog iets van zich te laten horen. De anderen bleven zitten terwijl zij een papier ondertekende, haar legitimatiebewijs liet zien, het kistje in haar grote handtas stopte en de kamer uit liep. Op het papier zag Lily dat ze Georgia heette.

De advocaat schraapte zijn keel weer. 'Als jullie een voor een je naam noemen en het document dat voor jullie ligt ondertekenen, deel ik de overgebleven kistjes uit. Ik snap dat jullie nog meer te doen hebben.'

Lily keek naar de papieren en bedankte Mia toen die haar een pen aangaf. Nadat ze haar handtekening had gezet, keek ze op. 'Dit is allemaal nogal geheimzinnig, vind je niet?'

Toen Mia glimlachte, viel het Lily pas op hoe mooi ze was. Tot nu toe had haar gezicht zo strak als een masker geleken, misschien in een poging zelfverzekerd over te komen tijdens het toespraakje dat ze had gehouden.

'Ik weet hoe vreemd dit allemaal overkomt, maar toen ik zag hoe zorgvuldig mijn tante de kistjes van naamkaartjes had voorzien, vond ik dat ik op zoek moest gaan naar de rechtmatige eigenaren. Ik had het mezelf nooit vergeven als ze in dat huis waren blijven liggen terwijl het gesloopt werd.'

Lily knikte. 'Wel jammer dat ze zo lang verborgen zijn gebleven.'

Mia nam Lily's papieren aan, gaf ze door aan de advocaat en overhandigde Lily het kistje. Het was gemaakt van hout en strak dichtgebonden met touw, waaraan een naamkaartje hing. Lily liet haar blik over de naam van haar grootmoeder gaan, die was geschreven in hetzelfde prachtige handschrift als de namen op de overige kaartjes.

De verleiding was groot om het kistje ter plekke open te maken, maar in plaats daarvan streek ze met haar duim over de buitenkant en liet ze haar fantasie de vrije loop over wat erin kon zitten.

'Dat was het, dus tenzij er nog vragen zijn...' De advocaat maakte zijn zin niet af.

Lily schudde haar hoofd, voordat ze opkeek en Mia's blik weer opving. Ze had iets wat Lily raakte, misschien een soort eenzaamheid die ze uitstraalde. Toen de bespreking was afgelopen, leunde ze naar Mia toe. 'Ik vind het heel verleidelijk om het meteen open te maken,' zei ze. 'Ik hou niet van verrassingen.'

'Voordat je dat doet, moet je heel zeker weten dat je het verleden wilt oprakelen. Als je eenmaal weet wat erin zit, verandert er misschien iets binnen je familie, of aan wat je dacht over je grootmoeder te weten. Sommige dingen kunnen beter geheim blijven. Dat was mijn enige angst toen ik naar jullie allemaal op zoek ging.'

Lily knikte. 'Dat begrijp ik. Heel eerlijk gezegd is het ook wel een beetje een schok dat mijn oma hier op de een of andere manier iets mee te maken heeft.'

'Geloof me, ik weet het. Tot voor kort wist ik hier ook bijna niks van, maar de afgelopen weken heb ik het dagboek van mijn tante gelezen. Er hebben tientallen vrouwen in dat tehuis verbleven. Sommigen waren hun baby liever kwijt dan rijk, anderen waren er kapot van dat ze hun kind moesten afstaan.' Ze zweeg even.

'Als daar zo veel vrouwen zijn bevallen, hadden er dan niet meer kistjes moeten zijn?'

'Misschien,' antwoordde Mia. 'Maar het zou ook kunnen dat die kistjes al opgehaald zijn. Misschien zijn jullie grootmoeders als enigen nooit op zoek gegaan naar antwoorden.'

‘Hé, is iemand dat vergeten?’ Lily gebaarde naar een overgebleven kistje, terwijl ze dat van zichzelf veilig in haar handtas stopte.

‘Nee, de eigenaar van het zevende kistje hebben we niet kunnen achterhalen,’ legde Mia uit. ‘Ik weet eigenlijk niet waarom ik het heb meegenomen, maar het voelde niet goed om het achter te laten.’

Lily staarde naar de onbekende naam op het kaartje en vroeg zich af van wie het kistje kon zijn. Dat de overige vrouwen waren komen opdagen was op zich al verwonderlijk, maar waarschijnlijk waren ze net zo nieuwsgierig geweest als zij. ‘Nogmaals bedankt dat je dit allemaal doet,’ zei ze.

‘Ik hoop dat het kistje niet al te veel verrassingen bevat.’

Ze zwaaiden naar elkaar en Lily vertrok, terwijl ze glimlachte naar een andere vrouw die tegelijk met haar wegging. Een paar uur geleden had ze nog heimwee gehad naar een land waar ze eigenlijk niet thuishoorde, had ze de mensen gemist met wie ze de afgelopen vier jaar had doorgebracht en was ze in de verleiding gekomen om terug te vliegen. Nu voelde het opeens alsof ze juist in Londen moest zijn. Als ze niet was gekomen, had ze nooit dit merkwaardige kistje met de naam van haar oma erop gekregen.

Ze had nooit in het lot geloofd, maar misschien bestond zoiets toch wel.

4

Italië, 1937

De eerste keer dat Estee hem zag zou ze nooit meer vergeten.

Ze stond op het podium en het voelde alsof haar hart op ontploffen stond. Het publiek klapte en juichte terwijl ze een diepe buiging maakte en voorzichtig het podium af liep. Ondanks de pijn in haar armen, rug en voeten hield ze haar rug recht en lachte ze als een boer met kiespijn.

'Goed gedaan,' mompelde haar moeder voordat ze Estee voor het oog van het publiek omhelsde en twee zoenen gaf. 'Ze vonden je geweldig.'

Ze wist wat dat betekende. Haar moeder wilde dat iedereen haar zou zien, iedereen die iets te betekenen had, althans. Vandaag had het erom gedraaid dat alle welvarende families in de regio Piëmont zagen hoe getalenteerd het meisje in hun midden was. Estee had ook gezien dat iemand haar moeder geld gaf, dus ze wist dat haar familie betaald kreeg voor haar optreden. De enige reden dat haar moeder nu zo lief tegen haar deed, was dat ze nog steeds in het zicht van het publiek stonden. Ze probeerde er niet al te stijfjes bij te staan en te doen alsof ze het gewend was om zo vriendelijk behandeld te worden.

Estee was dol op dansen. Haar moeder vertelde aan iedereen die het horen wilde over haar kleine meisje dat al kon dansen voordat ze kon lopen. Dat was enigszins overdreven, maar ze danste al wel van kleins af aan en toen ze eenmaal op balletles zat, duurde het niet lang voordat haar talent werd opgemerkt.

Terwijl haar moeder de vertrekkende mensen groette, bleef Estee bevallig zwaaiend op een afstandje staan, keurig in de houding. Er lag een glimlach op haar gezicht en haar hoofd was iets gebogen zodat ze een bescheiden indruk zou maken en niets zou kunnen doen waarvoor ze later gestraft zou worden.

Het lot van haar familie lag in haar handen en dat drukte als een loden last op haar schouders. Soms kreeg ze er buikpijn van, bijna net zo erg als de buikpijn die ze 's avonds vaak had omdat haar lichaam om meer eten schreeuwde. Hoewel ze de hele dag oefende, kreeg ze maar een schijntje van wat haar zusjes kregen.

'Je moet zo tenger zijn als een vogeltje, Estee. Niemand wil een dikke danseres zien.'

Ze keek omlaag naar haar benen en dacht eraan hoe paniekerig haar moeder reageerde als ze ook maar een grammetje aankwam, ook al was ze nog maar net twaalf. Door het dansen werden haar kuitspieren met de maand steviger; iets waar ze volgens haar balletlerares trots op moest zijn. Soms vroeg ze zich echter af of haar moeder spieren met vet verwarde. Hoe meer tijd ze elke dag aan het dansen besteedde, hoe meer spiermassa ze namelijk opbouwde. En hoe minder eten ze kreeg.

Haar gedachten werden onderbroken omdat er een jongen langsliep, een eindje bij zijn ouders en broer en zus vandaan. Toen hij haar blik opving, vergat ze haar buik helemaal. De jongen had heldere ogen en zijn glimlach had iets aparts. Alle anderen zagen eruit alsof ze alleen glimlachten uit beleefdheid, maar hij glunderde er helemaal van. Ze merkte dat ze terug grijnsde en haar houding liet verslappen.

Terwijl zijn familie in gesprek was met de mensen om hen heen en haar moeder druk met een andere vrouw aan het praten was, schuifelde Estee nieuwsgierig naar de jongen toe. Ze zat niet meer op school en ze woonden nog niet zo lang in Piëmont. Kort daarvoor waren ze vanwege het werk van haar vader verhuisd, dus kende ze geen kinderen uit de buurt. Niet dat ze van haar moeder met hen zou mogen omgaan. Ze mocht niets doen wat haar van haar balletlessen zou kunnen afleiden.

Toen de jongen haar wenkte, volgde ze met haar blik zijn donkere hoofd dat in de menigte verdween. Waar ging hij naartoe? En waarom wilde hij dat ze met hem meeging?

Ze keek weer naar haar moeder. Die was nog steeds zo druk in gesprek dat ze waarschijnlijk niet eens zou opmerken dat haar kleine ballerina was verdwenen, dus liep Estee dapper de menigte in, beleefd glimlachend naar iedereen die ze voorbijliep. Hoe verder ze kwam, hoe moediger ze zich voelde, tot ze er uiteindelijk in geslaagd was om in de menigte op te gaan. Er ging een huivering door haar heen toen ze naar buiten liep om de jongen te zoeken. De herfstkou priemde in haar blote schouders.

Daar was hij.

Ze keek om, bang dat haar moeder haar afwezigheid zou opmerken en achter haar aan zou komen. Er was echter niemand. Even twijfelde ze of dit wel verstandig was. Ze kon zich wel indenken wat er over haar gezegd zou worden als ze in haar eentje met een jongen werd gezien. Soms voelde ze zich nog een klein meisje, maar ze wist heel goed hoe ze eruitzag: als een ontluikende volwassen vrouw, makkelijk in staat om een man het hoofd op hol te brengen. Dat betekende dat ze niet alleen mocht zijn met wie dan ook, of het nou een man of een jongetje was. Toch liep ze naar hem toe.

'Hallo,' riep hij vanaf zijn plekje op het gras, waar hij stenen in een vijver liet plonsen.

'Hallo.' Voorzichtig liet ze zich op haar knieën zakken. Ze wilde niet te dichtbij komen en wilde wanhopig graag haar reputatie intact houden, zelfs nu ze in een tutu gehuld was.

Een poosje bleven ze zwijgend zitten, en ze zag dat hij afwezig aan het gras plukte en iets uit zijn zak haalde. Onwillekeurig werd ze nieuwsgierig wat hij daar had. Het bleek een sigaret te zijn, die hij tussen zijn lippen stak en aanmaakte met een lucifer. Toen hij een trekje nam moest hij een beetje hoesten en schoten ze allebei in de lach. Daarna bood hij haar de sigaret aan. Even had hij er heel volwassen uitgezien, maar nu zag ze dat hij gewoon een jongen was die zich ouder wilde voordoen, net zoals zij een meisje was dat experimenteerde met haar vrouwelijkheid. Ze besefte dat hij indruk op haar probeerde te maken en vroeg zich af of hij die sigaret van zijn vader had gepikt.

Ze aarzelde en haar vingers verstarden terwijl ze zich verzette tegen haar verstandige kant.

Pak nou maar aan.

In gedachten hoorde ze haar moeder al tekeergaan, ze wist dat ze het niet zou moeten doen, maar ze was het beu om altijd maar te doen wat haar moeder haar opdroeg, en deze jongen was anders dan de anderen. Ze was gewend aan mannen die elkaar fluisterend aanstootten, die haar in verlegenheid brachten met hun complimenten en toespelingen. Met jongens die een en al bravoure waren en zichzelf graag hoorden praten, had ze ook volop ervaring. Maar deze jongen was anders. Hij had iets nieuwsgierigs over zich, een bepaalde zwijgzaamheid die haar aantrok.

Ze stak haar hand uit en hij reikte haar voorzichtig de sigaret aan. Hun vingers streken langs elkaar toen ze de sigaret net zo vast probeerde te houden als hij had gedaan. Bij de filmsterren op het witte doek zag roken er altijd erg elegant uit, en de rijke vrouwen die met hun vriendinnen naar balletvoorstellingen kwamen gebruikten altijd chique houders waardoor ze er zelfs nog glamoureuzer uitzagen. Daar probeerde ze een voorbeeld aan te nemen. Bij het eerste trekje proestte ze het echter al uit – niet bepaald diva-achtig.

De jongen grinnikte, maar ze zag dat hij haar niet uitlachte. In plaats daarvan kwam hij dichter bij haar zitten, sloeg zijn jasje om haar schouders en klopte een paar keer op haar rug.

Ze dook weg in het jasje, dankbaar dat de koude wind niet meer in haar huid sneed en beschaamd omdat hij haar zomaar had aangeraakt. 'Ik snap niet wat mensen hier zo lekker aan vinden,' zei ze terwijl ze hem de sigaret teruggaf.

Hij haalde zijn schouders op en nam nog een trekje. 'In het begin moet je niet te diep inhaleren. Dan wen je eraan.'

Toch was ze er niet van overtuigd dat hij het lekker vond, want zodra ze haar ongenoegen liet blijken, trapte hij de sigaret uit. Of misschien was hij gewoon beleefd. Hoe dan ook, de sigaret was weg.

'Ik ben Felix,' zei hij met uitgestoken hand.

'Estee.'

Nadat ze elkaar de hand hadden geschud, lachten ze allebei opgelaten en staarden naar de vijver. Als ze volwassen waren geweest, hadden ze elkaar op de wang gezoend, maar ze bevonden zich in dat grijze gebied tussen kind en volwassene en waren kennelijk geen van beiden goed in doen alsof.

'Dans je graag?' Met een verlegen glimlachje keek hij haar aan.

'Heel graag,' zei ze. Dat was niet helemaal waar. Ooit was ze dol geweest op dansen, maar ze wist niet of ze het nog wel zo leuk vond.

'Waarom zag je er dan zo verdrietig uit?'

Ze voelde haar wenkbrauwen omhoogschieten. 'Wanneer? Ik was niet verdrietig.'

'Volgens mij heb je gewoon geleerd om te doen alsof je gelukkig bent,' zei hij. 'Je glimlachte wel, maar je keek er verdrietig bij.'

Stilletjes nam ze zich voor om er voortaan nog beter op te letten hoe ze eruitzag. Ze moest de hele tijd gelukkig lijken. Niet alleen wanneer ze danste, maar ook wanneer ze nieuwe mensen leerde kennen. Ze drukte haar nagels in haar handpalmen en voelde dat ze boos werd. Als deze jongen het al had gezien, hoe dacht ze dan iemand anders voor de gek te kunnen houden?

Als ik niet perfect ben, red ik het nooit. Ik heb geen tijd om te roken en met jongens te praten. Wat doe ik hier eigenlijk?

'Waarom doe je dat?' Hij pakte haar hand, waar ze inmiddels zo hard haar nagels in drukte dat het haar al haar wilskracht kostte om het niet uit te schreeuwen. 'Waarom doe je jezelf pijn?'

Met een ruk trok ze haar hand terug. Ze kon wel door de grond zakken omdat hij haar doorzag. 'Ik doe niks.' Snel stond ze op en schudde zijn jasje van zich af, maar hij ving het op voordat het op het gras viel. Ze had binnen moeten blijven. Wat had haar bezield? 'Ik zou hier niet moeten zijn.' Ze frunnikte aan de rand van haar roze tutu en keek omlaag.

'Mag je geen plezier maken?' Hij trok zijn jasje niet aan, maar stak het haar toe, alsof ze het misschien nog terug zou willen.

'Nee,' zei ze. Deze keer lukte het haar niet het verdriet uit haar stem te weren, hoe hard ze het ook probeerde. 'Ik mag alleen maar dansen.'

'Mag ik weten waar je woont? Ik sluip 's nachts weleens het huis uit om naar de rivier te gaan. Jij mag ook wel een keer mee, als je wilt.'

Ze schudde haar hoofd; ze was niet van plan om haar adres aan een jongen te geven. Het was niet verstandig om 's nachts met wie dan ook de straat op te gaan, en hoe oud zou hij zijn? Dertien? Veertien zelfs? Als ze werden betrapt, was haar reputatie naar de haaien. Hij zou beter moeten weten.

'Ik moet weg.' Ondanks haar eigen woorden was het verleidelijk om weer te gaan zitten en nog iets langer te blijven.

Felix stond op en sloeg voorzichtig het jasje weer om haar schouders. 'Als je van gedachten verandert, kom me dan zoeken,' zei hij. 'Bij mij ben je veilig, dat beloof ik. Soms ga ik 's nachts in mijn eentje op pad, soms met vrienden.'

Ze keek in zijn ogen, warm, donker en onschuldig, en wist dat hij de waarheid sprak. Zijn blik had niets stiekems en ze voelde een aantrekkingskracht die ze nooit eerder had gevoeld. Haar hele leven had alles om dansen gedraaid, waardoor ze het grootste gedeelte van de tijd alleen was. Ze was ofwel op school of aan het dansen en er was nooit tijd voor vriendinnen of jongens. Vroeger had ze gedanst omdat ze het leuk vond, maar die tijd lag ver achter haar. Tegenwoordig mocht ze niet eens meer naar school.

Felix kwam dichter bij haar staan en de sfeer veranderde. Ze zag dat zijn blik naar haar lippen dwaalde, voordat hij haar vragend aankeek. Toen hij zijn ogen weer neersloeg, pakte ze hem bij zijn kraag, trok hem voorzichtig naar haar toe en drukte haar lippen op de zijne, zoals ze dacht dat ze dat later als ze groot was zou doen. Hun tanden botsten tegen elkaar en de zoen was onwennig, maar één heerlijke seconde weken hun lippen vaneen en bewogen ze op precies hetzelfde ritme. Voor het eerst ging er een zinderende spanning door haar lichaam die niet door het dansen werd veroorzaakt.

'Estee!' hoorde ze in de verte roepen.

'Ik moet weg,' fluisterde ze terwijl ze Felix losliet en naar hem glimlachte.

Zijn wangen waren rood. 'Gooi een kiezelsteentje,' zei hij, struikelend over zijn woorden. 'Als je me nog een keer wilt zien, gooi je gewoon een kiezelsteentje tegen mijn raam. Ik woon in het grote huis met het terracotta dak, aan de rand van de stad. Ik slaap in de slaapkamer boven die het dichtst bij de perzikboom ligt.'

Dat huis kende ze, ze was er talloze keren langsgelopen op weg naar haar danslessen. Het was verreweg het grootste huis in de wijde omtrek, onmogelijk over het hoofd te zien. Maar hoe graag ze hem ook nog eens wilde zoenen, ze kon niets beloven.

Met een grijns draaide ze zich om en trok zijn jasje strakker om haar schouders terwijl ze wegrende om haar moeder te gaan zoeken. Ze had het jasje beter terug kunnen geven, maar op deze manier had ze een excuus om naar hem op zoek te gaan.

'Estee!' riep hij haar na.

Ze draaide zich weer om en keek hem aan.

'Ik hoop dat ik je nog eens zal zien dansen.'

Ze grijnsde weer, zwaaide even en haastte zich weer verder, voorzichtig om niet te struikelen en haar enkels te bezeren.

Hoewel het in haar hoofd een warboel was, stond één ding als een paal boven water: dat kiezelsteentje zou ze gooien... alleen moest ze eerst een manier vinden om uit haar kamer weg te sluipen.

'Estee!'

'Ik kom al, *mamma*!' riep ze.

Tegen de tijd dat ze bij haar moeder aankwam, was ze buiten adem.

'Wat is er?' vroeg haar moeder.

Estee keek omlaag, in de hoop dat haar gezicht dan niet te zien zou zijn. Ze verwachtte bijna dat haar moeder alleen al door naar haar te kijken zou weten dat ze gekust was, dat haar lippen er gevoelig zouden uitzien, of haar wangen te roze.

Ruw pakte haar moeder haar kin beet. Met samengeknepen ogen draaide ze haar gezicht van de ene naar de andere kant. 'Je hebt een kleur. Ben je ziek?' Ze legde haar hand tegen Estees voorhoofd. 'Je voelt warm aan. Waar was je? Ik kon je nergens vinden.'

Op dat moment dacht Estee pas weer aan het jasje, en er kwam gal omhoog in haar keel. Ze had het moeten uittrekken voordat ze weer naar binnen ging. Nu zou haar moeder vast doorhebben wat er gebeurd was.

'Van wie is dit?' vroeg haar moeder, terwijl ze met haar nagel tegen de schouder van het jasje tikte.

Estee trok het jasje dichter om zich heen. 'Ik wilde een luchtje scheppen. Ik voelde me niet goed en een… een aardige jongen heeft het me geleend. Hij zag dat ik het koud had.'

Haar moeder maakte dat afkeurende geluid dat Estee maar al te goed kende. 'Wat voor jongen?'

'Hij heette Felix.' Tegen haar moeder kon ze niet liegen.

'Felix Barbieri?'

Estee haalde haar schouders op, verbaasd dat haar moeder hem kende, en kreeg een felle tik op haar hand. Haar moeder duldde geen gedrag waaruit ook maar iets anders dan het grootste respect bleek. Hoewel het gemeen pijn deed, liet Estee daar niets van merken en hield ze haar kin fier in de lucht.

'Ben je alleen met hem geweest?'

Estee sloeg haar ogen neer en knikte. Als ze nu nog met opgeheven hoofd was blijven staan, had ze vast en zeker een mep in haar gezicht gekregen.

'Heb je enig idee wat de mensen over ons zouden zeggen als ze jou alleen met een jongen zagen?' siste haar moeder. 'Jongens willen maar één ding van meisjes zoals jij, Estee. Hoor je me? Wat denk je dat je voor toekomst tegemoet gaat als er gefluisterd wordt dat dat mooie balletdanseresje met jongens omgaat? Dat je niet deugt?'

Estee slikte en voelde dat haar schouders, handen en knieën begonnen te trillen.

'Begrijp je wat ik zeg?'

'Ja, mamma,' zei ze terwijl het jasje van haar schouders werd gerukt, waardoor ze het meteen weer koud kreeg. Ze had geen idee wat jongens van haar wilden, maar als het om zoenen ging, dan was zij de enige die iets te verwijten viel, niet Felix.

'Als iedereen weg is, wil ik dat je weer het podium op gaat om te repeteren. Je timing moet vlekkeloos zijn.' Haar moeder zuchtte. 'Je kunt beter dan je vandaag hebt laten zien, Estee. Het kan altijd beter.'

Estee had haar dans perfect uitgevoerd. Ze kende de choreografie op haar duimpje; die zou ze zelfs in haar slaap kunnen dansen. Alleen was het voor haar moeder nooit goed genoeg.

'Ja, mamma,' zei ze gedwee. Het was makkelijker om gewoon te doen wat haar werd gevraagd.

Toen haar moeder zich omdraaide en wegliep, griste Estee snel Felix' jasje weg en haastte zich naar haar tas. Ze drukte haar gezicht in de stof en snoof zijn geur op: verse sigarettenrook van die paar trekjes die ze hadden genomen en nog iets anders. Misschien de zeep die hij gebruikte, fris als citrusvruchten.

Dezelfde geur die in mijn neusgaten drong toen ik hem zoende.

Ze propte het jasje in haar tas en ritste die dicht, waarna ze het podium weer op liep om haar dans weer van voren af aan te doen, deze keer zonder publiek.

Ik ga hem nog een keer zoenen, wacht maar af.

5

Heden

Op de terugweg naar de flat regende het pijpenstelen, en Lily legde het laatste stuk rennend af. Ze nam de trap met twee treden tegelijk en was buiten adem toen ze naar binnen ging en de deur achter zich dichtsloeg. Het houten kistje brandde in haar tas. Nadat ze die op tafel had gekwakt begon ze er meteen in te rommelen.

Verwonderd staarde ze naar het kistje en vroeg zich af wat erin kon zitten. Mia had gezegd dat het waarschijnlijk een aanwijzing over het verleden bevatte, maar tot nu toe had Lily niet eens geweten dat er een verborgen verleden te ontdekken viel. Mia's woorden bleven maar door haar hoofd spoken. Stel nou dat ze het kistje openmaakte en iets over haar afkomst ontdekte dat ze helemaal niet wilde weten?

Met haar vingers streek ze over het naamkaartje, en ze trok aan het touwtje waarmee het kistje was dichtgebonden. Er zat zo'n stevige knoop in dat er uiteindelijk een schaar aan te pas moest komen. Ze stelde zich voor dat die mysterieuze vrouw, Hope, het kistje had ingepakt, en vroeg zich af hoelang dat geleden was.

Of misschien had Hope nooit gezien wat erin zat. Misschien had ze het kistje alleen van een naam voorzien en op een veilige plek verstopt.

Lily tilde het deksel op in de verwachting een brief aan te treffen, of misschien een geboorteakte, maar in plaats daarvan zag ze een velletje papier met getypte woorden erop. Ze kon zien dat het van een groter vel was gescheurd, misschien een officieel document. Het enige wat ze kon ontcijferen waren de woorden *Teatro alla Scala* in de hoek. De rest was in een vreemde taal geschreven. Ze opende Google op haar telefoon. Zodra ze de naam intikte, stroomden de zoekresultaten binnen. La Scala bleek een beroemd theater in Milaan te zijn.

Later zou ze de tekst wel online proberen te vertalen, maar voorlopig legde ze het papier aan de kant om de rest van de inhoud te bekijken. Er lag nog een stukje papier in het kistje, maar dit papier was zachter, misschien briefpapier. Het was met de hand beschreven en de inkt was veel meer vervaagd dan de gedrukte tekst.

Lily staarde naar de woorden, wederom niet zeker van waar ze naar keek, al leek het wel een soort recept. Geërgerd legde ze het aan de kant. Ze had er zo naar uitgekeken om te zien wat er in het kistje zat, maar nu was ze nog geen steek wijzer.

Ze tilde het kistje op en hield het ondersteboven om te kijken of er nog iets in verborgen zat, misschien een dubbele bodem, maar meer was er niet. 'Italiaans, dus?' mompelde ze, terwijl ze de velletjes papier zorgvuldig weer dichtvouwde.

Betekende dit dat haar oma van Italiaanse komaf was? Kwamen haar eigen ravenzwarte lokken en haar vaders knappe gelaatstrekken daarvandaan? Had ze Italiaanse voorouders waarvan haar familie het bestaan niet eens had gekend? Ze probeerde zich te herinneren of haar oma ooit iets had gezegd of gedaan wat in die richting wees, of haar misschien iets was ontgaan. Had haar grootmoeder het geheimgehouden, had ze zich om de een of andere reden geschaamd voor haar afkomst?

Terwijl Lily de papieren weer opborg en het kistje in haar tas liet glijden, ontsnapte haar een lachje.

Nou, papa, en jij je altijd maar afvragen waarom je moeder zo heetgebakerd was!

Haar telefoon piepte en ze scrolde door haar mails. Haar ogen werden groot toen ze de naam Roberto Martinelli zag staan – de wijnmaker uit de omgeving van Como, waar ze over iets meer dan een week naartoe zou gaan.

Lily,

Ciao, bella! Hopelijk gaat alles goed met je. De druiven rijpen dit seizoen sneller dan verwacht, dus ik heb je hier eerder nodig dan gepland. Mocht het uitkomen, wil je dan je vlucht vervroegen naar aanstaande maandag? Ik zal de extra kosten voor mijn rekening nemen. Sorry dat ik het nu pas laat weten.

R.M.

Lily grijnsde. Misschien had ze Google Translate toch niet nodig. Als ze maandag al in Italië zou zijn, kon ze gewoon een van haar nieuwe collega's vragen de teksten voor haar te vertalen.

Snel stuurde ze een mailtje terug en ging naar de slaapkamer, waar ze naar de enorme berg wasgoed op de vloer keek. Ze had minder dan achtenveertig uur om zich voor te bereiden. Als alles volgens plan verliep, zou ze de komende paar maanden in Italië blijven, dus moest ze goed nadenken over wat ze meenam.

Kleren waren nu echter wel haar minste zorg. Ze moest de hele tijd denken aan Milaan en dat theater, La Scala. Wat zou haar oma in vredesnaam te maken hebben met zo'n beroemde plek?

6

Toen Lily de zon in stapte, snoof ze de warme, vochtige lucht diep op. Italië. Eindelijk. Na de lange reis vanuit Nieuw-Zeeland had deze vlucht heel kort geleken. Het was maar iets meer dan twee uur vliegen vanuit Londen naar Malpensa Airport in de buurt van Milaan, al moest ze nu nog wel met de trein verder naar Como. Toen ze om zich heen keek, wilde ze dat ze genoeg tijd had om op verkenning uit te gaan. Ze had er altijd van gedroomd om Milaan een keer te bezoeken.

Voor de luchthaven bleef ze even staan om haar telefoon aan te zetten en te kijken vanaf welk perron de trein vertrok. Ze wachtte af of er berichten binnenkwamen en keek in het rond. Nu de warmte als een deken over haar heen viel, was ze blij dat ze haar soepel vallende maxi-jurk had aangetrokken. Haar nek was een beetje vochtig en ze tilde haar lange haar met één hand op. Had ze er nou maar aan gedacht om het in een staart te doen.

Toen haar telefoon piepte liet ze haar haar los en scrolde snel door haar berichten. Er was er een van haar moeder en ze klikte het aan, verbaasd dat ze haar een berichtje had gestuurd. Ze hadden afgesproken om samen te lunchen en Lily zou bij haar overnachten voordat ze morgenochtend naar de wijngaard vertrok. Toen ze keek hoe laat het was, besefte ze dat het bijna onmogelijk zou worden om op tijd te komen.

Ze kreunde. Met een taxi zou ze waarschijnlijk binnen drie kwartier in Como zijn, maar dat was schreeuwend duur. Ze stopte haar telefoon weer in haar tas en keek naar het kistje dat ze veilig naast haar portemonnee had gestopt. Sinds ze het had opengemaakt moest ze er telkens aan denken, maar ze was nog geen steek wijzer geworden, behalve dat ze op Google een paar treffers had gevonden over het Teatro alla Scala.

Ik zou de lunch kunnen afzeggen en er zelf een kijkje kunnen gaan nemen, dacht ze. Meteen schudde ze echter haar hoofd en sprak zichzelf vermanend toe. Ze had haar moeder al in geen eeuwen gezien. Trouwens, wat zou ze ermee opschieten? Meer dan een stuk uit een oud programmaboekje had ze niet. Dan kon ze toch moeilijk iemand in het theater om hulp vragen? Ze wist niet eens waar ze hulp bij nodig had en sprak bovendien geen Italiaans!

Ze zwaaide haar tas weer over haar schouder en liep in de tegenovergestelde richting van het treinstation. Opeens sprak het idee van een snelle rit met een hele achterbank voor zichzelf haar ontzettend aan, ook al zou het een klein vermogen kosten.

Lily stak haar hand op om een taxi aan te houden. De eerste stopte niet, maar de volgende wel, en ze bukte zich om de chauffeur door het raampje toe te spreken. '*Lake Como*?' vroeg ze.

'*Sì*,' zei hij met een brede glimlach. Zijn donkere ogen gleden langs haar lichaam en maakten haar aan het blozen. Op alle andere plekken in de wereld zou een man een mep krijgen als hij een vrouw zo met zijn ogen uitkleedde, maar hier voelde je je daardoor op de een of andere manier op-en-top vrouw.

Binnen een oogwenk was hij de auto uit en nam hij haar bagage van haar over. Daarna ging ze op de achterbank zitten en keek naar de overstekende voetgangers en de auto's die mensen kwamen halen en brengen. Toen de chauffeur weer achter het stuur zat, zag ze hem in het achteruitkijkspiegeltje kijken en glimlachte ze. 'Spreekt u Engels?'

Hij knikte. 'Een beetje.'

'Vast beter dan ik Italiaans spreek.' Ze tuurde uit het raampje en vroeg zich af hoe ver ze nu bij het theater vandaan waren. 'Woont u al lang in Milaan?'

'Al mijn hele leven.' Zijn blik schoot heen en weer tussen de weg en het achteruitkijkspiegeltje.

'Weet u veel van het theater La Scala?' Zodra ze het zei, drong het tot haar door wat een domme vraag dat was. Waarschijnlijk bracht hij daar elke dag passagiers naartoe!

'Het is heel mooi, wilt u daar eerst heen?'

Ze schudde haar hoofd. 'Nee, ik wil er niet naartoe, ik wil er gewoon meer over weten.' Eigenlijk wist ze zelf niet eens goed wat ze aan hem wilde vragen. 'Volgens mij had mijn grootmoeder, of misschien mijn overgrootmoeder, iets met dat theater te maken. Ik weet niet goed wat, of wanneer dat geweest is, maar mogelijk na de oorlog.'

Hij glimlachte en even dacht ze dat hij het spoor bijster was, dat hij het Engels niet machtig genoeg was om haar gebazel te kunnen volgen. 'Misschien werkte ze daar als danseres of zangeres,' opperde hij toen opeens.

Verrast keek ze op. 'Dat zou kunnen.'

'Was uw grootmoeder Italiaanse?' vroeg hij. 'U bent heel mooi. U hebt Italiaans bloed, *no*?'

Ze lachte. 'Volgens mij niet, maar bedankt voor het compliment.'

Italiaans! Ha! Ze lachte besmuikt. Italiaans was ze zeker niet, al was die gedachte de afgelopen dagen meer dan eens bij haar opgekomen. Maar als dat zo was, dan had ze het toch wel geweten?

Toen de auto vaart minderde, ging Lily rechtop zitten en staarde uit het raampje om alles in zich op te nemen. Como was heel anders dan ze had verwacht; veel minder schilderachtig. 'Wat is het hier druk, zeg.'

'Sì,' verzuchtte de chauffeur weemoedig. 'We hebben de toeristen nodig voor het geld, maar ze zijn ook een bron van ergernis.'

Dat begreep ze maar al te goed. Het wemelde hier van de mensen, en het was niet eens hoogzomer.

'Ze gingen hier huizen kopen en daar zijn ze nooit mee opgehouden.'

Lily kon zich amper voorstellen hoe het voor de plaatselijke bevolking moest zijn dat al dat nieuwe geld hun paradijsje overspoelde. Die gedachte werd nog eens versterkt door de speedboten die ze over het water zag racen. Toen ze het portier opendeed, klonk het oorverdovende gebrul van motoren.

'*Santa Maria*,' vloekte de taxichauffeur.

Ze maakte een meelevend geluid. Nadat ze had afgerekend, stapte ze uit en wachtte tot hij haar bagage uit de kofferbak had gepakt. De luchtvochtigheid leek nog iets hoger dan een uur geleden, maar de temperatuur was perfect en ze laafde zich aan de warmte van de zon op haar schouders. Nog even, dan zou ze iets verrukkelijks te eten krijgen, heerlijke wijn drinken en omringd worden door beeldschone mensen. Nieuw-Zeeland was geweldig geweest, maar Italië was een klasse apart.

'*Grazie*,' zei ze, en ze zwaaide naar de chauffeur. Toen die haar een kusje toeblies, deed ze alsof ze het opving en drukte haar handpalm tegen haar wang, waardoor hij moest lachen.

Kennelijk maakte Italië ook een flirt van haar. Wie had kunnen denken dat ze haar verlegenheid in een ander land zo makkelijk van zich af zou kunnen zetten?

Een paar minuten later stond ze voor de ingang van Villa d'Este, het hotel waar haar moeder verbleef en waar ze Lily ook met alle geweld naartoe had willen halen. Ze was blij dat haar moeder betaalde, want van de prijzen hier sprongen de tranen je in de ogen, maar het hotel was net zo mooi als ze het zich had voorgesteld. In het vliegtuig had ze gelezen dat het een boetiekhotel was dat werd gerund door een familie en bol stond van de oude charme en nog ouder geld. Het verbaasde haar dan ook niets dat ze binnen sierlijke kroonluchters aan de hoge plafonds zag hangen.

Het was in één woord betoverend.

'Schattebout!'

Voordat de kruier haar bagage had kunnen aannemen verdween Lily al in een kleurrijke omhelzing. De bontgekleurde kaftan van haar moeder zwaaide om haar heen en haar parfum was net zo aanwezig als zijzelf.

'Ik ben ook blij om jou te zien.' Lily glimlachte toen haar moeder een stap naar achteren deed en haar vervolgens weer in haar armen sloot.

'Moet je jou eens zien! Je ziet er fantastisch uit.'

Lily keek omlaag naar zichzelf. 'Serieus?'

'Niet je kleren, maar jij. Moet je jezelf nou eens zien.' Haar moeder schudde haar hoofd. 'Je huid ziet er prachtig uit, en je háár.' Ze stak haar hand uit om Lily's lokken aan te raken. 'Beloof je dat je het niet zult afknippen? Het ziet er geweldig uit, nu het zo lang is. Jíj ziet er geweldig uit.'

Instinctief raakte Lily haar haar even aan. Ze voelde zich weer een klein meisje dat genoot van de complimenten van haar moeder. Al snel werd haar aandacht echter afgeleid door de man naar wie haar moeder wenkte. Tot nu toe had hij het weerzien kennelijk van een afstandje bekeken, op een stoel en met een opengeslagen krant op zijn schoot. Ze herkende hem direct. Alan had haar regelmatig begroet wanneer ze vanuit het buitenland met haar moeder aan het videochatten was.

'Alan! Kom, dan stel ik je voor aan Lily!' riep haar moeder stralend.

'Wat fijn om je nu eens in het echt te zien,' zei Alan toen hij dichterbij kwam.

'Ik vind het ook heel fijn om jou te ontmoeten.' Toen ze hem een arm om haar moeder heen zag slaan, ontdooide ze direct.

Ze zagen er gelukkig uit en hoe graag ze ook tijd alleen met haar moeder had doorgebracht, in feite wilde ze niets liever dan dat haar moeder iemand had met wie ze de rest van haar leven gelukkig kon zijn.

'Zullen we die bagage maar naar de kamer laten brengen?' stelde haar moeder voor. 'Dan kunnen we daarna gaan lunchen en van het prachtige weer genieten. Ik vind het hier heerlijk, het voelt net alsof ik hier zelf vandaan kom.'

Lily onderdrukte een lachje. Volgens haar zou een Italiaanse vrouw nog niet dood gevonden willen worden in de schreeuwerige outfit van haar moeder, maar voorlopig liet ze haar maar in de waan. 'Weten jullie een goed restaurant?' vroeg ze, terwijl haar moeder haar een arm gaf en Alan de kruier instrueerde om haar bagage over te nemen.

'Nou...' Haar moeder leunde dichter naar haar toe. 'Ik ken een tentje waarvan ik heb horen zeggen dat Leonardo DiCaprio er graag komt. Als we daar nou eens heen gaan, komen we misschien wel een paar echte Hollywood-sterren tegen,' fluisterde ze.

Lily lachte omdat haar moeder zo samenzweerderig klonk. 'Dat klinkt goed.'

'Vertel eens, zijn er jongemannen in je leven? Heb je nog harten gebroken in Nieuw-Zeeland?'

'Nee, er zijn geen mannen, mam,' verzuchtte Lily. 'Anders had ik het heus wel verteld.'

'Ik weet dat je het moeilijk vindt om mensen toe te laten sinds je vader is overleden, maar ik zou het zo erg vinden als je later spijt krijgt dat je je niet hebt opengesteld voor de liefde.'

Wat ze niet tegen haar moeder had gezegd, was dat er de afgelopen jaren volop aardige mannen in haar leven waren geweest, maar dat ze er uiteindelijk alleen vrienden bij had gekregen, geen minnaars. Dat was grotendeels haar eigen schuld. Hoe graag ze ook iemand zou hebben om 's nachts naast te liggen, ze was er een ster in om mannen op afstand te houden. Haar werk was voor haar altijd het belangrijkst geweest. Ze wilde de nagedachtenis aan haar vader in ere houden. Verliefd worden en vervolgens haar dromen niet najagen omdat ze een relatie had, daar wilde ze niet eens over nadenken. Dus zodra het erop begon te lijken dat iets serieus werd, of zodra haar gevoelens voor iemand te sterk werden, wimpelde ze diegene af met haar favoriete zinnetje: 'Ik denk dat we beter vrienden kunnen blijven.'

'Beloof me één ding, Lily.'

Toen haar moeder bleef staan, draaide ze zich naar haar om, ongerust door de serieuze uitdrukking op haar gezicht. 'Natuurlijk. Wat dan?'

'Dat je, nu je in Italië bent, op zijn minst iemand zoekt om spetterende seks mee te hebben. Afgesproken? Je krijgt er spijt van als je dat prachtige jonge lijf van je niet optimaal benut nu het nog kan. Geloof me.'

'Mam!'

'Ach, doe niet zo preuts, je weet best dat ik gelijk heb! Als je je niet wilt settelen, zorg dan in elk geval dat je plezier maakt.'

Met open mond en gloeiende wangen bleef Lily haar moeder nastaren toen die wegschreed in een wolk van zijde en parfum.

Waarom ben ik niet gewoon meteen naar de wijngaard gegaan?

Ze keek uit een raam naar het pittoreske uitzicht en stelde zich voor dat het uitgestrekte landschap was bezaaid met wijnstokken in plaats van gras.

'Kom op, schattebout, anders komen we nog te laat voor de lunch!'

Lily rukte haar blik los van het uitzicht en liep een brede trap op die in een paleis niet had misstaan.

Pas uren later had Lily haar moeder eindelijk even voor zich alleen. De zon ging al bijna onder en de drukte op het water had plaatsgemaakt voor het rumoer van mensen die aankwamen en weggingen in het restaurant. Ze zaten aan een tafeltje buiten van een negroni te nippen en te kijken naar de wereld die aan hen voorbijtrok. Na de late lunch en een paar drankjes zat Lily zó ontspannen onderuitgezakt op haar stoel met haar moeder te kletsen dat ze betwijfelde of ze nog zou kunnen opstaan, al zou ze het willen.

Op dat moment besefte ze pas dat ze nog niets over de aanwijzingen had verteld. 'Mam, heeft papa het er weleens over gehad dat oma geadopteerd was?'

'Nee, nooit. Heeft dit iets te maken met die brief die naar haar nabestaanden is gestuurd?' Haar moeder schudde haar hoofd. 'Als oma geadopteerd was, had je vader daar wel iets over gezegd.'

'Nou ja, die advocaat die ik heb bezocht, had haar geboorteakte en een aantal adoptiedossiers. Zijn firma handelde vroeger de adopties en het papierwerk af voor een tehuis dat Hope's House heette. Kennelijk werden daar ongehuwde zwangere vrouwen opgevangen tot ze moesten bevallen en werd daarna een adoptie in Londen geregeld.'

Haar moeder nam nog een slok van haar drankje en liet zich weer achterover zakken op haar stoel. 'Jeetje. Denk je echt dat oma daar geboren is?'

'Ja. En dat is nog niet alles.' Lily maakte haar tas open en haalde het houten kistje tevoorschijn. 'Kennelijk werden de moeders aangemoedigd om iets achter te laten, voor het geval dat het kind later op zoek zou gaan naar antwoorden, denk ik. Dit is voor oma achtergelaten door haar biologische moeder.'

Haar moeder was niet snel verbaasd, maar door dit nieuws viel haar mond open. 'En je weet zeker dat dit waar is? Dat het geen...'

'Oplichterij is?' Lily glimlachte. 'Geloof me, dat dacht ik in eerste instantie ook, maar dat is niet zo. Het nichtje van Hope, de vrouw die dat tehuis runde, was er ook. Zij heeft de kistjes gevonden en wilde ze teruggeven aan de rechtmatige eigenaren, of liever gezegd hun afstammelingen.'

'Nou, ik sta versteld.' Haar moeder nam nog een slok, deze keer een grotere. 'En, wat zit er in dat kistje?'

Lily zuchtte. 'Dat is het probleem. Ik begrijp er niet zo veel van.' Voorzichtig haalde ze de twee velletjes papier eruit. 'Dit is een gedeelte van een programmaboekje van het theater La Scala in Milaan, en dit lijkt me een recept dat iemand met de hand geschreven heeft.'

Haar moeder bekeek beide vellen papier van voren en van achteren en fronste haar voorhoofd. 'Fascinerend. Echt fascinerend.' Ze zuchtte. 'Kon je vader dit maar zien.'

Hoewel Lily's handen jeukten om de papieren weer in het kistje te stoppen, vroeg ze: 'Wil jij ze hebben?'

Daarop schudde haar moeder resoluut haar hoofd. 'Nee, hou jij ze maar, ze zijn van jou. Misschien kun je eens navraag doen nu je hier bent, kijken of je meer te weten kunt komen. Ik ben ook heel benieuwd, maar het lijkt me beter als jij het uitzoekt. Zo zou oma het volgens mij gewild hebben.'

Ze keken elkaar aan.

'En je vader,' vervolgde haar moeder. 'Die zou het vast geweldig vinden als je dit doet.'

'Het is wel erg toevallig, vind je niet?' vroeg Lily, terwijl ze de tranen wegknipperde die steevast opwelden wanneer ze het over haar vader hadden.

Haar moeder keek haar niet-begrijpend aan.

'Gewoon, dat ik hier ben, op nog geen uur rijden van het theater waar dat programmaboekje vandaan komt,' legde Lily uit. 'Hoe groot is die kans nou?'

Haar moeder raakte haar hand aan. 'Des te meer reden om op onderzoek uit te gaan. Misschien heeft het wel zo moeten zijn dat die aanwijzingen juist nu op je pad zijn gekomen.'

Lily gaf een kneepje in de hand van haar moeder. 'Geloof je dat echt?'

Haar moeder leunde naar voren en keek haar aan. 'Nou en of.' Ze glimlachte. 'Lily, je vader zou ontzettend trots zijn op de vrouw die je bent geworden. Net als ik.'

Met tranen in haar ogen glimlachte ze terug, en ze bleef haar moeders hand stevig vasthouden terwijl ze achteroverleunden om van het uitzicht te genieten.

7

Italië, 1937

Estee was haar moeder nog nooit ongehoorzaam geweest. Dat had ze nooit het risico waard gevonden… tot nu toe.

Ze stond in de schaduw van de hoge boom, zich ervan bewust dat ze in het volle licht van de maan zou komen te staan zodra ze eronder vandaan kwam. Ze droeg een donkere cape met een grote kap, die ze bij wijze van vermomming over haar hoofd trok voordat ze zich eindelijk durfde te verroeren.

Haar vingers speelden met de steentjes in haar hand. Ondanks de koele nacht voelde die klam aan. Als ze vannacht niet doorzette, zou ze nooit meer teruggaan. En als haar moeder haar betrapte, zou ze misschien niet eens meer de kans krijgen.

Dapper liep ze naar de dichte lavendelstruiken, en ze hoopte maar dat ze Felix goed had begrepen toen ze een van de kiezelsteentjes zo hoog mogelijk opgooide. Het raakte de dakgoot en in de stilte van de nacht klonk het geluid van het steentje dat kletterend op de grond viel zo hard als een donderklap. Ze keek naar haar hand en zag dat ze nog drie kiezeltjes overhad.

Ik moet hoger gooien, dacht ze.

Het tweede steentje kwam bijna tot aan het raam, maar kletterde ook weer omlaag over het dak. Ze deed een stap dichterbij en gooide het volgende steentje met al haar kracht. Met ingehouden adem keek ze toe terwijl het tegen het raam aan kwam.

Niets.

Geen geluid, geen beweging, niets.

Ze deed nog een poging, want misschien had hij het niet

gehoord, en wederom trof het steentje doel. Even bleef ze staan in de hoop dat ze iets zou zien, wat dan ook, dat erop wees dat hij daarboven was, maar er gebeurde nog steeds niets.

Daarna draaide ze zich om. Opeens voelde ze zich nogal onnozel in haar cape, op het keurige gazon van de familie Barbieri. Misschien had hij het niet echt gemeend toen hij had gezegd dat ze een kiezelsteentje moest gooien als ze hem wilde zien.

Maar net toen ze weer dekking wilde zoeken onder de bomen, hoorde ze een geluid, gevolgd door een stem die haar naam fluisterde. 'Estee? Estee, ben jij dat?'

Toen Felix door het inmiddels opengeschoven raam naar buiten leunde, liet ze haar kap zakken. Haar angst om onnozel over te komen verdween als sneeuw voor de zon. Er ging een huivering door haar heen bij de gedachte aan wat er zou kunnen gebeuren als iemand hierachter kwam, en dan met name haar moeder. Maar bij het zien van Felix, met zijn warrige haar en brede glimlach, wist ze dat ze het er meteen weer op zou wagen als ze de kans kreeg.

Zonder nog iets te zeggen verdween hij uit het zicht.

Zij wachtte af en begon het warm te krijgen onder haar cape. Nerveus deed ze een paar stappen naar achteren, voor het geval dat iemand haar voor een indringer zou aanzien, maar net toen de zenuwen haar weer de baas dreigden te worden dook Felix weer op. Hij klom uit het raam en klauterde via het dak naar beneden. Met ingehouden adem keek ze toe terwijl hij bij de dakgoot aankwam, zich op zijn hurken liet zakken en zijn arm uitstak naar de boom, waarna hij met een gevaarlijke zwieper neerkwam op een dikke tak waarlangs hij naar beneden kon klimmen. Het volgende moment kwam hij al naar haar toe gerend.

Haar hart sloeg op hol. 'Dat was me de ontsnapping wel.'

'Oefening baart kunst,' zei hij, terwijl hij zijn vingers door zijn warrige haar haalde. 'Als mijn ouders erachter komen, zwaait er wat.'

Met grote ogen staarde ze hem aan. 'Krijg je dan slaag?'

'Nee, natuurlijk niet!'

'O nee, natuurlijk, ik plaagde je maar.' Ze probeerde te glimlachen en zei maar niet wat er met haar zou gebeuren als ze betrapt werd.

'Zou jij dan geen standje krijgen van je ouders?' vroeg hij.

Ze knikte en hoopte maar dat hij niet zou zien dat haar neusgaten zich opensperden of zou horen dat haar hart sneller begon te slaan. Haar zusjes hadden weinig last van de driftbuien van haar moeder, maar zij had minder geluk. Hoewel zij het hardst werkte en oefende alsof haar leven ervan afhing, kreeg ze als enige de toorn van haar moeder te verduren. 'Waar gaan we naartoe?' vroeg ze.

'Zal ik je meenemen naar mijn lievelingsplekje?' stelde hij voor. 'Als mijn vrienden erbij zijn, gaan we meestal naar de rivier, maar ik heb zo'n vermoeden dat jij niet zo ver weg wilt. Zonder chaperon erbij, bedoel ik.'

Ze knikte. Het maakte haar niet uit waar ze heen gingen, ze had alleen geweten dat ze hem weer moest zien.

'Je vindt het er vast geweldig,' zei hij.

Een tijdje liepen ze in stilte naast elkaar, en Estee vroeg zich af of hij net als zij niet wist wat hij nog meer moest zeggen. Ze keek naar hem, blij dat de maan genoeg licht gaf om elkaar te kunnen zien. Ze wilde hem vragen wie zijn vrienden waren, waarom hij haar laatst na haar optreden had willen zien, hoe zijn familie was. Maar ze hield haar mond en hoopte dat hij het initiatief zou nemen.

Toen zijn hand tegen de hare stootte, stak ze haar vingers een klein stukje uit, net ver genoeg om elkaar een tijdje te kunnen blijven aanraken, tot Felix zijn pink door de hare haakte. Zwijgend liepen ze verder, alsof ze geen van beiden wisten wat ze moesten zeggen.

Voor een buitenstaander leken ze misschien twee kinderen,

gewoon vrienden die elkaars hand vasthielden, maar zij wist wel beter. Felix was anders dan anderen en wanneer hij haar aankeek, wist ze dat hij hetzelfde voelde. Haar ademhaling werd sneller, haar hart sloeg over en het voelde alsof ze op wolkjes liep. Dat had ze nog nooit eerder meegemaakt, en ze wist niet goed wat het betekende.

'Hier is het.' Hij trok haar mee een heuveltje af, naar een groot bijgebouw.

Buiten hingen er planten in potten en er voerde een keurig klinkerpaadje naar de ingang, maar pas toen er een donkere snuit boven een halfhoge deur verscheen, drong het tot haar door waar ze waren. In de paardenstallen.

Aarzelend bleef ze staan omdat er nog een hoofd zichtbaar werd, grijs deze keer.

Felix trok zijn hand terug om zelfverzekerd naar de paarden toe te lopen en ze een aai over hun hoofd te geven. Het tweede paard draaide zijn snuit naar hem toe alsof ze vrienden waren die elkaar lang niet hadden gezien. 'Niet bang zijn, kom maar dichterbij,' moedigde hij haar aan.

Langzaam schuifelde Estee in zijn richting, maar ze schrok toen het paard brieste. Het klonk belachelijk hard in de doodse stilte van de nacht.

Felix leek aan te voelen hoe nerveus ze was en stak zijn hand weer naar haar uit. Ergens was het een vreemd idee om de hand vast te houden van een jongen die ze niet kende, maar op de een of andere manier voelde het niet zo. Misschien snakte ze gewoon zo erg naar contact met iemand van haar eigen leeftijd dat ze dat gevoel bij iedereen gehad zou hebben.

Dat is niet waar. Ik heb nooit eerder zo graag bij iemand willen zijn.

'Je maakt ze nerveus,' zei Felix. 'Als jouw hart tekeergaat, slaat dat van hen ook op hol.'

Haar ogen werden groot en ze deed weifelend nog een stap

naar voren, terwijl ze haar ademhaling en bonkende hart onder controle probeerde te krijgen. Daarna pakte ze zijn hand aan. Zijn vingers sloten zich om de hare en zodra ze dichtbij genoeg was, legde hij haar hand tegen de wang van het paard zodat ze de zachte vacht kon voelen.

Als bij toverslag kwam haar hart weer tot rust. Ze had zich nooit eerder zo kalm gevoeld en wist dat ze hier goed aan had gedaan. 'Wat is hij mooi,' fluisterde ze.

'Zíj is mooi,' corrigeerde hij haar.

Estee lachte. 'Ik ben nog nooit zo dicht in de buurt van een paard geweest,' gaf ze toe. 'Ik was er altijd bang voor.'

'Het zijn de liefste dieren die je je maar kunt bedenken,' zei hij. 'Ik verstop me hier heel vaak als ik alleen wil zijn.'

Ze kon best begrijpen waarom hij het hier fijn vond. Als zij zo'n plekje had, zou ze zich hier ook graag verschuilen voor de rest van de wereld. 'Felix, waarom wilde je me die dag zien?' vroeg ze.

Hij haalde zijn schouders op, trok zijn hand terug en schuifelde wat met zijn voet over de klinkers. Toen hij eindelijk weer opkeek, wist ze wat hij niet kon zeggen en had ze er bijna spijt van dat ze hem die vraag had gesteld.

Bijna.

Het voelde goed om te weten dat iemand haar graag mocht.

'Heb jij ook weleens het gevoel dat je hele leven al voor je is ingevuld?' vroeg hij.

'Ja.' Opeens sprongen de tranen haar in de ogen. Ze knipperde verwoed, in de hoop dat hij het niet zou zien.

Felix kwam in beweging en ze liep achter hem aan naar een open paardenbox waarin twee houten kisten ondersteboven stonden. Hij ging zitten en zij nam tegenover hem plaats, onwennig door de geur die volgens haar een combinatie moest zijn van paardenmest en het stro op de grond, dat aan haar enkels kriebelde.

'Volgens mij hebben we veel met elkaar gemeen,' begon hij. 'Mijn ouders hebben mijn hele leven al voor me uitgestippeld, inclusief met wie ik moet trouwen. Ik word geacht het bedrijf van mijn vader over te nemen en het juiste meisje uit de juiste familie te huwen, en jij...'

'Ik moet de beste danseres van Italië worden,' fluisterde ze. 'Mijn hele leven staat in het teken van dansen, of ik dat nou wil of niet.'

'Doe je het dan niet graag? Wil je niet de beste ballerina van Italië worden?'

'Ik wil...' Ze schraapte haar keel en balde haar handen tot vuisten.

Toen Felix dat zag, stak hij zijn handen uit alsof hij wist dat dat de enige manier was om te voorkomen dat ze zichzelf pijn zou doen.

Ze haalde diep adem en liet toe dat hij haar vingers losmaakte van haar handpalmen en voorzichtig haar handen in de zijne nam. Hij was de eerste persoon die het opviel, of die het iets kon schelen, dat ze zichzelf zo pijnigde. 'Ik wil wel dansen, maar ik wil ook plezier maken en vrienden hebben en...' Weer ademde ze diep in. Dit was de eerste keer dat ze dit hardop zei. 'Soms wil ik gewoon een meisje zijn.'

Ze bleven even zwijgend zitten, waarna hij in de lach schoot. 'Je weet toch wel dat je al een meisje bent? Dat lijkt me niet zo ingewikkeld.'

Zelf moest ze ook lachen, want het klonk best absurd. Ondanks zijn plagerige opmerking zag ze echter aan zijn glimlach dat hij haar begreep. 'Met wie ga je trouwen?' flapte ze eruit. Ze wist niet goed waarom ze er zo van opkeek. Gearrangeerde huwelijken kwamen immers vaak voor, zeker in de hogere kringen.

'Ze heet Emilie,' vertelde hij. 'Als kind speelden we vaak met elkaar, maar nu zie ik haar bijna nooit meer.'

‘Ze is vast heel lief,’ zei ze, ondanks de steek van jaloezie die ze voelde.

‘Mijn familie is geen oud geld,’ merkte hij zacht op, alsof hij bang was dat iemand hen zou horen. ‘Volgens mij vinden mijn ouders het daarom zo belangrijk om me aan de juiste vrouw te koppelen en om in het juiste huis te wonen. Ze doen er alles aan om geaccepteerd te worden door de mensen die ze zo bewonderen.’

‘Dat is ook de reden dat mijn moeder me zo achter de vodden zit,’ zei Estee. ‘Ze willen dat het voor ons anders wordt. Dat wij een beter leven krijgen dan zij.’

Daartegen ingaan had geen zin, dat wisten ze allebei. Hun toekomst was al bepaald door hun familie, daar konden ze weinig aan veranderen.

Haar maag knorde, alsof er in haar binnenste onweer op komst was.

Felix’ mondhoek ging omhoog. ‘Je hebt honger.’

‘Ik heb altijd honger.’ Ze zag er het nut niet van in om tegen hem te liegen.

‘Hoe komt dat?’

Even hield ze haar adem in, omdat ze wist dat ze de waarheid niet meer terug zou kunnen nemen wanneer ze het gezegd had. Maar hij wachtte gewoon af, en ze realiseerde zich hoe prettig ze het vond dat hij zo geduldig was. ‘Omdat ik mager moet blijven,’ legde ze uit. ‘Mijn moeder houdt precies bij hoeveel ik eet.’

‘Weet je wat mijn familie doet?’ vroeg Felix.

Ze knikte. ‘Jullie hebben een bakkerij.’

‘De volgende keer dat ik je zie, neem ik iets te eten voor je mee.’ Hij glimlachte ontwapenend. ‘We maken de beste *saccottini al cioccolato* die je ooit hebt geproefd.’

Blozend wendde ze haar gezicht af, uit schaamte omdat hij kon zien hoe uitgehongerd ze was en omdat ze er alleen maar naar kon gissen hoe heerlijk het eten van zijn familie smaakte.

'Je hebt toch weleens een chocoladebroodje geproefd?' vroeg hij. Toen ze niets zei, leunde hij dichter naar haar toe. 'Een *cornetto* dan?'

Langzaam schudde ze haar hoofd. 'Dat soort dingen mag ik niet hebben. Mijn zusjes misschien wel, maar...'

'Kun je morgennacht weer komen?' vroeg hij. 'Of de nacht daarna?'

'Ik weet het niet. Als mijn moeder erachter komt...'

Hij knikte, alsof hij begreep wat een groot risico ze had genomen.

Nu ze het over haar moeder had, werd ze nerveus. De kans dat mamma haar zou betrappen werd met elke minuut die ze hier bij Felix bleef groter. Ze was al te lang weggebleven, had al te veel op het spel gezet. 'Ik moet gaan.' Ze stond op en liep op onvaste benen weg. Opeens wilde ze dat ze niet was gekomen. Daardoor had ze alleen maar gezien wat ze allemaal moest missen.

De merrie die ze eerder had geaaid stak haar hoofd nog steeds boven de deur van de paardenbox heen en Estee aaide het dier over haar snuit. Ze deed haar ogen dicht en kwam nog een stap dichterbij, waarna ze naar voren leunde tot haar gezicht bijna dat van het paard aanraakte.

Felix bleef stilletjes naast haar staan tot ze zich eindelijk van het paard losmaakte. Samen liepen ze terug naar de boom bij zijn huis, waar ze even opgelaten bleven staan. Ze wist niet goed wat ze moet zeggen. Hoewel ze nog maar een uur met hem had doorgebracht, voelde het alsof ze hem al haar hele leven kende.

'Estee,' mompelde hij.

Ze keek hem aan; hoopvol, afwachtend.

Hij pakte haar hand en hield die even vast, maar liet haar vervolgens weer langzaam los.

Het enige waar ze aan kon denken was dat hij haar niet ging zoenen. Dat had geen zin, hij was al aan iemand anders toegezegd, ook al was hij pas een jaar of veertien.

Teleurgesteld en tot op het bot verkleumd haastte ze zich naar huis. De hele weg terug maakte ze zich er zorgen over hoe ze ongemerkt naar binnen kon sluipen. Uit het raam klimmen had ze niet aangedurfd, uit angst dat ze zou vallen en geblesseerd zou raken.

Eenmaal bij het huis draaide ze voorzichtig de deurknop om en glipte zo geruisloos mogelijk naar binnen. Ergens verwachtte ze dat haar moeder aan de eettafel zou zitten, met samengeknepen ogen en gewapend met een houten lepel om haar te slaan op plaatsen waar niemand de blauwe plekken zou kunnen zien. In plaats daarvan werd ze begroet door het donker. En stilte.

Op haar tenen liep ze naar haar kamer, sierlijk als altijd. Snel kleedde ze zich uit en kroop in bed. Ze trok de dekens op tot aan haar kin, probeerde haar hart tot bedaren te brengen en dwong zichzelf de slaap te vatten, omdat ze wist hoe moe ze morgenochtend zou zijn.

De volgende middag wist ze echter dat haar uitstapje de leugens en de vermoeidheid dubbel en dwars waard was geweest. Op haar bed lag, als door een wonder, een bruine papieren zak. Toen ze die openmaakte, nadat ze zichzelf ervan verzekerd had dat ze alleen was, trof ze iets aan waardoor haar hart een sprongetje maakte.

Het was de saccottini al cioccolato die Felix haar had beloofd. De geur alleen al zorgde ervoor dat ze op slag verliefd werd.

Niet alleen op het chocoladebroodje, maar ook op Felix. Op de een of andere manier was hij onopgemerkt haar kamer binnengeslopen en had hij iets voor haar achtergelaten dat van niemand anders afkomstig kon zijn.

Kon ze dit elke dag maar eten.

Ze ging op haar bed liggen en genoot van elke luchtige hap. Na afloop likte ze haar vingers schoon en deed haar ogen dicht.

Haar buik had in jaren niet zo vol gezeten en haar gedachten waren bij Felix. Was hij op de een of andere manier op het dak gekropen en door het raam naar binnen geklommen, of was hij zo brutaal geweest om via de deur het huis in te sluipen?

Met een glimlach dacht ze aan zijn haar dat nonchalant achterover was geduwd, aan zijn stralende ogen, zijn licht omhoogwijzende mondhoeken als hij naar haar grijnsde. Ze zuchtte, verfrommelde de papieren zak en verstopte die onder het bed. Daarna ging ze bij het raam staan om naar buiten te staren. Ze hoopte maar dat het in haar kamer niet rook naar de verboden traktatie die ze zojuist had genuttigd.

'Estee!' riep haar moeder.

Ze deed haar ogen dicht en haalde diep adem.

'Estee!' weergalmde het nogmaals door het trapgat en haar kamer.

'Ik kom al, mamma,' riep ze terug. Even sloeg ze haar armen om zich heen en stelde zich een ander leven voor, een andere familie, andere verwachtingen.

Toch wist ze maar al te goed hoe gevaarlijk het was om te verlangen naar iets wat ze niet kon krijgen. Felix was een vriend, maar het had geen zin om te dromen van meer. Op een dag zou zij een beroemde balletdanseres zijn en zou hij getrouwd zijn met Emilie en een huis vol kinderen hebben.

Het leven zou hen ieder een andere kant op voeren, maar ze was blij dat ze hem als vriend had. Glimlachend haastte ze zich de trap af, terwijl haar vingers over de smalle trapleuning gleden.

Een vriend die heuse godenspijzen op mijn bed neerlegt.

8

Heden

Lily liep het hotel uit en draaide zich weemoedig nog een laatste keer om. Ergens verwachtte ze dat haar moeder onder aan de imposante trap zou staan om haar uit te zwaaien. Maar helaas, de trap was leeg en ze glimlachte bij de gedachte aan haar moeder die boven bezig was om zich klaar te maken voor de dag.

'Lily?'

Ze draaide zich met een ruk om en zag dat een man met ogen zo donker als cacao en een goudbruine huid haar had geroepen.

'Sì,' antwoordde ze. 'Jij bent vast–'

'Antonio,' zei hij, met uitgestoken hand. Ze verwachtte dat hij haar de hand zou schudden, maar in plaats daarvan trok hij haar dichter naar zich toe om haar op beide wangen een kus te geven. 'Welkom.'

Zijn ogen waren warm en zijn glimlach zelfs nog warmer. Ze merkte dat ze bloosde onder zijn blik. Kennelijk was ze niet ongevoelig voor de charmes van Italiaanse mannen.

'Zal ik je bagage overnemen?'

Ze knikte en tilde de kleinste tas zelf op, terwijl hij de koffer pakte. Na een paar stappen knikte hij in de richting van zijn auto. 'Daarheen,' zei hij, doelend op een terreinwagen die zo te zien betere tijden had gekend. Gelukkig maar, dacht ze. De auto verschilde als dag en nacht van de bolides die ze sinds haar aankomst had gezien en nu er ook nog eens een knappe Italiaanse man naast stond, in een overhemd met opgerolde mouwen en een spijkerbroek die door jarenlang gebruik vaal was geworden, wist ze dat ze hier goed zat.

Zij zette haar tas op de achterbank, hij haar koffer, en ze ging net op de bijrijdersstoel zitten toen hij het portier aan de bestuurderskant opentrok. 'Hoelang is het rijden?' vroeg ze.

Hij bromde wat toen hij de sleutel twee keer moest omdraaien om de motor aan de praat te krijgen. 'Iets minder dan een uur,' zei hij. 'Precies genoeg tijd om je te leren kennen.'

Door de knipoog waarmee hij het zei schoot ze in de lach. Kon haar moeder Antonio maar zien – hij zou vast meteen goedgekeurd zijn. 'Vertel eens,' zei ze toen ze de weg op draaiden. 'Wat doe je in de wijngaard?'

'Wat niet?' Tijdens het rijden wierp hij een blik op haar.

Toen hij zijn ogen weer op de weg richtte, keek ze naar zijn mannelijke kaaklijn en zijn achterovergekamde zwarte haar. 'Werk je er al lang?'

'Mijn ouders zijn Roberto en Francesca Martinelli.' Hij hield het stuur met één hand vast en leunde achterover. 'Ik ben er als kleine jongen al aan de slag gegaan en ik doe alles, van machines repareren tot druiven oogsten. Zo gaat dat in een familiebedrijf, al ben ik strikt genomen wijnbouwer van beroep.'

Ze schraapte haar keel, beschaamd omdat ze niet meteen had begrepen dat hij een zoon van Roberto was. 'Het spijt me, ik had niet verwacht–'

'Dat ze mij zouden sturen om je op te halen?' Zijn glimlach werkte aanstekelijk.

'Ik had eerder een loonslaaf verwacht,' gaf ze toe.

'Ah, bella, maar dat ben ik ook.'

Ze schoten allebei in de lach. De sfeer was ontspannen, al werd Lily wel een beetje van haar stuk gebracht omdat hij zo knap was.

'Ik hoorde dat je in het buitenland hebt gewerkt?'

Ze knikte en draaide zich een beetje naar hem toe. 'Dat klopt.

Eerst een tijdje in Californië, daarna ben ik naar Nieuw-Zeeland gegaan om meer te leren over de mousserende wijn die ze daar maken.'

'Ah, en nu ben je benieuwd naar het geheim achter onze Franciacorta?'

'Precies. En ik heb gehoord, nee, ik wéét dat jouw familie de beste mousserende wijn uit de regio maakt.'

'Volgens mijn vader,' zei hij plagerig.

'Volgens een aantal van de beste wijnmakers ter wereld ook,' reageerde ze. 'Al zal ik dat niet tegen je vader zeggen, als je dat niet wilt.'

'*Penso già che tu mi piaccia.*'

'Wat betekent dat?'

'Dat betekent: ik geloof dat ik je nu al graag mag.' Hij lachte. 'En ik heb zo'n vermoeden dat mijn vader dol op je zal zijn.'

Een tijdlang reden ze in een gemoedelijke stilte verder, terwijl Lily naar het veranderende landschap staarde en zo veel mogelijk in zich probeerde op te nemen. Het mooiste van haar werk vond ze dat ze naar verschillende landen kon reizen. Ze vond het heerlijk om in een ander land in de grond te wroeten, de mensen te leren kennen, te zien hoe ze er te werk gingen. Het liefst werkte ze in familiebedrijven, omdat de tradities daar al jaren van de ene op de andere generatie werden overgedragen. Dat waren de beste plekken om het vak te leren en ze zou nergens liever willen zijn, al moest ze daardoor wel vaak denken aan haar vader en wat ze was kwijtgeraakt.

Sinds de dood van haar vader was ze vastbesloten om hun dromen na te jagen, om de dingen te doen waarover ze het altijd met elkaar hadden gehad. Dingen die hij nooit had kunnen doen omdat een hartinfarct hem van haar had afgenomen. Ze wilde al wijnmaker worden sinds ze als klein meisje tussen de wijnstokken achter hem aan had gehuppeld. Hij had haar geleerd hoe je kon zien of de druiven rijp waren, hoe je ze moest aanraken, hoe je ze met de hand kon plukken. Als tiener had ze toegekeken als hij een slok wijn door zijn mond liet walsen en haar precies vertelde wat hij proefde, alvorens de wijn weer uit te spugen. Daarna deed zij hetzelfde en probeerde haar neus niet op te trekken door de smaak, terwijl ze wanhopig probeerde de noten van eikenhout of citrus die hij beschreef te herkennen.

En toen, op een dag, was hij er ineens niet meer geweest. Ze had dagen achtereen gehuild en daarna besloten dat ze nooit meer een voet in een wijngaard zou zetten, maar uiteindelijk had ze toch haar hart gevolgd. Tot op de dag van vandaag kon ze zijn diepe, rustgevende stem nog horen wanneer ze wijn proefde, bijna alsof hij weer bij haar was en haar vertelde wat hij proefde of het er met haar over eens was of het een goed jaar was of niet.

'Wilde je altijd al in de wijngaard werken?' vroeg ze aan Antonio.

'Zo gaat dat nou eenmaal,' zei hij schouderophalend. 'Er werd van me verwacht dat ik in het familiebedrijf zou komen werken. Gelukkig zou ik ook niet anders willen. Mijn broer denkt er ook zo over, net als mijn zus.'

Vooraf had ze uitgebreid onderzoek gedaan naar zijn familie, juist daarom had ze moeten weten wie hij was. Ze pijnigde haar hersens om zich hun namen te herinneren. Marco, Vittoria en... Ant. Daarom had ze zijn naam niet meteen herkend. 'Word je liever Antonio genoemd dan Ant?' vroeg ze.

Hij keek verbaasd. 'O, dus je hebt wel je huiswerk gedaan,' merkte hij grijnzend op. 'Iedereen die me als kind al kende noemt me Ant, maar eerlijk gezegd heb ik daar een gruwelijke hekel aan. Ik was het kleinste jongetje van de klas, ik had spillebenen en vergeleken bij mij leek mijn broer wel een reus. Ze zeiden altijd dat ik op een mier leek en noemden me Ant, een van de nadelen van al zo jong Engels leren.'

Haar blik gleed over zijn lichaam. Inmiddels was hij zeker geen klein miertje meer. Ze schatte dat hij minstens een meter vijfentachtig was, en in zijn overhemd en spijkerbroek zag hij er breed uit. 'Als ik jou was, zou ik me er niet meer druk om maken.' Ze bloosde toen hij haar naar hem zag staren.

'Ik kreeg op mijn zestiende pas een groeispurt en nu ben ik de langste van mijn familie. Maar ja...' Hij haalde zijn schouders op. 'Van die naam ben ik nooit meer afgekomen.'

Toen hij vaart minderde, zag ze door het raampje dat het landschap opnieuw was veranderd. Het was hier prachtig. Tegen de heuvel strekten de wijnstokken zich zo ver uit als het oog reikte, onder een helderblauwe lucht.

'Welkom thuis,' zei hij, en hij draaide een oprijlaan in die werd geflankeerd door bomen, wuivend in de bries. 'Het is een paradijsje.'

Terwijl ze langzaam verder reden, zag ze een vrouw op een paard. Haar lange donkere lokken wapperden achter haar aan en ze zwaaide naar hen.

'Dat is mijn moeder,' legde Antonio uit.

De gedachte dat die beeldschone vrouw drie volwassen kinderen had, was onvoorstelbaar. Ze had gedacht dat de foto op de website verouderd was, maar zo te zien waren niet alleen de mannen in de familie gezegend met een knap uiterlijk.

'Volgens mij zal ik het hier prima naar mijn zin hebben,' mompelde ze.

Toen ze verder reden naar een groot huis met een terracotta dak en een gepleisterde voorgevel met hoge ramen, streek Antonio's hand onverwacht langs de hare. 'Volgens mij ook.'

Lily had het idee dat hij het niet alleen over de druiven had. Hoe belangrijk ze het ook vond om zaken en plezier gescheiden te houden, de woorden waarmee haar moeder afscheid had genomen spookten nog steeds door haar hoofd.

Veel plezier, Lily. Je bent maar één keer dertig en het wordt eens tijd dat je jezelf toestaat om verliefd te worden. Of om op zijn minst met een prachtige man in bed te belanden.

Het bleek dat Antonio haar regelrecht naar zijn ouderlijk huis had gebracht. Dat was gelegen op een heuvel die niet alleen uitzicht bood op hun eigen wijngaard, maar ook op de wijdere omgeving. Schijnbaar hadden zijn ouders erop gestaan om haar op informele wijze welkom te heten voordat ze over zaken zouden praten.

'Ciao, Lily!' De luide, vriendelijke stem die haar toesprak vanaf een tafeltje op het terras onder een met wijnranken begroeide pergola klonk als een oudere versie van Antonio's stem. De man zelf was ook een statige, rijpere versie van zijn zoon, al had hij dan zilvergrijs haar.

'Meneer Martinelli, wat fijn u te ontmoeten.'

'Het genoegen is, hoe zeg je dat, geheel aan mijn kant.' Hij stond op en liep op haar af om haar te begroeten met haar handen tussen de zijne geklemd en een zoen op beide wangen. 'Kom er gezellig bij zitten, en zeg maar Roberto. Heb je al ontbeten?'

'Nee, daar heb ik nog geen kans toe gezien.'

'Hopelijk heeft mijn zoon zich goed gedragen, sì?'

Hij sprak Engels met een veel zwaarder accent dan Antonio en had een hartelijke uitstraling waardoor ze zich meteen op haar gemak voelde. Toen haar baas in Nieuw-Zeeland haar had aanbevolen voor deze baan, had hij al gezegd dat ze het prima naar haar zin zou hebben bij de familie Martinelli. Het leek erop dat hij dat goed had aangevoeld.

'Sì.' Ze wierp een blik op Antonio en werd beloond met een knipoog. 'Hij heeft zich keurig gedragen.'

'Koffie?' vroeg Roberto, terwijl hij een pot omhooghield. 'Er zijn ook broodjes, vers uit de oven.'

Antonio ging aan tafel zitten en besmeerde snel een broodje met boter en jam.

Haar maag knorde ook, maar net toen ze wilde gaan zitten, kregen ze gezelschap van de vrouw die ze had zien paardrijden: Antonio's moeder, Francesca. Van dichtbij was ze net zo mooi als van een afstandje. Alleen de vage lijntjes om haar ogen verraadden haar leeftijd.

'Ciao, Lily! Wat fijn dat je er bent.' In haar rijbroek, hoge zwarte laarzen en een nauwsluitend mouwloos shirt was ze het toonbeeld van elegantie. Ze liep op Lily af en gaf haar twee zoenen.

'Bedankt, ik ben ook heel blij om hier te zijn. Jullie wonen hier prachtig, al had ik niet verwacht om hier uitgenodigd te worden.'

'Waarom niet? Zolang je hier bent, maak je deel uit van deze familie. We nodigen elk seizoen maar één assistent-wijnmaker uit en soms zelfs helemaal niemand, dus je bent heel bijzonder voor ons.'

Toen ze langs Lily heen liep, zag Lily dat Roberto zijn vrouw al een kop koffie aanreikte.

'Lily?' Antonio wees naar het lege kopje op tafel.

'Lekker, dank je.' Ze ging zitten.

De familie begon aan een laat ontbijt en Antonio en zijn vader praatten in rap Italiaans met elkaar, waar Lily natuurlijk niets van kon volgen.

'Let maar niet op hen,' zei Francesca, die naar haar toe leunde. 'Die twee zijn het elke ochtend wel ergens niet over eens, doodvermoeiend.' Ze lachte. 'Daarom ga ik meestal al vroeg paardrijden, zodat ik daarna rustig in mijn eentje buiten kan gaan zitten.'

Ze grijnsden allebei en Lily keek langs haar heen toen ze een hapje van haar brood nam, nog warm van de oven, zoals Roberto al had beloofd.

'Het is zelfs nog erger wanneer mijn zoons er allebei zijn. En nu jij er bent...' Ze zuchtte. '... nu zullen ze elkaar zeker in de haren vliegen.'

Lily keek naar Antonio, die zijn handen in de lucht stak en vervolgens met zijn vingers door zijn haar ging. Het ging er duidelijk verhit aan toe. 'Waar hebben ze het over, als ik vragen mag?'

'Hetzelfde als elke ochtend,' verzuchtte Francesca. 'Antonio heeft nieuwe ideeën, dingen die hij wil veranderen, en mijn man wil dat alles net zo wordt gedaan als zijn eigen vader het deed. De oudere generaties houden niet van verandering.'

'Dat spreekt me eerlijk gezegd juist aan,' zei Lily. 'Ik ben gefascineerd door de geschiedenis en de regels over de productie van Franciacorta die al generatieslang op elkaar overgedragen zijn. Er is wereldwijd zo veel veranderd op het gebied van de druiventeelt en productiemethoden, maar jullie zijn er nog op gebrand om de oude manieren te behouden.'

Toen Antonio kreunde, besefte ze dat niet alleen zijn moeder naar haar had zitten luisteren. 'Zo te horen heb je toch niet zo'n verfrissende blik als ik hoopte,' mopperde hij.

'Ik denk juist dat zij precies is wat we hier nodig hebben,' wierp zijn vader tegen. 'Ze herinnert ons eraan waarom we de tradities in ere moeten houden.'

'Het spijt me, ik wilde me nergens mee bemoeien.'

'Dat heb je ook niet gedaan. Eet je ontbijt maar op, je koffie kun je meenemen,' zei Francesca. 'Voordat je naar de wijngaard gaat, wil ik je een korte rondleiding geven. Dit is een bijzondere tijd van het jaar, dus je zult de druiven wel willen inspecteren. We houden ze nauwlettend in de gaten. Zoals je weet, moeten de omstandigheden precies goed zijn.'

'Plukken jullie nog steeds met de hand?'

De twee mannen hielden weer op met praten en Antonio gaf antwoord. 'Dat onderdeel van de traditie mag nooit veranderen.' Hij leunde achterover op zijn stoel, met zijn kop koffie in zijn hand. 'Elke druif wordt met de hand geplukt, dat is de enige goede manier. Machines zijn niet toegestaan en als er een mand vol is, wordt die voorzichtig vervoerd. We houden ons strikt aan de *méthode traditionnelle*.'

'Ik heb zo'n vermoeden dat jullie dat ook zouden doen als het geen vereiste was.'

'Eén dag in Italië, en ze kent al onze geheimen al,' zei Antonio plagerig.

'Met elke fles, met elke druif, houden we onze familiegeschiedenis in ere,' vulde Roberto aan. 'Voor mij is niets zo belangrijk als dat er zorgvuldig met de oogst wordt omgesprongen en dat mijn gezin er samen de schouders onder zet.'

'Genoeg over werk gepraat. Kom mee,' kwam Francesca ertussen. 'Kun je paardrijden?'

Lily kreeg op slag een droge mond en moest een slok koffie nemen om haar laatste hap brood weg te spoelen. 'Ja, maar het is wel heel lang geleden.'

Zo lang zelfs dat ze kriebels in haar buik kreeg, hoewel ze probeerde niet te laten merken hoe bang ze was.

'Goed, dan gaan we paardrijden en laat ik je elke centimeter van ons terrein zien voordat je aan de slag gaat. Ant?'

Hij knikte. 'Ja, mamma, ik zal een paard voor haar zadelen.'

Lily leunde achterover en dronk haar koffie op, terwijl Antonio zijn moeder een kus op haar wang gaf en door een open deur het huis in liep. Het was het soort elegante, traditionele woning dat je meestal in tijdschriften zag. Het pand ademde geschiedenis, maar had op de een of andere manier ook iets moderns. Het zag er koel uit, alsof het er zelfs op de warmste zomerdag goed toeven zou zijn, en ze vond het prachtig dat de deuren uitkwamen op het grote terras waar ze nu zaten.

'Hij is een goeie jongen, mijn Antonio,' zei Francesca. 'Soms is hij rusteloos, maar hij heeft het hart van een leeuw.'

Lily dacht aan de manier waarop hij zijn moeder meteen had gehoorzaamd en een zoen had gegeven. Zijn houding was heel anders dan die van de gemiddelde Engelsman en het was duidelijk dat Francesca in dit gezin de touwtjes stevig in handen had.

'Het is vast prettig om hem zo dicht in de buurt te hebben. Woont hij hier ook?' Lily hoopte dat ze niet te nieuwsgierig overkwam, maar ze probeerde alle puzzelstukjes in elkaar te passen.

'Hij heeft een eigen huis, een paar minuten rijden hiervandaan, op onze grond, maar hij eet altijd met ons mee. Dat kwam hem altijd perfect uit, ook toen hij nog...'

Lily spitste haar oren, benieuwd naar wat Francesca had willen zeggen.

'Hoe dan ook, hij vindt het prettig om dicht in de buurt te wonen,' vervolgde Francesca. 'Zijn broer is een ander verhaal. Die heeft een appartement in Milaan en behartigt van daaruit onze zakelijke belangen.'

Lily knikte. Ze was nog steeds nieuwsgierig naar Antonio en vroeg zich af hoelang haar geduld op de proef gesteld zou worden. Waarschijnlijk niet zo lang, aangezien ze al snel aan de slag zou gaan en iedereen hier werd aangemoedigd om nauw samen te werken. Na de eerste week zouden de tongen vast wel loskomen.

'Kom, dan zoeken we een paar rijlaarzen voor je en gaan we naar de stallen. Er valt heel wat te bekijken.'

Lily liep achter haar aan en toen ze de zon op haar schouders en de bries op haar wangen voelde, bedacht ze voor de zoveelste keer vandaag dat ze nergens liever zou zijn.

Italië was goed voor de ziel. Die slogan had ze in het vliegtuig gelezen, en ze was het er roerend mee eens.

9

'Je hebt het ideale moment uitgekozen om te komen,' merkte Francesca op terwijl ze rustig door de wijngaard reden. Het uitzicht was zo adembenemend dat Lily bijna vergat dat ze op een paard zat. 'Volgens mijn man kunnen we over een week, hooguit twee, gaan oogsten.'

'Het is hier echt prachtig,' zei Lily, die zou willen dat ze te voet waren. Het liefst zou ze rustig ronddwalen en de druiven inspecteren, al wist ze dat ze daar later nog alle tijd voor zou hebben.

'Ik kan de passie in je ogen zien,' zei Francesca lachend. 'Het lijkt wel of je naar een minnaar kijkt.'

Lily grijnsde. 'Dat kan wel kloppen, want de afgelopen jaren zijn de druiven mijn enige liefde geweest.'

In stilte reden ze nog een poosje verder, tot Francesca het paard tot stilstand maande en voor zich uit staarde. 'Mijn schoonvader had net zo'n passie voor druiven als de meeste mannen voor snelle auto's en mooie vrouwen hebben. Hij had alles wat zijn hartje begeerde, maar toch was het niet genoeg. Hij wilde een mousserende wijn produceren die zich kon meten met de beste champagne.'

'Nou, daar is hij zeker in geslaagd.' Lily keek bewonderend naar het uitzicht. De hele omgeving was begroeid met wijnstokken, zover het oog reikte.

'Jammer genoeg is er de laatste jaren sprake van een familieconflict. Daarom frustreert het mijn man zo wanneer Antonio iets wil veranderen. Hij heeft al jaren geen woord gewisseld met zijn broer.'

'Ik heb veel over de familie van je man gelezen, met name over zijn vader,' gaf Lily toe. 'Hij was toch degene die wijnmakers in deze regio heeft geïnspireerd om de méthode traditionnelle te gebruiken?'

'Dat klopt. Hij heeft geholpen onze Franciacorta net zo beroemd te maken als prosecco.'

Lily herinnerde zich dat Roberto's broer vroeger ook bij de wijngaard betrokken was geweest en vroeg zich af waar de familieruzie over ging, maar wilde geen bemoeial lijken.

Francesca bracht haar paard weer in beweging en Lily volgde, verrast dat ze zich zo op haar gemak voelde. Als kind had ze tijdens vakanties op het landgoed van haar tante leren paardrijden, maar sinds ze uit het zadel was geworpen en in een doornstruik beland, had ze nooit meer op een paard gezeten.

'Vertel eens iets over je tijd in Nieuw-Zeeland.'

'De wijngaard waar ik de meeste tijd heb doorgebracht was ook een familiebedrijf. Het hele productieproces werd in goede banen geleid door een stel broers en zussen. Ze hadden vernieuwende ideeën, maar hechtten ook veel waarde aan tradities. Zo heb ik het het liefst,' legde Lily uit. 'Ik vond het bijvoorbeeld geweldig dat ze een deel van de druiven nog steeds met de hand plukten. Dat deden ze als eerbetoon aan hun vader, die de mousserende wijn had ontwikkeld voor zijn inmiddels overleden vrouw en die het belangrijk vond om alle druiven zelf te plukken. Net als jullie wilde hij graag dat zijn hele gezin bij de wijngaard betrokken was.'

'Ah, dat klinkt als een prachtig verhaal waar ik graag meer over zou horen, maar zo te zien komt mijn zoon je van me afpakken.'

Antonio kwam op een voskleurige ruin tussen hen in rijden. De manier waarop hij in het zadel zat zag er heel natuurlijk uit.

Waarschijnlijk had hij als kind al paardgereden en als peuter door de wijngaard gebanjerd en zich verstopt tussen het groen. Bij die gedachte moest Lily glimlachen.

'Sorry dat ik stoor, maar het wordt tijd om aan de slag te gaan.'

Lily knikte naar Francesca. 'Bedankt voor de rondleiding.'

'Tot snel weer,' zei de oudere vrouw. 'Ik denk dat wij het nog heel gezellig gaan hebben samen.' Met die woorden reed ze ervandoor, eerst stapvoets en vervolgens in galop, totdat ze uit het zicht verdween.

Lily verstrakte haar greep op de teugels uit angst dat haar paard de achtervolging zou inzetten, maar de merrie leek vooral van het zonnetje te willen genieten.

'Je ziet er gespannen uit,' merkte Antonio op. 'Ze gooit je er niet af, hoor. Mijn moeder heeft jou onze tamste merrie gegeven.'

Lily probeerde haar schouders te ontspannen en meer op haar gemak te lijken. Hoewel ze wist dat hij gelijk had, kon ze niet goed tegen kritiek. 'Wat gaan we als eerste doen?'

Hij bracht zijn paard in stap en zij volgde zijn voorbeeld. 'Ik wil je aan iedereen voorstellen en daarna gaan we de druiven inspecteren. In de aanloop naar de oogsttijd wil mijn vader dat we elke dag langs de wijnstokken gaan en nauwgezet aantekeningen maken. Net als ik, trouwens.'

Ze knikte. 'Natuurlijk.'

'Daarna nemen we het productieproces met je door, voordat je naar je kamer gaat om je te installeren.'

'Prima. Maar zet me gerust meteen aan het werk, hoor. Ik ben het gewend om lange dagen te maken.'

'Vergeet niet dat je nu in Italië bent,' zei hij grinnikend. 'Wij houden van uitgebreide lunches en de *riposo*, ons middagdutje.'

'Ik begrijp het.' Kennelijk hielden de Italianen er dezelfde gewoonte op na als de meeste andere culturen in het Middellandse Zeegebied: rusten op het heetst van de dag. In Nieuw-

Zeeland hadden ze amper tijd genomen om te lunchen. 'Maar hoe zit dat als het oogsten begint?'

'Dan gaan we door tot de laatste druif geplukt is.'

Ze huiverde van opwinding. Zo had ze het graag. Ze was altijd al een workaholic geweest, daarom was ze ook zo snel na de oogsttijd in Nieuw-Zeeland naar Europa gekomen om weer van voren af aan te beginnen.

Met een glimlach dacht ze aan haar moeder, die nu waarschijnlijk met Alan langs het meer flaneerde of samen met hem van de zoveelste lange lunch genoot. Had ze maar met haar moeder afgesproken dat ze nog naar de wijngaard zou komen voordat ze terugging naar Londen.

Misschien moet ik dat alsnog doen. Ze zou het hier heerlijk vinden.

'Mensen, dit is Lily,' stelde Antonio haar ongeveer een uur later voor. 'Onze nieuwe assistent-wijnmaker.'

Iedereen keek op en toen Antonio in zijn handen klapte, deden ze allemaal mee en keken haar nieuwsgierig aan.

Ze zwaaide naar hen, glimlachte en hoopte dat ten minste een handjevol van de werknemers Engels sprak. 'Ciao,' riep ze. 'Leuk jullie te ontmoeten.'

Antonio legde zijn hand op haar arm en loodste haar bij de anderen vandaan naar wat het restaurant bleek te zijn. Het vertrek had wel iets weg van een tunnel. Het had een gewelfd plafond en langs één wand bevond zich een lange bar, terwijl de rest van de ruimte gevuld was met lage tafeltjes. De inrichting was eenvoudig maar elegant, met stenen muren en achter in het vertrek glazen deuren die uitzicht boden op de wijngaard.

Vanuit het restaurant gingen ze de keuken in, waar het een drukte van belang was met sissende pannen, rondlopende koks en wolken van stoom.

'Vittoria!' riep Antonio, terwijl hij een rookwalm wegwuifde. 'Kom eens, ik wil je voorstellen aan Lily.'

Een kokkin zette halverwege de keuken haar braadpan neer en liep naar hen toe. Haar ogen hadden dezelfde donkere kleur als die van Antonio en de glimlach op haar gezicht was zelfs nog breder dan bij hem. 'Ah, dus jij bent de vrouw van wie mijn broer denkt dat ze *papà* op andere gedachten zal brengen.'

Terwijl ze elkaar de hand schudden, draaide Lily zich met opgetrokken wenkbrauwen naar Antonio toe. 'Denk je dat ik daarom hier ben?'

Hij haalde zijn schouders op. 'Laten we het erop houden dat ik hoopte dat je me zou helpen hem over te halen een paar veranderingen door te voeren,' zei hij. 'Per slot van rekening heb jij overal ter wereld gewerkt. Daardoor zul je vast wel vernieuwende ideeën hebben.'

Lachend schudde ze haar hoofd. 'Geen denken aan. Ik ben hier omdat ik de traditionele methode wil leren van de besten in het vak.'

Vittoria stak haar handen op alsof ze wilde zeggen dat ze het samen maar moesten uitvechten, en haastte zich terug naar haar werkplek. 'Ik moet de lunch voorbereiden. Tot snel, Lily.' Lachend deed ze weer een paar stappen naar hen toe. 'Maar wees gewaarschuwd, je wilt niet weten wat er met de vorige assistent-wijnmaker is gebeurd.'

'Wat dan?' vroeg Lily.

Antonio draaide zich om en liep mopperend de keuken uit.

Lily wist niet of ze zich nou geërgerd of gevleid moest voelen om wat zijn zus had gezegd, al probeerde ze zich van het laatste te overtuigen. Ze was er zo op gefixeerd waarom ze was aangenomen dat ze Vittoria's laatste opmerking helemaal vergat. 'Antonio, waarom dacht je dat ik–'

Hij draaide zich naar haar om. 'Mijn vriend uit de wijngaard in Nieuw-Zeeland noemde jou een van de beste jonge wijnmakers die hij ooit had gekend.' Hij liet zijn adem ontsnappen. 'Ik dacht dat als ik jou hierheen haalde, je misschien–'

'Dat ik je vader zou kunnen overhalen om het anders aan te pakken?' Die gedachte was bijna lachwekkend. 'Je vader is beroemd, hij is... Nou ja, volgens mij hoef ik het niet eens uit te leggen. Hij is de reden dat ik hierheen wilde komen, de reden dat ik dacht dat ik nooit aangenomen zou worden, omdat alle jonge wijnmakers met hem willen samenwerken.'

'Dat klopt wel, maar ik ben bang dat de concurrentie ons inhaalt. Hij kijkt alleen naar het verleden, maar ik wil ervoor zorgen dat we ook een lange toekomst tegemoet gaan.'

Lily begreep heus wel wat hij bedoelde, maar ze kon gewoon niet geloven dat zij Roberto Martinelli nog iets zou kunnen bijbrengen. Ze was juist hierheen gekomen om van hém te leren. 'Ik heb deze baan aan jou te danken, hè?' fluisterde ze. 'Ik dacht dat je vader erachter zat. Toen ze zeiden dat meneer Martinelli me een tijdelijke functie als assistent-wijnmaker wilde aanbieden, ging ik ervan uit...'

'We nodigen om de paar jaar een wijnmaker uit een andere regio uit, maar inderdaad, ik was het.' Hij haalde zijn schouders op. 'Ik heb mijn vader op jouw bestaan geattendeerd, want het werkt het beste als hij denkt dat hij iets helemaal zelf bedacht heeft. Ik heb hem alleen een duwtje in de juiste richting gegeven.'

Nu zou ze zich nog meer gevleid moeten voelen, maar om de een of andere reden voelde ze zich beetgenomen. Of misschien had haar ego gewoon een deuk opgelopen. 'Nou, dank je,' zei ze desalniettemin. 'Ik vind het een eer om hier te zijn, of je vader me nou wel of niet persoonlijk heeft uitgekozen.'

Ze liepen verder, dit keer tussen rijen met enorme roestvrijstalen vaten door, die vergeleken met de ouderwetse uitstraling van de rest van het bedrijf heel modern oogden. Opeens moest ze denken aan het kistje dat ze had gekregen. Niet voor het eerst verwonderde ze zich erover dat ze was terechtgekomen in het land waar haar grootmoeder een mysterieuze band mee had gehad.

'Kom, dan laat ik je onze kelders zien,' zei Antonio, terwijl hij voor haar uit liep. 'Over een half uur hebben we een bespreking, dus we hebben nog net genoeg tijd voor het laatste gedeelte van de rondleiding.'

Lily moest bukken toen ze door een boogdoorgang gingen. Nu ze koers zetten naar de kelders, leek het of ze weer teruggingen in de tijd. Het werd alsmaar donkerder, maar haar ogen waren al snel gewend en binnen enkele minuten zag ze de ene na de andere rij met flessen. 'Jeetje,' fluisterde ze, terwijl ze haar vingers erlangs liet glijden.

'Drie jaar,' mompelde hij. 'Zo lang laten we onze Franciacorta rijpen.'

'Zo lang? Ik had twee jaar verwacht.'

Hoewel de lampen aan het plafond weinig licht gaven, kon ze alles prima zien. Toen Antonio dichter naar haar toe leunde, had ze geen moeite zijn gelaatstrekken te onderscheiden.

'Kwaliteit vergt tijd,' zei hij glimlachend. 'Het productieproces van onze Franciacorta duurt veel langer dan dat van andere soorten. Dat is een van onze geheimen: geduld.'

Ze hield haar adem in toen hij haar aankeek, voordat hij verder liep. Dat hij zo dicht bij haar kwam staan, met zo'n broeierige blik in zijn ogen, grensde aan ongepast gedrag op de werkvloer, alleen was er wat haar betrof niets ongewensts aan.

Ze schraapte haar keel en herinnerde zichzelf eraan waarom ze zaken en plezier altijd strikt gescheiden hield. Het was lang geleden dat haar hart gebroken was, dat ze op het punt had gestaan om haar eigen dromen op te offeren voor die van iemand anders, maar ze had zich heilig voorgenomen om die fout nooit meer te maken. Dat was een van de redenen waarom ze uit Londen was weggegaan.

Ze moest ervoor zorgen dat áls ze ooit nog die grens overging, ze dat alleen deed om plezier te maken, niet uit verliefdheid. Meer dan een vakantieliefde mocht het niet worden.

Antonio keek glimlachend naar haar om en wenkte dat ze hem moest volgen.

Beloof me dat je ja zult zeggen als een woest aantrekkelijke Italiaan met je naar bed wil.

Ze glimlachte terug. Misschien moest ze voor deze ene keer toch maar de raad van haar moeder opvolgen.

Ze was in een prachtig land, in de wijngaard van haar dromen, met een knappe man die haar wegwijs maakte – zo eenvoudig was het. Toch was er altijd dat stemmetje in haar hoofd dat zei dat ze zich nergens door mocht laten afremmen.

Nadat ze was afgestudeerd aan Plumpton had ze al snel de connecties van haar vader gemaild en een vliegticket naar de andere kant van de wereld gekocht. Eerst naar Californië, daarna naar Marlborough en vervolgens naar het Zuidereiland in Nieuw-Zeeland. Op dat moment had ze geweten dat ze er goed aan deed om zich de dromen van haar vader eigen te maken. Terwijl ze de aarde door haar handen had laten gaan, was opgetrokken met de beste wijnmakers uit de regio, met de hand druiven had geplukt, wijn had geproefd, het vak had geleerd en het uiteindelijk tot assistent-wijnmaker had geschopt, waren haar wonden langzaam geheeld. Op de een of andere manier had ze haar vader bij elke stap naast zich gevoeld, en naar Italië gaan was een van zijn laatste dromen die ze moest vervullen. Van hún dromen.

Ze wist nog dat hij weleens had gezegd dat de meeste van zijn leeftijdsgenoten ervan droomden om naar de Champagnestreek in Frankrijk te gaan, maar zelf was hij ervan overtuigd geweest dat je in Italië moest zijn, om de méthode traditionnelle beoefend te zien worden op een andere plek dan Frankrijk. Daarna had hij het erover gehad dat ze samen hun eigen mousserende wijn zouden kunnen ontwikkelen in Engeland. Hij zou stoppen met zijn werk in een gerenommeerde wijngaard in Oxfordshire en zij moest naar Nieuw-Zeeland, waar het regelmatig vroor, om meer te weten te komen over de druiventeelt en productiemethoden daar, en daarna naar Italië om te leren hoe je de beste mousserende wijn kon maken uit de druivenrassen chardonnay en pinot noir. Door wat ze onlangs ontdekt had over haar oma, vroeg ze zich af of zijn band met Italië dieper had gezeten dan hij zelf besefte.

'Kom je?' riep Antonio.

Snel zette ze haar herinneringen van zich af en haastte zich glimlachend naar hem toe.

'Hier bewaren we onze oude kwaliteitswijnen,' vertelde hij. 'Als we een goede oogst hebben gehad, vieren we dat altijd door een van deze flessen open te trekken.'

'Nou, laten we hopen dat het dit jaar goed gaat, want ik wil er dolgraag een proeven.'

Antonio keek op zijn horloge en klapte in zijn handen. 'Tijd om te gaan,' zei hij, gebarend dat ze via dezelfde weg weer terug moesten. 'Mijn vader houdt niet van laatkomers.'

Ik ook niet, dacht ze met een glimlach. Geen wonder dat ze hem zo graag mocht.

Op weg naar buiten bleef ze staan bij een stel glazen deuren die op een andere ruimte uitkwamen. 'Gebruiken jullie hier nog eiken vaten?' vroeg ze verbaasd. Tegenwoordig was dat niet meer gebruikelijk, en ze kon de geur van eikenhout die er in die ruimte moest hangen bijna ruiken.

'Het zoveelste eerbetoon aan het verleden,' zei Antonio grinnikend.

'Op een dag zul je terugkijken en je vader dankbaar zijn omdat hij zo trouw was aan de oude manier van werken. Trouwens, vergeet niet dat je grootvader een van de eerste wijnmakers in de regio was die mousserende wijn gingen maken.

Misschien denkt je vader wel verder vooruit dan je nu denkt.'

'Och, misschien heb je wel gelijk. Al lijkt het me niet onredelijk om te vragen of hij een computer wil gebruiken in plaats van een typemachine, of wel?'

Lily schoot in de lach. 'Dat meen je niet.'

'Sì, bella,' zei hij, treurig met zijn hoofd schuddend. 'Ik vrees van wel.'

10

Italië, 1938

Het was inmiddels al maanden geleden dat Estee en Felix elkaar hadden leren kennen en sinds die tijd hadden ze elkaar minstens één keer per week gezien. Nu het zomer was, deed ze regelmatig alsof haar dansles uitliep en knepen ze er 's middags samen tussenuit. Het was een verboden vriendschap, maar het leek wel of het lot hen die dag bij elkaar had gebracht. Ze dacht er vaak over na hoe anders haar leven er zonder hem zou hebben uitgezien, hoe tergend saai de afgelopen maanden zouden zijn geweest als hij haar die dag na het optreden niet had gevraagd om mee naar buiten te gaan.

Vandaag zaten ze in de zon, hij met zijn broekspijpen opgerold tot aan zijn knieën en zij met haar rok opgetrokken terwijl ze hun benen in het water lieten bungelen. Het was een volmaakte dag, met een fluisterzacht briesje dat hun huid afkoelde onder de stralende zon.

'Wat ben je stil vandaag,' merkte hij op, terwijl hij op zijn ellebogen achteroverleunde en naar haar keek. 'Maak je je ergens zorgen om?'

Ze wist waar hij op doelde, want ondanks haar gebrekkige opleiding wist zelfs zij dat de wereld om hen heen aan het veranderen was. Aan de eettafel mochten zij en haar zusjes het niet over politiek hebben – haar vader zou ontploffen als ze ook maar zouden proberen te bespreken wat er gaande was – maar ze had geruchten gehoord over een oorlog. Daar was ze vandaag echter niet mee bezig. Ze had Felix iets te vertellen en had geen idee hoe ze erover moest beginnen.

De tijd die ze met hem doorbracht betekende immens veel voor haar. Deze momenten waren haar houvast, het enige in haar leven wat niets met dansen of familie te maken had. De gedachte dat daar een eind aan zou kunnen komen, was hartverscheurend.

'Ik ben uitgenodigd voor een auditie op de balletacademie van het theater La Scala.' Ze hield haar ogen neergeslagen terwijl ze het zei, omdat ze hem niet kon aankijken.

'In Milaan?' vroeg hij. 'Ga je naar Miláán?'

Ze liet haar adem ontsnappen. 'Ja.'

'Estee, dat is geweldig!' Op zijn gezicht brak een brede glimlach door. 'Je zult wel dolblij zijn.' Toen ze niet reageerde, leunde hij naar voren en spetterde haar een beetje nat.

'Hou op,' zei ze.

Nu maakte hij een kommetje van zijn hand en gooide haar jurk nat.

'Felix!'

'Ik hou pas op als je toegeeft dat dit goed nieuws is.' Grijnzend leunde hij weer naar voren. 'Je kijkt erbij alsof er iemand dood is!'

'Ik zou je in het water moeten duwen,' mopperde ze.

'Estee,' zei hij dreigend. Zijn vingers bungelden in het water en aan de uitdrukking op zijn gezicht te zien zou hij deze keer zorgen dat ze echt doorweekt raakte.

'Vooruit dan,' gaf ze toe. 'Het is goed nieuws.'

'Waarom ben je dan zo verdrietig?'

Estee tuurde voor zich uit naar het water, want ze wilde hem niet aankijken. Ze beet op haar onderlip, beschaamd omdat ze zo emotioneel was, omdat ze het zo pijnlijk vond om na te denken over haar aanstaande vertrek. Door de jaren heen had ze geleerd haar verdriet, haar tranen en haar frustratie te verbergen, maar Felix had alles overhoopgehaald. Aan haar moeder liet ze nooit haar gevoelens zien, en ook niet aan haar jongere zusjes, maar voor Felix leek ze niets achter te kunnen houden.

'Estee?'

'Goed dan,' beet ze hem toe, alsof het allemaal zijn schuld was. 'Ik ben verdrietig omdat ik jou straks niet meer kan zien. Wat het ook is, dit is straks voorbij.'

Pas toen hij stilviel, durfde ze het aan om langzaam zijn blik te zoeken.

'Hier heb je voor geoefend,' zei hij, maar op zijn gezicht stond het besef nu ook te lezen. Zij was niet de enige die van hun tijd samen genoot. 'Dit wilde je toch? Een beroemde danseres worden, de kans krijgen om in La Scala op te treden?'

'Jij weet net zo goed als ik dat het er niet toe doet wat wij willen,' zei ze. Toch had hij gelijk; hier had ze met hart en ziel naar verlangd. Alleen wilde ze hem niet kwijt. De wetenschap dat ze het een alleen kon krijgen door het ander de rug toe te keren was bijna onverdraaglijk. 'Wat zal ik een honger krijgen zonder jou,' zei ze, lachend door haar tranen heen.

'Ik wist wel dat het je alleen om het eten te doen was. Als ik je geen gebakjes had gebracht, had je me vast niet zien staan.' Met zijn schouder stootte hij de hare aan, maar in zijn ogen blonken nu ook tranen.

'Ik ga je zo erg missen,' fluisterde Estee ademloos van de emoties. Ze vond het vreselijk dat hij haar zo zag. Het was niet fijn om kwetsbaar te zijn, zelfs niet tegenover hem.

Felix schoof dichter naar haar toe en ze leunden allebei weer achterover op hun ellebogen. Haar schouder en arm waren tegen de zijne gedrukt en ze durfde geen vin te verroeren. Nog nooit had ze het zó nodig gehad om door hem aangeraakt te worden. Sinds die eerste dag hadden ze elkaar nooit meer gezoend. Misschien omdat ze geen van beiden wisten hoe ze het moesten aanpakken, of misschien juist omdat ze allebei wisten dat hun vriendschap, of hoe je het ook wilde noemen, geen lang leven beschoren was. Hij was aan iemand anders toegezegd en zij zou in de ogen van zijn familie nooit goed genoeg zijn, zelfs niet als er nog geen sprake was geweest van een verloving.

'Ik zal je nooit vergeten, Felix.'

'Zeg dat nou niet. Zo klinkt het net alsof we elkaar nooit meer zullen zien.'

Misschien is dat ook wel zo.

Ze zei het niet hardop, want ze vertrouwde haar eigen stem niet. Toen Felix zijn keel schraapte, zich iets omhoogwerkte op één elleboog en naar haar mond keek, was ze wel zo dapper om hem aan te kijken.

'Estee,' mompelde hij.

Ze glimlachte naar hem. Op de een of andere manier wist ze al wat hij haar wilde vragen, nog voordat hij de woorden had uitgesproken. 'Ja,' fluisterde ze.

Om het moment niet te verpesten, wachtte ze roerloos af toen hij zich naar haar toe boog. In de hitte van de zon, met de geur van de zomer om hen heen, raakte zijn mond zacht de hare in een zoen waardoor ze zeker wist dat dit het afscheid was, ook al wilde hij nog zo graag doen alsof ze elkaar nog vaker zouden zien. Want hoe zouden hun wegen elkaar ooit nog kunnen kruisen als haar auditie goed verliep?

De kus werd intenser, zijn lippen bewogen over de hare en deze keer was er geen sprake van op elkaar botsende tanden, zoals de vorige keer. Uiteindelijk trok Felix zich terug. Hij bleef boven haar hangen en streelde haar haar alsof het van zijde was, zo teder dat haar hart bijna weer brak. 'Ze zullen je geweldig vinden, Estee,' murmelde hij. 'Op een dag zul je de mooiste danseres van La Scala zijn, dat weet ik zeker.'

Hoewel ze betwijfelde of ze de mooiste zou zijn, zag ze aan de manier waarop hij naar haar keek dat hij het echt meende. Voor het eerst drong het tot haar door dat hij net zo veel van haar hield als zij van hem, ook al kon het nooit iets worden tussen hen. Ook al zouden ze nooit dapper genoeg zijn om elkaar de liefde te verklaren.

'Ik zou willen dat alles anders was,' zei hij. 'Ik zou–'

'Niet doen.' Ze schudde haar hoofd toen de tranen haar weer in de ogen sprongen. 'We kunnen niets veranderen aan onze familie of onze toekomst, dus zullen we gewoon genieten van vandaag? Zullen we gewoon doen alsof dit niet de laatste keer is?'

Ook al zou ik hier blijven, dan nog zouden we nooit samen kunnen zijn. En als ik geen succes heb met mijn auditie, laat mijn moeder me nooit meer het huis uit.

Felix glimlachte.

Giechelend in zijn armen richtte ze zichzelf een beetje op, vond zijn mond weer en zuchtte toen zijn lippen vaneen weken en ruimte gaven aan de hare.

Morgen zou ze naar Milaan gaan. Misschien zou ze nooit meer terugkeren naar Piëmont, en ze wilde Felix in haar geheugen prenten. Zo zou ze nog lang nadat ze was vertrokken en nadat hij was getrouwd kunnen terugdenken aan zijn warme zoenen in de zon op de oever van de rivier.

Misschien zou ze daar een leven lang op moeten teren.

De volgende dag ging in een waas voorbij. Milaan was niet zo ver weg, maar Estee had geen idee hoelang ze er zou moeten blijven. De zus van haar vader woonde in Milaan en had aangeboden haar in huis te nemen als ze door de selectie kwam. Terwijl Estee in haar slaapkamer stond, vroeg ze zich af of ze hier nog zou terugkomen. Zou ze ooit nog in dit huis wonen, of zou haar leven haar steeds verder hiervandaan voeren? Voordat ze Felix had gekend, had ze daarvan gedroomd: hier weggaan, eindelijk ontsnappen aan haar bemoeizuchtige moeder. Maar alles wat ze had gewild voordat ze Felix leerde kennen leek nog slechts een vage herinnering. Nu wilde ze alleen maar hier blijven en nog meer gestolen momentjes met hem beleven.

Ze begreep zelf niet goed waarom ze zo weemoedig was. Zelfs als ze door de selectie kwam, zou ze hier zeker terugkomen, maar toch werd ze overvallen door een vlaag van nostalgie toen ze langzaam een rondje draaide en alles in zich opnam. Haar twee zusjes moesten een kamer delen en hoewel zij in alle andere opzichten veel beter werden behandeld door hun moeder dan Estee, had zij haar eigen kamer gekregen zodat ze ongestoord kon rusten. Als ze niet aan het dansen was, was ze muziek aan het bestuderen in haar kamer. Haar moeder wilde dat ze zich bekwaamde in alles wat met dans te maken had, en muziek hoorde daar ook bij.

Estee liep naar het raam en staarde naar buiten. Ze kon niet helemaal tot aan de rivier kijken, of tot aan het huis van Felix, maar dat weerhield haar er niet van om haar ogen dicht te doen en erover te fantaseren. Ze stelde zich voor dat het bijna donker was en dat ze over de weg naar zijn huis rende voor een van hun geheime ontmoetingen. Ze wist precies hoeveel stappen het was naar haar poort en hoeveel minuten het zou duren voordat ze bij zijn huis was als ze eenmaal de weg op was geglipt.

'Estee?'

De stem van haar moeder klonk zachter dan gewoonlijk, maar toch voelde ze haar lichaam instinctief verstijven, alsof het zich schrap zette voor de klap of de bitse opmerking die misschien zou volgen. Verrassend genoeg gebeurde geen van beide. De komst van haar moeder verdreef echter wel haar idee om het huis te ontvluchten.

'Aan het dagdromen?' vroeg haar moeder.

'Nee, mamma,' antwoordde ze. 'Ik was in gedachten het recital aan het doornemen.' Ze gruwde ervan hoe makkelijk die leugen over haar lippen kwam, maar inmiddels had ze wel geleerd hoe ze de driftbuien van haar moeder kon vermijden – meestal, tenminste.

'Goed zo,' zei haar moeder, en ze liep naar het smalle bed om te kijken welke kledingstukken haar dochter had klaargelegd om in te pakken.

Estee betrapte zichzelf erop dat ze haar adem inhield.

'Ik hoef je er toch niet aan te herinneren wat een enorme kans dit is, voor ons allemaal?' Haar moeder draaide zich weer naar haar toe. 'Dit is misschien je enige kans om naar de academie te kunnen. Je moet magnifiek zijn.'

'Dat weet ik, mamma.' Estee zei het op zachte toon en zorgde ervoor dat ze haar moeder niet te doordringend aankeek. Ze wist wat haar moeder wilde horen, ze begreep precies hoe behoedzaam ze te werk moest gaan. 'Ik zal dansen alsof mijn leven, en dat van ons hele gezin, ervan afhangt.'

'Mooi.' Haar moeder draaide zich om en wuifde met haar hand. 'Maak dan maar voort. Ik wil dat je voor het avondeten alles hebt ingepakt en dat je daarna goed uitrust. Morgen hebben we een belangrijke dag voor de boeg.'

Estee wist nu al dat ze geen oog dicht zou doen. Hoe zou ze op zo'n moment kunnen slapen? Ze moest het opnemen tegen de beste jonge danseressen uit Europa en als ze geen indruk wist te maken, zou ze misschien nooit meer zo'n kans krijgen. Ook al wist ze niet een van de felbegeerde plekjes in de wacht te slepen, dan nog moest ze ervoor zorgen dat ze haar niet zouden vergeten.

Ik moet een onuitwisbare indruk maken. Dan kan ik hier weg, weg uit dit huis, weg van mamma. Dit is mijn kans. Ik moet Felix vergeten. Als ik daar eenmaal ben, mag ik niet meer over mijn schouder kijken.

Soms verachtte ze zichzelf om hoe ze geworden was door de druk van het balletdansen. Omdat ze gedwongen was om haar leven, haar kindertijd, op te offeren. Maar dan bracht ze zichzelf snel in herinnering dat dansen voor haar de enige manier was om te ontsnappen. Daar had ze alles voor over. Haar moeder dacht dat ze het voor hen deed, voor het gezin, maar in feite deed ze het voor zichzelf.

Estee legde haar spullen voorzichtig in de koffer en zette die op de vloer, waarna ze op het bed ging liggen en haar ogen stijf dichtkneep. Kon ze haar gedachten aan Felix maar van zich afzetten. Dat zou het een stuk makkelijker maken om weg te gaan.

Want hoe vaak ze zichzelf ook voorhield dat ze hem moest vergeten, ze wist nu al dat dat nooit zou lukken.

11

Heden

'Vertel eens, Lily,' zei Francesca toen ze na het avondeten buiten aan tafel zaten, omringd door fonkelende lampjes, terwijl er koffie en een schaaltje bonbons werden opgediend. 'Hoe vind je het hier, vergeleken bij de vorige wijngaard waar je hebt gewerkt?'

Glimlachend pakte Lily een chocolaatje. 'Dat was ook een familiebedrijf, dus had ik verwacht dat er niet zo veel verschil zou zijn, maar Italië is echt nergens mee te vergelijken.'

Aan de overkant van de tafel trok Antonio zijn wenkbrauwen op.

'Ik meen het. De aarde ruikt hier anders, júllie zijn heel anders. Zoals jullie altijd samen eten, zoals jullie naar de druiven kijken, daar zit veel meer passie achter. De Nieuw-Zeelanders zijn een stuk gereserveerder, al ben ik daar heel hartelijk ontvangen en nemen ze hun wijn erg serieus.'

'Je zult nog wel merken dat de wijnmakers in deze regio nauw betrokken zijn bij het hele productieproces, zeker in de oude familiebedrijven.'

'Dat ben ik wel gewend, maar ik heb horen fluisteren dat jullie allemaal meehelpen op de eerste dag van de oogst. Zelfs de wijnmaker.'

Roberto schaterde het uit. 'Dat heb je dan goed gehoord. Op de eerste dag van de oogst pluk ik hoogstpersoonlijk de eerste druiven. Ik begin elke dag in de wijngaard om te kijken of de druiven geplukt worden zoals ik dat wil, en daarna ga ik naar binnen om de oogst te inspecteren. Ik controleer alles zelf voordat het de pers in gaat.'

Lily luisterde aandachtig. Het enige wat haar verbaasde was dat hij zelf nog plukte.

'We noemen mijn vader altijd de koning van de jungle, omdat hij voor de oogst altijd als een leeuw langs de wijnstokken struint om te bepalen wanneer we beginnen met plukken,' vertelde Antonio.

'Gehoorzamen ze je allemaal?' vroeg Lily grijnzend aan Roberto.

'Dat is het enige moment waarop ik me door hem de les laat lezen,' kwam Francesca tussenbeide, en ze blies haar man een kushandje toe. 'De oogsttijd is zijn moment om te schitteren. Al kan hij dan wel erg bazig zijn.'

'Jouw vader...' leidde Roberto de aandacht van zichzelf af. 'Zijn reputatie snelt jou vooruit, Lily. Een wijnmaker moet handelen vanuit zijn intuïtie. Je kunt je vaardigheden wel aanscherpen, maar je hebt het in je, of niet.' Met een vriendelijke glimlach keek hij haar over zijn wijnglas heen aan. 'Ik heb gehoord dat jij over net zo'n goede intuïtie beschikt als hij.'

'Als kind liep ik hem overal achterna, dus alles wat ik weet, heb ik van hem geleerd.' Lily schraapte haar keel toen haar herinneringen voor de tweede keer die dag naar boven kwamen. Ze had niet verwacht dat iemand erover zou beginnen, maar het maakte haar trots dat iemand zich na zo'n lange tijd nog herinnerde hoeveel talent haar vader had gehad. 'Toch hoop ik dat ik inmiddels zelf ook wel mijn sporen heb verdiend.'

'Hij was toch in Californië opgeleid?' vroeg Roberto.

'Ja, maar hij zei altijd dat ik daar niet te lang moest blijven hangen, dat hij wilde dat hij naar deze regio was afgereisd, en naar Nieuw-Zeeland. Hij vond de winterse omstandigheden daar interessant, vanwege de gelijkenissen met Engeland.'

'Is je vader overleden?' vroeg Antonio zacht.

'Ja,' antwoordde ze. 'Vlak voor mijn negentiende verjaardag.'
'Wat vreselijk.' Meelevend keek hij haar aan.
Ze haalde haar schouders op, alsof het niets voorstelde, hoewel ze zich soms nog steeds tot op het bot gekrenkt voelde.
'Dat verdriet slijt nooit.' Francesca leunde naar Lily toe en legde haar hand op de hare. 'Ik krijg nog steeds tranen in mijn ogen bij de herinnering aan mijn moeder. God hebbe haar ziel.'
Lily probeerde haar hand niet terug te trekken, de troostende aanraking was prettig. Het leek een eeuwigheid geleden dat ze lichamelijk contact met iemand had gehad, ook al was ze gisteren nog bij haar moeder geweest.
'Was je moeder ook wijnmaker?' vroeg Lily aan Francesca.
'Nee, hoor! En zelf ben ik ook alleen de vrouw van een wijnmaker, ik heb geen officiële opleiding genoten. Tijdens de oogst kan ik me nuttig maken en ik sta erom bekend dat ik zo nu en dan een goede suggestie doe, maar mijn man is de wijnmaker.'
'Vergeet mij niet,' bromde Antonio, waardoor zijn moeder en hijzelf moesten lachen.
'Hoe zou ik mijn lieve oudste zoon nou kunnen vergeten?' vroeg Francesca grijnzend. 'Nee, mijn moeder was naaister. Een groot deel van haar leven heeft ze prachtige kostuums gemaakt voor de balletdansers in Milaan, waar we destijds woonden. Dus als kind leidde ik een heel ander leven dan nu.'
Lily had net haar kopje koffie willen oppakken, maar draaide zich nu weer naar Antonio's moeder toe. 'Werkte ze voor een bepaald theater of balletgezelschap?' vroeg ze ademloos. Het zou toch wel erg toevallig zijn als de familie Martinelli ook iets met La Scala te maken had?
'Nou ja, ze heeft voor veel theaters gewerkt, maar haar tijd bij het balletgezelschap van La Scala heeft de meeste indruk gemaakt. Daar heeft ze tot aan haar pensioen gewerkt.'
Opeens wilde Lily dat ze het afgescheurde stuk papier aan Francesca kon laten zien. 'Dit klinkt misschien raar, maar ik ben

er laatst achter gekomen dat mijn overgrootmoeder misschien iets met La Scala te maken had,' vertelde ze. 'Eerlijk gezegd hoop ik daar iets meer over te weten te komen nu ik in Italië ben.'

'Ik zal eens nadenken of ik iemand ken met wie je contact zou kunnen opnemen. Wat weet je precies? Hoe kan ik je helpen?'

Verdrietig schudde Lily haar hoofd. 'Eerlijk gezegd kan ik er geen touw aan vastknopen. Ik heb niet veel informatie.'

'Toch zou ik eens voor je kunnen kijken of er nog oude connecties van mijn moeder zijn die je kunnen helpen. Als je dat tenminste wilt?'

'Heel graag, dank je.' Lily pakte haar kopje koffie en merkte dat haar hand trilde. Toen ze opkeek, zag ze dat het Antonio ook was opgevallen, maar hij zei er gelukkig niets van. Ze nipte van haar koffie en deed alsof er niets aan de hand was, ook al gingen haar gedachten alle kanten op en ging haar hart tekeer.

De aanwijzingen lonkten naar haar vanuit haar tas, alsof ze niet konden wachten om tevoorschijn gehaald te worden. Maar of Francesca haar nu wel of niet zou helpen, de kans dat ze er ooit achter zou komen wat de link met haar overgrootmoeder was, leek niet zo groot. Toch zou ze misschien dichter bij de waarheid kunnen komen als ze de informatie deelde met elke Italiaan die op haar pad kwam.

Ze dronk haar koffie op en keek nog één keer om zich heen naar de idyllische omgeving. 'Bedankt voor de geweldige dag en avond, maar volgens mij wordt het tijd om naar bed te gaan.' Ze wist nog steeds niet waar ze zou slapen, want het was een lange dag geweest en nadat ze hun werk hadden afgemaakt waren ze meteen naar het terras gegaan om te eten. 'Ik ben doodop.'

'Antonio, breng jij Lily naar haar kamer?' vroeg zijn moeder. 'Haar bagage staat daar al.'

Nadat hij zijn gesteven witte servet opgevouwen op tafel had gelegd, stond hij op en gebaarde dat ze mee naar binnen moest komen.

'Waar zijn de personeelsvertrekken?' vroeg ze, in de verwachting dat ze elders op het landgoed zou worden ondergebracht. Een eindje verderop had ze een paar schattige huisjes zien staan.

'Je verblijft hier,' zei Antonio. 'Kennelijk heeft mijn moeder na één blik op jou besloten je in de gastensuite onder te brengen.'

Lily staarde hem aan, half in de verwachting dat hij in lachen zou uitbarsten en zou zeggen dat hij maar een grapje maakte. Maar aan de manier waarop hij één hand in zijn zak stak en door de hal met het hoge plafond naar de andere kant van het huis kuierde, zag ze dat hij het helemaal niet vreemd vond.

'Ik dacht dat ik–'

'Dit is jouw optrekje.' Hij duwde de deur open van een van de meest luxe kamers die ze ooit had gezien. Midden in de ruimte prijkte een enorm hemelbed en de dubbele deuren achterin kwamen uit op een klein terras met een pergola waar lampjes over waren gedrapeerd. Het was een miniatuurversie van het grote terras waar ze hadden gegeten.

Antonio trok de gordijnen dicht, maar ze was vast van plan om ze weer open te doen zodra hij weg was.

'Daar heb je je eigen badkamer,' zei hij, wijzend naar de andere kant van de kamer. 'Mijn moeder wil dat je je hier op je gemak voelt, dus laat het ons maar weten als je iets nodig hebt en doe alsof je thuis bent.'

Was ik dat maar. Dit is het mooiste huis waar ik ooit geweest ben.

'Dank je, Antonio. Dit is perfect.'

Ergens verwachtte ze dat hij haar twee zoenen op haar wangen zou geven of zou knipogen voordat hij vertrok, maar hij glimlachte alleen even, wenste haar een goede nacht en liep weg.

'O, nog één ding,' riep ze hem na.

In de deuropening bleef hij staan.

'Wat is er nou met de vorige assistent-wijnmaker gebeurd?' vroeg ze, want het was opeens tot haar doorgedrongen dat ze daar niet meer naar had gevraagd nadat zijn zus erover begonnen was.

Met gefronst voorhoofd keek hij haar aan. 'Daar kijk je naar.'

Ze wilde nog iets zeggen, maar aan zijn gezicht zag ze dat hij geen grapje maakte.

'*Buona notte*, Lily.'

Ze glimlachte. Welterusten. Dat was een van de weinige termen die ze had opgepikt uit de paar podcasts over de Italiaanse taal die ze voor haar komst hierheen had beluisterd. 'Buona notte,' zei ze, want wat er ook tussen hem en zijn vader was voorgevallen, dat was duidelijk een verhaal voor een andere keer.

Zodra ze alleen was, liep ze naar de deuren en schoof de gordijnen weer open. Ze keek naar de fonkelende lampjes die haar aan sterren deden denken en vroeg zich af of haar vader over haar waakte.

Het is hier echt zo geweldig als jij altijd al zei, papa. Alleen zou ik willen dat jij hier ook was.

Nadat ze een traantje had weggepinkt, kleedde ze zich uit, trok haar zijden pyjama aan en liet zich tussen de knisperende witte lakens glijden, met haar hoofd op het dikke verenkussen.

Ze lag echter nog maar net in bed toen ze aan de aanwijzingen moest denken. Snel ging ze er weer uit om ze te pakken en ze van voren en achteren te bekijken, ook al wist ze nog steeds niet hoe ze hier ooit wijs uit zou moeten worden.

Terwijl ze zich weer achterover liet zakken in de kussens, met de papieren in haar handen boven het dekbed, vroeg ze zich af of haar overgrootmoeder echt op een dag gevonden had willen worden en of ze met deze aanwijzingen ooit achter de ware afkomst van haar oma zou komen. Of die van haar vader.

Hoe kon het toch dat iets waarvan ze zich nooit bewust was geweest, waarvan ze niet eens had geweten dat het een mysterie was, nu opeens zo belangrijk leek? Ze kon niets meer veranderen aan wat er gebeurd was, ze kon er niet eens achter komen of haar oma had geweten dat ze geadopteerd was, maar ze vond het nu zélf belangrijk om dit uit te zoeken. Ter nagedachtenis aan de vrouw die zo veel voor haar had betekend toen ze nog een kind was.

Met die gedachte deed ze haar ogen dicht, gaf zich met de papieren nog steeds in haar vingers over aan de zachtheid van het verenkussen en sukkelde in slaap.

12

Italië, 1938

Estee stond perfect in de houding, met opgeheven hoofd en kaarsrechte rug. Het zweet prikte in haar nek, haar armen begonnen bijna te trillen omdat ze ze zo hoog in de lucht hield, en ze haalde oppervlakkig adem, vechtend tegen de behoefte om haar longen vol te zuigen.

Bijna alle plekken waren inmiddels vergeven, maar zij hoorde tot nu toe niet bij de gelukkigen. Ze bleef glimlachen, goedgetraind op wat ze moest doen, hoe ze indruk moest maken, hoe ze sereen kon overkomen terwijl ze vanbinnen kapotging. Dat viel echter niet mee. De andere ballerina's gaven haar het gevoel dat ze tekortschoot, waardoor ze zich afvroeg of ze deze auditie wel verdiende, of ze tegenover hen ook maar een schijn van kans maakte. Maar als Estee iets niet was, was het wel een slappeling. Als ze faalde, zou ze zich bij haar lot neerleggen, maar ze zou niet opgeven tot het laatste plaatsje vergeven was. Dat had ze aan haar moeder te danken.

Ze zag de vier juryleden naar elkaar toe leunen om iets te bespreken en deed even haar ogen dicht. In gedachten zag ze Felix voor zich, hun speciale plekje aan de rivier, de zon die haar schouders beroerde terwijl ze haar tenen in het water liet bungelen.

Toen ze haar ogen opendeed, zag de hele wereld er op de een of andere manier vrolijker uit. Er werd haar gevraagd om nog eens te dansen. Deze keer hield ze de rivier in gedachten en ze weigerde op te geven, want ze wist dat dit haar laatste kans was om te laten zien waartoe ze in staat was. Eén kans, meer had ze niet nodig.

Op een dag zul je de mooiste danseres van La Scala zijn.

De woorden van Felix weerklonken in haar hoofd terwijl ze nog hoger op haar tenen ging staan, nog hoger reikte, de grenzen van haar eigen kunnen opzocht en danste als nooit tevoren. Ze voerde een volmaakte assemblé uit door vrijwel geruisloos met twee voeten op de grond neer te komen en sloot af met een grand jeté waarbij ze verder kwam dan haar ooit eerder op het podium gelukt was.

Toen ze weer stilstond, met ingehouden adem, knikte het oudste jurylid. Hoewel ze niet glimlachte, keek ze niet onvriendelijk. 'Kom maar naar voren,' zei ze, net zo stijfjes als de rug van Estee aanvoelde.

Estee deed wat haar gevraagd was en zorgde ervoor dat elke stap sierlijk en doelbewust was, alsof die nog deel uitmaakte van haar optreden. Ze had een rol te spelen en zou dat volhouden tot de dag erop zat.

De jury was nog steeds met elkaar in gesprek en er werd iets gezegd wat ze niet kon verstaan, maar ze zag dat de twee mannen en vrouwen haar van top tot teen bekeken, alsof ze haar lichaam beoordeelden. Die kritische blikken hoorden bij een bestaan als ballerina, maar ze dacht niet dat ze er ooit aan zou wennen. Kon ze maar horen wat ze tegen elkaar zeiden.

'Hoe oud ben je?'

'Ik ben dertien,' zei ze, en het klonk dapperder dan verwacht. In werkelijkheid zou ze pas over een paar weken dertien worden, maar haar moeder had gezegd dat ze moest liegen voor het geval dat ze haar te jong zouden vinden.

De kritische blikken gingen weer verder en toen al die ogen langs haar lichaam gleden wilde ze opeens dat ze al dat lekkers dat Felix voor haar had meegebracht niet had opgegeten. Had ze zich zo door hem laten afleiden dat ze niet dun genoeg meer was? Had ze zich te vaak laten gaan? Had haar moeder gelijk dat ze zo tenger als een vogeltje moest zijn?

'Je bent iets zwaarder gebouwd dan de andere meisjes. Maar je gezicht...'

Ze bleef doorademen, meer kon ze niet doen. Haar ademhaling was weer oppervlakkig. Ze was de jongste hier, wat betekende dat ze niet de zwaarste zou moeten zijn. Het kostte haar al haar kracht, al haar zelfbeheersing, om haar handen ontspannen te houden en haar nagels niet in haar huid te drukken.

'Je gezicht is verbluffend mooi,' zei de andere vrouw. 'Kom eens dichterbij, alsjeblieft.'

Estee deed wat haar gevraagd was en hield haar ogen zedig neergeslagen, omdat ze wist dat ze op het punt stond naar huis gestuurd te worden.

Of misschien is mijn gezicht mijn redding. Misschien zal dat hen op andere gedachten brengen.

Die ochtend had ze haar ravenzwarte haar in een middenscheiding gekamd en zorgvuldig vastgezet. Haar wimpers waren zwart, haar lippen waren gestift in een zachtroze kleur die sterk contrasteerde met haar donkere trekken. Haar hoge jukbeenderen waren door haar moeder zorgvuldig aangezet met rouge. Ze wist dat ze iets bijzonders had, iets aantrekkelijks, maar dat haar gezicht verbluffend mooi was? Die opmerking gaf haar het zelfvertrouwen dat ze nodig had. Ze zag zichzelf al voor zich over tien jaar, op het podium, met het leven dat ze zou krijgen als dit een succes werd.

Je bent zo licht als een veertje. Je bent de beste danseres die ooit in La Scala zal optreden.

Ze hield haar lichaam in bedwang, bleef sierlijk bewegen en weigerde zich te laten intimideren door het aanhoudende gefluister. Als ze haar oren spitste zou ze hen misschien kunnen verstaan, maar daar ging het niet om. Het enige wat ze kon doen was proberen te zorgen dat ze verliefd op haar werden.

Ze weerstond de neiging om achterom te kijken naar de andere ballerina's, die met ingehouden adem afwachtten tot ze weggestuurd zou worden. Toen de juryleden opkeken schraapte ze zacht haar keel. Het liefst zou ze de stilte verbreken en zeggen waarom zij het verdiende om uitgekozen te worden. Maar praten maakte geen deel uit van de auditie en ze wist dat haar kans helemaal verkeken kon zijn als ze nu haar mond opendeed. Het kon de juryleden niets schelen wat ze te zeggen had, het ging hun er alleen maar om hoe ze eruitzag en hoe ze zich over het podium bewoog.

'Onze laatste ballerina,' kondigde een van de mannen aan, luid genoeg zodat iedereen hem kon horen. Hij knikte naar Estee.

Haar adem stokte.

Ik?

Ja, ik!

Het leek wel of ze het hardop had gezegd, want de jongste van de twee vrouwen glimlachte haar even toe alsof ze het nieuws wilde bevestigen. Dat was de eerste blijk van menselijkheid van de volwassenen die haar zo kritisch hadden bekeken.

'Dank u,' zei ze met een knikje en een glimlach, terwijl ze wanhopig probeerde haar zelfbeheersing te bewaren. 'Bedankt voor deze geweldige kans.'

Ik ben toegelaten. Ik heb het gered!

Estee zakte bijna door haar benen van de uitputting. De emoties door het afwachten wie de laatste plekjes hadden bemachtigd dreigden haar te overmannen, maar ze dwong zichzelf om zich om te draaien en sierlijk het podium af te lopen. Haar moeder had niet mee naar binnen gemogen en ze was blij dat ze even tot zichzelf kon komen en het nieuws kon verwerken.

Een ander meisje liep langs haar heen en botste expres hard met haar schouder tegen haar aan. Bij het zien van de hatelijke uitdrukking op haar gezicht deed Estee een stap naar achteren. Het was duidelijk dat ze allebei op dat laatste plekje hadden geaasd.

Estee deed haar mond al open om er iets van te zeggen, maar besloot in plaats daarvan stilletjes over haar pijnlijke schouder te wrijven. Het was het niet waard. Ze was toegelaten, daar ging het om.

'Let maar niet op haar,' klonk een zelfverzekerde stem achter haar. 'Als ze straks weg zijn, wordt het beter.'

Ze draaide zich om en kwam oog in oog te staan met een mooie blonde ballerina. Ze herkende haar direct als de eerste danseres die was uitgekozen. Haar armen en benen waren lang en sierlijk, ze had het volmaakte lichaam voor een balletdanseres. Meteen voelde Estee zich geïntimideerd door de wetenschap dat ze in het gezelschap verkeerde van iemand die zo goed was.

'Je danste vandaag prachtig,' merkte het meisje op. 'Ik wist wel dat je gekozen zou worden.'

'Ik begon de moed al te verliezen,' gaf Estee tot haar eigen verbazing toe. 'Op het laatst dacht ik niet dat ik nog kans maakte.'

Het andere meisje haalde haar schouders op. 'Misschien waren ze de hele tijd al van plan om jou uit te kiezen,' zei ze. 'Maak je er maar niet druk om. Het gaat er niet om in welke volgorde we uitgekozen zijn, het gaat er alleen om dát we uitgekozen zijn. Vanaf nu moeten we het samen doen. Niemand zal er nog bij stilstaan wie de eerste of de laatste was.'

Zo had Estee het nog niet bekeken. Misschien had de mooie blondine wel gelijk; het deed er nu alleen nog toe of je uitverkoren was of niet, al betwijfelde ze of iemand ooit zou kunnen vergeten dat ze als eerste was uitgekozen.

'Ik ben Estee,' zei ze.

'Sophia.' Het meisje stak een bevallig handje uit dat warm en zacht aanvoelde in dat van Estee. 'Kom mee, we krijgen zo alle informatie over wanneer we beginnen en wat er van ons verwacht wordt.' Toen ze samen wegliepen, bleef Sophia haar hand stevig vasthouden.

Estee kon een glimlach niet verhullen. De andere meisjes gingen voor hen opzij toen ze langsliepen, Sophia met een rechte rug en een statige uitstraling. Zomaar opeens voelde Estee haar zorgen van zich af glijden en stond ze zichzelf toe om zich te verheugen op de toekomst. Haar nieuwe vriendin was minstens vijftien, maar dat deed er niet toe. Ze had Estee onder haar hoede genomen en Estee voelde zich zelfverzekerder dan ooit.

Ik ben in Milaan. Op een dag zal ik in La Scala dansen. Ik ben officieel aangenomen op de meest prestigieuze balletacademie van heel Italië.

Het hartzeer om Felix en wat er tussen hen had kunnen opbloeien zou altijd blijven, maar nu was het tijd om verder te gaan. Het was tijd om te ontsnappen aan de ijzeren greep van haar moeder, om haar kindertijd achter zich te laten. Het werd tijd om een vrouw te worden.

Sophia keek haar over haar schouder heen aan en glimlachte stralend.

Alles komt goed. De komende jaren zullen de mooiste van mijn leven worden. Het heeft geen zin om me af te vragen hoe het had kunnen zijn met Felix.

Ze zou zich altijd blijven afvragen hoe het met hem ging. Hoe mooi zijn toekomstige vrouw was, wat zijn familie van haar gedacht zou hebben als ze elkaar ooit hadden ontmoet, of ze bevriend hadden kunnen blijven. Maar ballet was haar leven. Er was geen tijd meer voor afleiding. Voortaan zou ze echt moeten dansen alsof haar leven ervan afhing, want dat was ook zo.

'Ik zie ons al staan, op het podium van La Scala,' fluisterde Sophia in haar oor toen ze zich bij de rest van het groepje voegden. 'Jij niet?'

Estee kneep haar ogen dicht en voelde een glimlach om haar lippen spelen. 'Ja,' zei ze ademloos. 'Ik ook.'

13

Heden

De omstandigheden waren perfect. Iedereen was hoopvol, de sfeer in de wijngaard was nu heel anders dan op de dag dat Lily was aangekomen. Inmiddels had ze de leeuw in Roberto met eigen ogen mogen aanschouwen: de grimmige trek om zijn mond als hij bevelen blafte, de intense blik waarmee hij elke ochtend de druiven inspecteerde – hij was een compleet ander mens vergeleken bij de relaxte man die ze bij aankomst had ontmoet.

'Kom mee,' zei hij, zeven dagen nadat ze was aangekomen.

Lily legde het notitieblok waarin ze had zitten schrijven neer, stopte haar potlood ertussen en liep met hem mee, zonder zich druk te maken om zijn veranderde houding. Diezelfde ommekeer had ze elk jaar bij haar vader gezien wanneer hij wachtte tot de druiven precies rijp genoeg waren. Het maakte haar niet gespannen, maar juist enthousiast. Hier leefde iedere wijnmaker voor: het moment dat iedereen wachtte tot jij de knoop doorhakte waardoor al het personeel druk aan de slag moest.

'Lily, ik ben benieuwd naar jouw mening. Je hebt elke dag de druiven met me gecontroleerd en geproefd, maar vandaag...' Hij fronste zijn wenkbrauwen en keek naar de lucht.

'Je denkt dat ze rijp zijn, hè?' vroeg ze.

'Ik voelde aan mijn water dat het dit jaar al vroeg zover zou zijn,' zei hij. 'Daarom heb ik je ook gevraagd om eerder te komen. Het is dit seizoen warmer geweest dan andere jaren.'

Ze liepen verder de heuvel op en Lily voelde dat haar hart sneller begon te kloppen, maar toch was ze blij dat ze te voet waren.

Uiteindelijk bleef hij staan en liet hij zich op zijn hurken zakken om een handjevol aarde in zijn gebruinde hand te nemen en die even dicht te knijpen voordat hij de aarde tussen zijn vingers door liet glijden. 'Ik weet alles wat er over dit gebied te weten valt,' zei hij. 'Hoe alles moet aanvoelen, ruiken, proeven...' Hij veegde zijn hand af aan zijn broekspijp, stond op en liep een paar stappen verder. Voorzichtig nam hij twee druiven in zijn hand, inspecteerde het vruchtvlees, bracht ze naar zijn neus en proefde er ten slotte van.

Het voelde bijna alsof ze met haar eigen vader langs de druivenstokken ging; Roberto was niet alleen een kundige man, maar ook een warme persoonlijkheid. Ze volgde zijn voorbeeld en voerde dezelfde handelingen uit als elk ander seizoen sinds ze als wijnmaker werkte. Net toen ze een fruitige chardonnaydruif proefde, viel haar blik op een gestalte. Ze had Antonio amper nog gezien sinds die avond dat hij haar naar haar kamer had gebracht en ze glimlachte toen hij kwam aanlopen.

Hij stak zijn hand op en zijn mond vormde een strakke lijn terwijl hij met zijn blik zijn vader zocht, alsof hij haar niet eens had gezien.

Die gelegenheid greep ze aan om hem eens goed te bekijken. Ze zou willen dat ze samen met hem de druiven moest inspecteren, in plaats van met zijn vader.

Roberto keek naar zijn zoon, liep een stukje verder en plukte nog een druif.

Het drong tot haar door dat hier een gesprek zonder woorden plaatsvond, dat Antonio zijn vader gadesloeg omdat hij wist dat er een beslissing ophanden was.

Het knikje dat ze van Roberto verwachtte bleef echter uit. In plaats daarvan draaide hij zich naar haar toe en zocht haar blik. 'Lily?'

Haar mond werd droog.

Antonio begon te ijsberen en leek een compleet ander mens dan de ontspannen, goedlachse man die haar in Como had opgehaald.

Zonder antwoord te geven liep ze verder. Ze bleef staan om nog een paar druiven te bestuderen, plukte er een om te proeven en deed haar ogen dicht terwijl ze terugdacht aan wat Roberto haar al had verteld en de aantekeningen die ze had gemaakt. 'Morgen,' zei ze.

Roberto knikte. 'Mee eens.'

Ze keek naar de lucht. 'En de weersomstandigheden?'

Voordat Roberto antwoord kon geven, stak Antonio zijn handen in de lucht en mompelde iets wat alleen maar een vloek kon zijn, waarop zijn vader hem een scherpe blik toewierp. Antonio zag het niet eens, want hij beende alweer terug naar de gebouwen.

'Is hij–' begon ze.

'Hij zal zorgen dat iedereen morgenochtend klaarstaat,' zei Roberto. 'Zo gaat het elk jaar, let maar niet op hem. Hij dacht dat het vandaag al zover zou zijn. Geduld is niet zijn sterkste kant.'

Terwijl ze de heuvel weer af liepen hield ze haar mond, maar onwillekeurig vroeg ze zich af of Antonio gepikeerd was omdat zij nu assistent-wijnmaker was.

'Je hebt er gevoel voor, Lily,' zei Roberto toen hun wegen zich scheidden. 'Na de lunch rijden we er weer naartoe om de andere druiven te bekijken. Volgens mij hebben we een drukke week voor de boeg.'

'Dank je,' reageerde ze, ook al twijfelde ze inmiddels al of het toch niet vandaag had moeten gebeuren. Iets aan de felle blik in Antonio's ogen zei haar dat hij het gevoel had dat dit de dag was, wat betekende dat ze hem op zijn teentjes had getrapt.

Je bent hier niet om iedereen naar de mond te praten.

Het leek wel of haar vader naast haar stond, met zijn schouders licht voorovergebogen terwijl hij uitkeek over het terrein.

Volg je intuïtie, die heeft je nog nooit in de steek gelaten.

Hij had gelijk, haar intuïtie liet haar nooit in de steek, althans niet als het op haar werk aankwam. Even deed ze haar ogen dicht, liet de bries haar wangen strelen en dacht na over haar beslissing. Die was goed geweest. Vandaag had ook gekund, maar morgen was nog beter.

'Lily!' Toen ze zich omdraaide zag ze Antonio's zus uit de achterdeur van het restaurant komen, met een sigaret die nonchalant tussen haar lippen bungelde en een glas in haar hand.

Lily zwaaide en liep naar haar toe, blij dat ze gezelschap kreeg zodat ze geen tijd meer had om aan haar beslissing te twijfelen en de ochtend in gedachten steeds opnieuw door te nemen.

'Zo te zien ben je hier nog harder aan toe dan ik,' zei Vittoria gekscherend terwijl ze haar sigaret de lucht in stak.

Lily lachte. 'Ik rook niet, maar een borrel zou er wel ingaan.'

Vittoria lachte mee en ze gingen op de traptreden achter het restaurant zitten.

'Drukke dag?' vroeg Lily.

'In de keuken is het altijd druk. En jij? Komt de oogst al dichterbij?'

Lily knikte. 'Morgen is het zover. Al leek je broer het niet met me eens te zijn.'

'Zei hij dat?'

'Niet met zo veel woorden, maar zijn blik sprak boekdelen.'

'O, die blik ken ik.' Vittoria schoot weer in de lach. 'Trek het je maar niet aan. In de aanloop naar de oogsttijd is hij altijd zo rusteloos. Wacht maar af, zodra de eerste druif geplukt is, kan er weer een glimlachje vanaf en verdwijnt de spanning uit zijn schouders.'

Lily keek naar Vittoria. Bij haar zag roken er op de een of andere manier glamoureus uit, ook al had Lily een gruwelijke hekel aan sigaretten. Ze probeerde niet te hoesten toen de rook naar haar toe kringelde.

'Laatst zei hij tegen me dat hij de vorige assistent-wijnmaker was.'

Vittoria glimlachte, en Lily wachtte af of ze haar misschien het hele verhaal zou vertellen. 'Dat was gedoemd te mislukken,' zei Vittoria uiteindelijk. 'Papà heeft zo zijn eigen gewoontes. Ant ook, maar die is er vooral goed in om het hele jaar door voor de wijnstokken te zorgen, de oogst in goede banen te leiden en de machines te bedienen.'

'En je vader?'

'Die heeft zijn reputatie als beste wijnmaker in de regio dik verdiend,' zei Vittoria trots. 'Mijn broer zou overal ter wereld kunnen werken, hij moest alleen tot het besef komen waar zijn kracht ligt.'

'Ik begrijp het.'

'Hij is een goed mens, maar de afgelopen jaren heeft hij het zwaar te verduren gehad.'

Lily's adem stokte. Hier was ze zo benieuwd naar geweest, naar het verhaal waar zijn moeder op had gezinspeeld. Net toen Vittoria haar sigaret uittrapte en haar mond opendeed om verder te vertellen, klonk er echter een luide, vrolijke stem met een zwaar accent.

'Daar zul je de andere broer hebben,' mompelde Vittoria.

'Wie hebben we hier?' Hij gaf zijn zus een dikke knuffel en twee zoenen, alvorens met een vragende blik in zijn ogen zijn hand naar Lily uit te steken.

'Jij moet de roemruchte Marco zijn,' zei Lily, die de Italiaanse manier van kennismaken inmiddels al gewend was en zich enthousiast door hem op haar wangen liet zoenen. Het was duidelijk dat dit de broer van Antonio was; hij was al net zo knap.

'Dit is Lily,' stelde Vittoria haar voor. 'Onze assistent-wijnmaker.'

'Ah, de assistent.' Hij wisselde een blik uit met zijn zus. 'Waarom heeft niemand tegen me gezegd dat ze zo mooi is? Als ik dat had geweten, was ik veel eerder gekomen!'

Lily lachte om het compliment.

Zijn zus sloeg haar ogen ten hemel. 'Ik moet de keuken weer in. Fijn je gesproken te hebben, Lily. Succes morgen.'

'Dus morgen gaat het gebeuren?' wilde Marco weten.

'Inderdaad,' antwoordde Lily. 'Ik kan ook maar beter weer aan de slag gaan. Er moet nog veel gebeuren.'

'Tot morgen dan, Lily.'

Ze zwaaide naar hem en liep weg, hoewel het verleidelijk was om nog even in het zonnetje te blijven zitten en de jongste van de broers te leren kennen. Ze had het gevoel dat hij veel minder serieus in het leven stond dan Antonio.

Het was een drukke week geweest, waarin ze heel veel had geleerd, maar ze wilde dat ze langer de tijd had gehad. Hopelijk zou alles goed verlopen en zou ze volgend jaar weer uitgenodigd worden, want ze was nog lang niet uitgekeken op dit prachtige landgoed.

Haar telefoon pingelde en toen ze hem uit haar achterzak haalde, zag ze dat ze een berichtje van haar moeder had ontvangen. Kennelijk was die er eindelijk achter hoe ze met haar telefoon moest omgaan; dit was al het tweede berichtje deze week.

Ik denk aan je. Hopelijk heb je ook tijd om plezier te maken.

Lily glimlachte en liep al append verder.

Bonk.

Toen Lily opkeek, zag ze een brede borst die haar maar al te bekend voorkwam. Ze had het zo druk gehad met haar telefoon dat ze recht tegen Antonio op was gelopen. Van zijn witte overhemd waren maar een paar knoopjes dicht en zijn gebronsde borst sprong nogal in het oog.

'Sorry,' mompelde hij.

'Ik was met mijn telefoon bezig,' zei ze. 'Wat is jouw excuus?'

'Ik had het te druk met naar de lucht kijken,' bromde hij.

'Het weer?' vroeg ze glimlachend.

'Het weer, ja. De wijnmaker bepaalt het ideale moment voor het plukken en dan mag ik me er zorgen om maken of het weer wel goed genoeg zal blijven. De afgelopen nachten heb ik amper een oog dichtgedaan.'

'Ik vond het jammer dat ik je niet veel heb gezien.' Zodra de woorden over haar lippen waren, had ze er al spijt van.

'Morgen gaan we samenwerken,' zei hij met een warme glimlach. 'Tenminste, eerst maar eens afwachten of mijn vader zich niet alsnog bedenkt, want het zou niet de eerste keer zijn dat ik al het personeel voor niets heb opgetrommeld. Als hij eenmaal die eerste druif geplukt heeft, is mijn glimlach de rest van het jaar niet meer van mijn gezicht te slaan.'

Ze zei maar niet dat ze nu al genoot van die prachtige glimlach, nadat ze die al een paar dagen niet meer had gezien. 'Ik heb net kennisgemaakt met je broer.'

'Mijn innige deelneming.'

Nu was het haar beurt om te glimlachen. Zijn kennis van het Engels was echt indrukwekkend en het drong tot haar door hoe erg ze hun gesprekken en zijn grapjes had gemist. 'Antonio, sorry dat ik het vraag, maar vind je het echt wel oké dat ik hier ben? Maai ik niet het gras voor je voeten weg? Ik bedoel...'

Hij legde een hand op haar schouder, alsof dat de normaalste zaak van de wereld was. 'Lily, vergeet niet dat ik je hierheen heb gehaald. Het is mijn taak om de druiven te verzorgen. Het is de taak van mijn vader, en van jou, om de wijn te maken.' Hij trok zijn hand terug en liep achteruit bij haar vandaan. ‘We worden een geweldig team, let maar op.’

Ze keek hem nog een tijdje na, stuurde haar moeder snel een berichtje terug en ging op zoek naar Roberto. Morgen zou een belangrijke dag worden en ze wilde weten wat de plannen waren.

14

'Het is zover.'

Drie woorden die alles veranderden.

Lily was om vijf uur 's ochtends opgestaan en sindsdien niet meer van Roberto's zijde geweken. Die nacht had ze door de opwinding amper een oog dichtgedaan. Ze knikte en probeerde haar glimlach te bedwingen, maar daar was geen beginnen aan. Dankbaar keek ze omhoog naar de zon die fel aan de hemel stond, waardoor de omstandigheden perfect waren om te oogsten.

Roberto stapte naar voren, pakte een scherpe snoeischaar en knipte het eerste trosje druiven af, dat hij onder applaus van alle aanwezigen voorzichtig in een mand legde.

'*Andare*!' riep Antonio. Zijn blik ontmoette de hare even, voordat hij naar iedereen gebaarde dat ze achter hem aan moesten lopen. Op zijn gezicht lag een verrukte uitdrukking, of misschien was het gewoon opluchting omdat ze zulk mooi weer hadden getroffen. Dat voelde als een cadeautje, net als het lichte briesje dat beloofde iedereen wat verkoeling te bieden.

'Het is tijd om te oogsten!'

Lily glimlachte toen Roberto haar de snoeischaar overhandigde. 'Jouw beurt,' zei hij. 'Alsjeblieft, aan jou de eer.'

Ze nam de schaar aan en begon enthousiast de trosjes af te knippen en in dezelfde mand te leggen die hij had gebruikt. Het gevoel van bezig zijn, van erbij horen op deze bijzondere dag, maakte haar blij. Ze kon niet wachten om met de anderen mee te gaan.

'Ik stel voor dat we langs de wijnstokken lopen om toe te kijken,' zei Roberto, alsof hij haar gedachten had gelezen. 'Tot de eerste manden naar binnen worden gebracht en de druiven de pers in gaan, zien wij erop toe dat er voorzichtig mee wordt omgesprongen.'

Francesca kwam naast haar echtgenoot staan, met een kleine mand over haar arm. Lily vond het hartverwarmend dat zelfs zijn vrouw bereid was om de handen uit de mouwen te steken. In grotere wijngaarden en zelfs hier, in het geval van andere druivenrassen, werden de druiven machinaal van de takken gehaald. Het had iets intiems om met de hand te plukken, om er samen de schouders onder te zetten.

Het liefst had Lily ook meegeholpen. In elk geval de eerste uren, en zeker toen ze Vittoria en Antonio lachend samen bezig zag. Maar ze kende haar plaats. Het was haar taak om de patriarch van de familie bij te staan, om toe te zien op de oogst en ervoor te zorgen dat alle stappen daarna tot in de puntjes werden uitgevoerd.

Bijna een uur later werd de eerste lading voorzichtig naar de productieruimte vervoerd, waar Lily en Roberto al klaarstonden om ze in ontvangst te nemen.

'Mijn vader zou die moderne persen van ons maar niets vinden,' merkte Roberto op terwijl Antonio zwaaiend van de heuvel af naar hen toe reed. 'Zijn favoriete onderdeel van het oogsten was om zijn hele familie om zich heen te hebben en de druiven met de voet te persen.'

Lily zag het al voor zich: de vrouwen met hun jurk opgetrokken, de mannen met hun broek opgerold tot aan hun knieën, terwijl ze de druiven in de zon fijnstampten en ondertussen met elkaar praatten, lachten en de geslaagde oogst vierden. Ze had er heel wat voor overgehad om daarbij te kunnen zijn, al was het maar voor één dag. 'Dat zal wel een bijzondere ervaring zijn geweest.'

'Sì, bella, dat was het zeker,' verzuchtte hij. 'Aan bijna al het andere heb ik vastgehouden, maar dat moest echt anders aangepakt worden.'

'Het is zover,' zei ze.

Antonio bracht de kleine pick-up tot stilstand, sprong eruit en begon de grote manden uit te laden.

'Je ziet er gelukkig uit,' merkte ze in het voorbijgaan tegen hem op.

'Ik ben ook heel gelukkig,' reageerde hij grijnzend terwijl hij zich omdraaide om nog meer uit te laden. 'Het is een dag volgens het boekje. Hier hebben we allemaal naartoe geleefd.'

Onwillekeurig werd haar blik steeds naar hem toe getrokken. Hij droeg een korte broek en een linnen overhemd met opgerolde mouwen, zodat zijn gebruinde, gespierde onderarmen ontbloot waren. Bovendien zag hij eruit zoals zij zich voelde: door het dolle heen dat hij dit werk mocht doen. Alleen werkte hij in de wijngaard van zijn eigen familie. Hij maakte deel uit van een lange geschiedenis, van iets wat ook aan de toekomstige generaties zou worden doorgegeven.

Onverwacht moest ze tranen wegknipperen bij de gedachte aan haar vader en het familiebedrijf dat hij graag had willen opbouwen. Soms leek haar droom om haar eigen stuk grond te bezitten, om haar eigen wijn te produceren en de naam van haar vader op het etiket te zetten, slechts een fantasie. Maar op dit soort momenten verlangde ze ernaar om zelf ook iets te kunnen doorgeven aan de generaties na haar.

Als ze haar vader niet had verloren, had ze waarschijnlijk nooit geweten hoe belangrijk familie eigenlijk was.

'Lily.'

Ze draaide zich om en de brok in haar keel verdween op slag toen ze de gepassioneerde blik in Roberto's ogen zag.

‘Kom eens mee.’

Meteen was ze weer met haar volle aandacht bij het hoofd van de Martinelli-clan. Ze hing aan zijn lippen toen ze het persproces zagen beginnen.

Nu is het mijn tijd om te schitteren, hield ze zichzelf voor. Dit was het moment waar ze naartoe geleefd had.

Jij en ik samen, meisje. Op een dag gaan we de beste wijn van de wereld maken, wacht maar af.

Met de woorden van haar vader in haar hoofd snoof ze de zurige, onmiskenbare citrusgeur van het fruit in de machines op en bereidde ze zich erop voor om te doen wat ze het allerliefste deed. Het zou een lange dag worden en ze had nog veel van dit soort dagen te gaan, maar ze zou niet anders willen.

‘Dit wordt een goed jaar.’ Roberto drukte een kus op het gouden kruisje aan zijn halsketting. ‘Ik voel het aan mijn water.’

‘Volgens mij is elk jaar hier een goed jaar,’ reageerde Lily glimlachend, terwijl ze naar de trosjes druiven keken die langzaam maar zeker door de pers heen gingen.

Roberto ving haar blik op en glimlachte terug. De houding van zijn schouders was nu minder star, hij was zichtbaar ontspannener, en op dat moment ontspande zij zich ook.

Ik weet wat ik doe. Ik ben goed in mijn werk.

Ze vroeg zich af of Roberto weleens aan zichzelf had getwijfeld, maar ze durfde het niet te vragen.

Toen Lily die avond terug naar het huis liep, kon ze haar ogen amper openhouden. Het was voor iedereen een lange dag geweest; ze waren begonnen toen het nog donker was en pas gestopt toen het weer donker was. Ondanks haar vermoeidheid voelde ze zich echter ook opgetogen. Als ze nu naar bed ging, zou ze waarschijnlijk niet kunnen slapen.

Ze had behoefte aan een rustgevend bad, gevolgd door een drankje op haar kleine terras, waar ze langzaam de adrenaline uit zich kon laten wegvloeien.

'Lily!' hoorde ze iemand roepen toen ze binnenkwam.

Ze aarzelde. Het was verleidelijk om gewoon door te lopen, maar ze voelde zich meteen schuldig om die gedachte. De Martinelli's behandelden haar alsof ze familie was en zoiets zou ze haar familie nooit aandoen.

Op dat moment verscheen Francesca in de deuropening, met in elke hand een glas rode wijn. Met één wenkbrauw opgetrokken hield ze Lily er een voor. 'Wil je een glaasje? Als je ook maar enigszins op mijn man lijkt, kun je nog niet slapen, ook al ben je doodmoe.'

Lily glimlachte en pakte het glas aan. 'Je slaat de spijker op zijn kop,' gaf ze toe. 'Ik ben uitgeput, maar daar lijkt mijn hoofd zich niets van aan te trekken.'

'Kom mee,' zei Francesca. 'Kom even bij ons zitten. Roberto is ook net thuis.' Francesca gebaarde dat Lily achter haar aan moest lopen. Deze keer gingen ze niet naar het terras, maar naar de keuken. Daar stond een enorme houten tafel, groot genoeg voor tien personen. De Martinelli-mannen zaten al en oogden net zo vermoeid en verwaaid als zij zich voelde, en Vittoria zat tussen haar broers in.

'Ik kan me beter eerst even opfrissen,' zei Lily.

'Welnee.' Francesca pakte haar arm beet en loodste haar mee naar de tafel. 'We zijn allemaal dringend aan een douche toe, maar dat komt straks wel. Ga zitten, alsjeblieft.'

Opnieuw voelde ze zich bevoorrecht omdat ze bij deze familie mocht zijn en als een van hen werd behandeld. Zelf kwam ze uit een klein gezin, 'de drie musketiers', zoals haar vader hen altijd genoemd had. Na zijn overlijden waren alleen zij en haar moeder nog over geweest en had de band tussen hen eerder als een partnerschap aangevoeld. Daarom vond ze het extra bijzonder om hier te kunnen aanschuiven. Dit was het grote gezin dat ze zelf graag had willen hebben. Zelfs nu ze volwassen was, vroeg ze zich soms af of ze niet beter een gezin kon stichten in plaats van een carrière na te jagen.

'Lily?'

Tot haar schrik besefte ze dat Antonio iets tegen haar gezegd had en dat de rest van de aanwezigen was stilgevallen. 'Sorry, het is...'

'Een lange dag geweest?' vulde hij aan.

'Inderdaad.' Ze liet haar adem ontsnappen en ging tegenover hem zitten. Daarna nam ze een slokje van de soepele, zijdezachte pinot noir die Francesca haar had gegeven.

Om hen heen werden de gesprekken weer hervat en Lily voelde zich betoverd door al die pratende gezinsleden.

Toch was Antonio degene die haar blik opving. Zoals altijd, leek het wel. 'Heb je het vandaag naar je zin gehad?' vroeg hij. 'Of zou je het zo niet willen noemen?'

'Zeker wel.' Ze pakte een bord toen Francesca een grote schaal met eten naar haar toe schoof en geluidloos zei: 'Eet wat!' Ze pakte een snee brood en wat vleeswaren, plus nog wat olijven en kaas. Haar maag knorde.

'Vandaag was een goede dag,' merkte Antonio op, terwijl hij met zijn grote wijnglas in zijn handen achteroverleunde. 'En morgen wordt net zo goed.'

'Ik hoop het.' Ze nam een hap van de kaas en besefte nu pas hoeveel honger ze had.

Antonio richtte zich weer tot zijn broer en toen Lily nog een snee brood pakte, trok zijn moeder haar aandacht. 'Lily, ik heb nog eens nagedacht over die aanwijzingen van jou, waarover je me op je eerste avond hier vertelde.'

Ze slikte en draaide zich naar haar toe. 'De afgelopen dagen heb ik het zo druk gehad dat ik daar amper aan heb gedacht.'

'Nou, ik heb contact opgenomen met een aantal mensen en

ik denk dat een oude kennis van me je misschien wel kan helpen,' vertelde Francesca. 'Het zou makkelijker zijn als we de datum wisten van het programmaboekje dat je hebt, maar ze wil er toch even naar kijken. Ze is me nog iets verschuldigd.'

'Weet je zeker dat het niet te veel moeite is?' vroeg Lily. 'Ik weet dat ik waarschijnlijk op zoek ben naar iets wat niet meer te vinden is, maar–'

'Nee zeg, ik doe het graag! Al moet ik wel bekennen dat ik ook graag eens zou zien wat je precies hebt. Als je daar geen bezwaar tegen hebt, uiteraard.'

'Hebben jullie het over de aanwijzingen over Lily's familie?' wilde Antonio weten. Het viel Lily nu pas op dat hij was opgestaan en naast haar was komen zitten. 'Die zou ik ook graag zien. Misschien kunnen we een dagje naar Milaan gaan. Dat kan toch nog wel, voor de tweede gisting?'

Ze knikte. 'In theorie wel, maar...'

Antonio glimlachte. 'Zelfs de wijnmaker mag na de oogst een dagje vrij nemen,' zei hij. 'Daar zit je toch mee?'

Ze haalde haar schouders op. 'Tja, ik neem mijn werk heel serieus.'

Opeens legde Roberto zijn handen op haar schouders en drukte hij in een vaderlijk gebaar een kus op haar kruin. 'Daarvoor is ze hier, Antonio. Breng haar nou niet op het verkeerde pad.'

'Een halve dag, dan,' drong Antonio aan. 'Een uur rijden, een uur in het theater om vragen te stellen en nog een uur voor de terugreis.'

Roberto was weer verder gelopen en Francesca had zich naar haar dochter toe gedraaid, waardoor Lily plotseling alleen nog met Antonio in gesprek was. Zijn ogen straalden en om zijn mond speelde een guitige glimlach die haar deed denken aan de dag dat ze hier was aangekomen. Hij zwaaide zijn arm over de rugleuning van zijn stoel en zat met zijn benen languit.

Op de een of andere manier wist hij zelfs zitten nog sexy te maken.

'Een halve dag, dan,' besloot ze, en ze stak hem haar hand toe. 'Als je maar belooft dat we binnen drie uur weer terug zijn.'

Hij pakte haar hand beet. 'Vier.'

Zijn stem klonk zo verleidelijk dat ze er bijna intrapte, maar ze schudde haar hoofd. 'Drieënhalf,' zei ze. Tot haar grote ergernis kwam het er fluisterend uit, terwijl ze tegenover hem juist zo graag haar mannetje wilde staan.

Hij grijnsde slechts en schudde haar de hand, alvorens op te staan. 'Dan zie ik je morgenochtend, bella.'

Om iets omhanden te hebben pakte Lily haar wijnglas en nam langzaam een slok. Het zou zo makkelijk zijn om zich door Antonio te laten betoveren. Maar misschien gold dat wel voor alle vrouwen in zijn leven. Misschien flirtte hij met iedereen zo en betekende zij niets voor hem.

'Onuitstaanbaar is hij, hè?' mompelde Vittoria in haar oor, terwijl ze in het voorbijgaan een kneepje in haar schouder gaf.

'Zo zou je het kunnen noemen.' Lily keek naar haar op. 'Ga je al?'

'Ik ga mijn bed opzoeken,' zei Vittoria gapend. 'Tot morgen.'

Zelf was Lily ook moe, alleen dacht ze nog steeds niet dat ze zou kunnen slapen. Al zou ze daar na een lange, hete douche misschien wel anders over denken. Ze stond op en begon de borden af te ruimen.

Francesca hield haar echter tegen. 'Laat alles maar staan, hoor. Je bent hier te gast.'

'Maar–'

'Niks te maren. Kom, dan loop ik mee naar je kamer en kun je me laten zien wat voor aanwijzingen je hebt. Tenzij je dat liever een andere keer doet?'

'Nee, helemaal niet.' Lily zette de borden weer neer. 'En bedankt dat je zo ontzettend gastvrij bent.'

Antonio zat nu met Marco te praten, die knipoogde toen Lily langsliep. Toen Antonio dat zag, gaf hij zijn broer een pets tegen zijn achterhoofd.

Lily glimlachte alleen en bedacht wederom hoe vanzelfsprekend het voelde om te worden opgenomen door zo'n hechte familie.

'Mijn jongens,' mopperde Francesca. 'Die twee zijn de oorzaak van elke grijze haar op mijn hoofd.'

Lily keek opzij; ze betwijfelde of deze vrouw überhaupt wel een grijze haar had. Toen ze bij haar slaapkamer aankwamen deed ze de deur open en liep ze snel naar haar tas om het houten kistje te pakken. Francesca ging op het voeteneind van het bed zitten en Lily streek naast haar neer en gaf haar het kistje.

'Heb je het zo gekregen?' wilde Francesca weten.

Lily knikte. 'Ja, alleen hing er nog een kaartje aan met de naam van mijn oma erop. Kennelijk is dit voor haar achtergelaten op de dag dat haar biologische moeder haar afstond ter adoptie, als ik moet geloven wat me verteld is.'

'En, geloof je dat?' Francesca keek haar onderzoekend aan.

Daar dacht Lily even over na, maar diep in haar hart wist ze het antwoord al. 'Ja,' zei ze. 'Ik bedoel, in het begin vond ik het moeilijk te bevatten, maar ik zie niet in waarom het niet waar zou zijn. Waarom zouden ze anders al die moeite hebben gedaan om de erfgenamen van die vrouwen op te sporen?' Trouwens, ze had Mia meteen aardig gevonden en twijfelde geen moment aan haar goede bedoelingen.

'Mag ik?'

'Natuurlijk.' Toen Francesca het kistje openmaakte, staarde Lily ernaar alsof er opeens nog iets anders in zou zitten. Maar helaas, het bleef bij die twee velletjes papier. Al hield Francesca die zo voorzichtig vast dat het wel kostbare juwelen leken.

'Je hebt gelijk, dit stuk komt uit een oud programmaboekje. Vele tientallen jaren oud, als je het mij vraagt.'

'Het is wel een ongebruikelijke aanwijzing, vind je niet?' vroeg Lily. 'Ik bedoel, hoe kun je aan de hand hiervan nou iemand opsporen? En op dat andere velletje staat een of ander recept.'

Francesca leek wel een eeuwigheid naar beide velletjes papier te turen, alvorens ze om te draaien en weer in elkaar te vouwen. 'Lily...' Ze draaide zich naar haar toe. 'Volgens mij zijn deze aanwijzingen niet bedoeld om iemand mee op te sporen. Ik denk dat het erom gaat wat ze betekenen als je ze bij elkaar optelt.'

'Bedoel je dat ik op zoek moet naar iemand die het verband tussen deze twee dingen kan zien?'

'Ik bedoel dat dit recept op de een of andere manier verband houdt met dat theater en dat jij erachter moet zien te komen waarom. Volgens mij moet je deze twee dingen als een geheel beschouwen en zal de juiste persoon het verband veel beter kunnen zien dan wij.' Ze vouwde het recept weer open en fronste haar donkere wenkbrauwen. 'Weet je, dit lijkt op iets waar mijn moeder het vaak over had. Een speciale lekkernij, gemaakt van chocolade en hazelnoten, die beroemd was in sommige delen van Italië.'

Lily's hart begon sneller te kloppen. 'Herken je het?'

'Ik zal er nog eens over nadenken en navraag doen bij vrienden die al wat ouder zijn.' Francesca stopte de papieren terug in het kistje en overhandigde het aan haar. 'Ga nu eerst maar douchen en naar bed. Morgen heb je weer een lange dag voor de boeg.'

Lily knikte, ook al zou ze het liefst verder praten over die lekkernij die Francesca bedoelde.

Francesca leunde naar haar toe, gaf haar op beide wangen een zoen en stond op. 'Slaap lekker, Lily. Maak je maar niet druk om die aanwijzingen. Op de een of andere manier komen we er wel achter wat het verband is, dat beloof ik.'

Nadat de vrouw was vertrokken, stond Lily op, trok haar vuile, stoffige werkkleding uit en liep naakt de badkamer in, waar ze de kraan opendraaide en wachtte tot het water warm werd. Ze nam een lange douche, maar niet zo lang als ze gewild had. Niet omdat ze zo moe was, al konden haar benen haar bijna niet meer dragen, maar omdat er op haar deur werd geklopt. Daardoor moest ze wel een handdoek om zich heen slaan en teruggaan naar haar kamer.

Toen ze de deur opendeed, zag ze alleen een glas staan, met een bodempje van een amberkleurige vloeistof erin. Ze pakte het op en speurde de hal af, waar ze Antonio zag weglopen. Zijn brede gestalte en iets te lange haar zou ze uit duizenden herkennen.

'Om je te helpen in slaap te komen,' riep hij over zijn schouder.

Met het glas tegen haar borst gedrukt keek ze hem na. Ze zou willen dat hij het haar zelf had gegeven in plaats van het voor haar deur neer te zetten. Dan had ze nog één keer die prachtige glimlach kunnen zien voordat de dag erop zat.

15

Italië, 1938

Estee wist dat ze beter niet kon gaan, maar het leek wel of haar voeten een eigen leven leidden en haar steeds dichter naar de bakkerij van de familie Barbieri voerden.

Voor het eerst in haar leven had haar moeder haar geld in de hand gedrukt en gezegd dat ze iets lekkers moest kopen voor het hele gezin. Door het succes van Estee leek de houding van haar moeder veranderd te zijn. Estee was niet naïef; ze wist dat haar ouders hun hoop op haar gevestigd hadden, dat ze hun eigen egoïstische redenen hadden om te willen dat ze beroemd werd. Maar dat deerde haar niet nu ze zich met haar cape strak om zich heen getrokken over de klinkerstraatjes haastte.

Eenmaal in de bakkerij trok ze de kap van haar hoofd en merkte ze dat ze hijgde omdat ze de hele weg vanaf huis had gerend. Het duurde even voordat ze zichzelf weer in de hand had en in de tussentijd keek ze in de glazen vitrine die zich over de gehele breedte van de winkel uitstrekte. Daarin lagen allerlei zoete lekkernijen uitgestald en daarachter, in rekken aan de muur, lagen de broden. De geur drong in haar neusgaten en het water liep haar in de mond, maar eigenlijk was Felix degene die ze zocht, door wie ze daar zo buiten adem om zich heen stond te kijken.

Nerveus hield ze het geld in haar hand geklemd en wachtte haar beurt af. Toen ze verder naar voren schuifelde, zag ze de saccottini al cioccolato liggen die Felix zo vaak voor haar had meegenomen. Die zou ze voor haar familie kopen. Het zou vreemd zijn om er in gezelschap van te eten, in plaats van er stiekem van te genieten.

Eindelijk waren de twee vrouwen die voor haar hadden gestaan klaar met hun bestelling en gingen ze weg. Eenmaal vooraan in de rij bleef ze als verstijfd staan staren naar de man die vroeg wat het mocht zijn.

'Estee?'

Felix.

Ze keek opzij en zag hem staan. Ondanks al die jaren waarin ze getraind had om haar gezicht in de plooi te houden kon ze niet voorkomen dat ze glimlachte. 'Felix!'

Toen hij naar haar toe liep en gebaarde dat ze met hem mee moest komen naar buiten, had ze helemaal geen oog meer voor de man die haar bestelling wilde opnemen. Ze liepen de deur uit en Felix' hand streek langs haar rug toen hij aangaf dat zij voor mocht gaan. Buiten de bakkerij stonden twee tafeltjes en ze gingen zitten, met hun knieën tegen elkaar en hun handen op de tafel. Estee liet haar vingers langzaam naar hem toe glijden tot ze langs de zijne streken.

Meer aanmoediging had Felix niet nodig. Hij legde zijn hand op die van haar en keek haar onderzoekend aan. 'Wat doe je hier? Ik dacht niet dat ik je ooit nog zou zien.'

Ze glimlachte. 'Het is me gelukt,' fluisterde ze. 'Ik was de laatste danseres die gekozen werd, maar ik heb het gered. Ik ben officieel aangenomen op de dansacademie van La Scala.'

Met een brede glimlach gaf hij een kneepje in haar vingers. 'Dat kon ook niet anders, Estee. Ik ben heel erg trots op je.'

'Wil je wel geloven dat mijn moeder zo blij is dat ze me heeft gevraagd iets lekkers te kopen om het te vieren?'

'Ah, dus ze is eindelijk tevreden met haar kleine vogeltje?'

Estee lachte en haar wangen gloeiden toen hij naar haar glimlachte. Het voelde zo vertrouwd tussen hen, maar er was ook altijd een zekere spanning waardoor haar huid begon te tintelen. 'Ik ben maar een paar dagen thuis, maar ik moest–'

'Felix?' zei een barse stem.

Ze trok haar handen zo snel terug dat ze haar ellebogen aan de stoel achter zich stootte. Felix leunde achterover toen een man met een borstelige snor de straat op stapte. Zijn vader.

'Felix?' herhaalde de man.

Beschaamd sloeg Estee haar ogen neer. Ze voelde zich betrapt, ook al hadden ze niets verkeerds gedaan.

'Papà, dit is Estee, een oude vriendin van me.' Felix stond op en haalde zijn vingers door zijn haar. 'Binnenkort verhuist ze naar Milaan.'

Zijn vader knikte en glimlachte even, maar toen hij zich wilde omdraaien, aarzelde hij, alsof hij haar herkende.

Weer keek ze omlaag en ze vouwde haar handen strak ineen op haar schoot.

'Estee is balletdanseres en gaat binnenkort dansen voor La Scala,' legde Felix uit. Toen ze weer opkeek, keek hij haar recht aan.

'Gefeliciteerd, dat is een hele prestatie,' zei zijn vader, voordat hij zich weer naar zijn zoon toe draaide en gebaarde dat hij mee moest komen.

Estee stond op en slikte moeizaam. Het voelde alsof ze een eeuwigheid in Felix' ogen bleef staren, maar waarschijnlijk duurde het maar enkele seconden.

Toen zijn vader weg was, schoof hij dichter naar haar toe en haakte voorzichtig zijn pink door de hare.

Haar adem stokte en tot haar afschuw sprongen de tranen haar in de ogen.

'Je gaat een fantastisch leven tegemoet, Estee,' fluisterde Felix. 'Op een dag zal de hele wereld weten wie je bent.'

Ze hief haar hoofd en glimlachte naar hem, weigerend om verdrietig te zijn. Ze hadden voor de auditie al afscheid genomen; dit extra momentje met hem moest ze koesteren. 'Dag, Felix.'

'Dag, Estee.' Zijn woorden fluisterden langs haar huid toen hij naar voren leunde en onverwacht een kus op haar wang drukte.

Ze snoof zijn geur op. Niet die van zijn vertrouwde eau de cologne, maar van versgebakken brood. Daarna keek ze nog één laatste keer in zijn betoverende donkere ogen.

Toen hij zijn pink wegtrok bij de hare, werd ze overweldigd door eenzaamheid, maar ondanks haar verdriet hield ze haar hoofd opgeheven, als de danseres die ze was en altijd zou blijven.

Ze draaide zich om en liep weg. De tranen stroomden over haar wangen bij de gedachte dat ze Felix nooit meer zou zien, bij de gedachte aan het leven dat hij zonder haar tegemoet ging.

Pas toen ze halverwege was besefte ze dat ze was weggegaan zonder iets te kopen.

16

Heden

Het zou veel makkelijker zijn geweest om in bed te blijven. Lily was zo moe dat het haar laatste restje wilskracht had gekost om de dekens van zich af te schoppen en naar de douche te sjokken, maar nu ze haar haar had gewassen, een beetje make-up had aangebracht en haar favoriete zomerjurk had aangetrokken, was ze bijna klaar om te gaan.

Op haar horloge zag ze dat het al haast tijd was, dus negeerde ze haar knorrende maag, stopte haar telefoon in haar tas, controleerde of ze het houten kistje bij zich had en ging op zoek naar Antonio. Het duurde niet lang voordat ze hem gevonden had, want hij stond in de grote keuken, met zijn handen op het enorme houten aanrechtblad geleund. Ze bleef zich erover verbazen hoe fraai deze keuken was, met het gewelfde bakstenen plafond en de koperen pannen aan de muur boven het fornuis. Vandaag werd haar aandacht echter afgeleid door Antonio. Hij droeg een wit overhemd en een spijkerbroek en voor hem stond een pot koffie.

Hij begroette haar met een glimlach. 'Hoe voel je je vanochtend?'

Ze liet zich op een van de gestoffeerde hoge barkrukken glijden. 'Beter dan een uur geleden,' gaf ze toe, 'maar ik ben nog steeds uitgeput.'

'Dat is nou precies de reden dat je een dagje vrij verdient,' zei hij. 'We hebben allemaal zo hard gewerkt.'

Zo ging het tijdens elke oogst, waar ook ter wereld. Het hele jaar werkte je toe naar dat moment waarop de druiven werden geplukt en geperst, maar ze dacht niet dat ze er ooit aan zou wennen. Hij had gelijk, ze kon wel een vrije dag gebruiken. Nog maar een paar maanden geleden had ze hetzelfde afmattende proces in Nieuw-Zeeland meegemaakt.

'We gaan maar een halve dag, toch?' vroeg ze voor de zekerheid. 'Dat hebben we afgesproken.'

Hij glimlachte slechts en pakte twee herbruikbare koffiebekers uit een kastje, waar hij de inktzwarte vloeistof in schonk. 'Suiker? Melk?'

'Allebei, graag.' Zodra hij het deksel erop had gedaan, pakte ze haar beker en snoof het aroma op. 'Dit ruikt hemels.'

'Wil je een versgebakken broodje?'

Haar knorrende maag zei voldoende.

Antonio lachte. 'Het is een uur rijden en het duurt nog wel even voor we kunnen lunchen.' Hij draaide zich om naar de broodjes die op een rooster lagen af te koelen. 'Jam?'

Weer knikte ze. 'Ik zou er wel aan kunnen wennen om zo op mijn wenken bediend te worden.'

Hij trok zijn wenkbrauwen op. 'Nou, wen er maar niet aan. Je boft dat ik honger had en net zo graag wilde ontbijten als jij.'

Lily nipte van haar koffie en voelde de spanning uit haar schouders wegtrekken toen ze hem het broodje zag besmeren met boter en jam. Ze rekte zich uit om de knopen van een lange werkdag uit haar rug en nek te krijgen.

'Kom, dan gaan we.' Hij likte de jam van zijn vinger en wees naar de broodjes die voor hem lagen.

Snel pakte ze het grootste van de twee broodjes en ze grijnsde toen hij zijn hoofd schudde. 'Bedankt voor het ontbijt.'

'Graag gedaan.'

Het was stil in huis en Lily vroeg zich af waar de anderen waren. Francesca was vast al aan het paardrijden en Roberto lag ofwel nog te slapen, of hij wandelde door de wijngaard, zoals ze hem wel vaker had zien doen op dit tijdstip.

Antonio liep een eindje voor haar uit en toen hij omkeek, kreeg ze vlinders in haar buik en kon ze haar glimlach niet bedwingen. In haar tas voelde ze haar telefoon trillen en ze klemde het broodje tussen haar tanden terwijl ze het toestel pakte en op het schermpje keek. Het was een berichtje van haar moeder.

Ik hoop dat je met volle teugen geniet van Italië. Nog nieuws?

Ze stopte de telefoon weer in haar tas, liep achter Antonio aan naar buiten en glimlachte bij de gedachte aan haar moeder. Toen ze in de auto zat, stuurde ze een berichtje terug.

Vandaag geniet ik absoluut van Italië, mam. Je zou trots op me zijn. Ik bel je snel, beloofd.

'Leun maar lekker achterover,' zei Antonio terwijl hij de motor startte en met één arm op de rand van het open raampje leunde terwijl hij de andere aan het stuur hield. 'Voordat je het weet zijn we in Milaan.'

'Mijn hemel, dit is waanzinnig.' Vol ongeloof staarde Lily naar het enorme theater.

'Wacht maar tot je het vanbinnen ziet,' zei Antonio, die haar arm pakte en haar naar de ingang aan de linkerzijde loodste.

'Kunnen we zomaar naar binnen lopen?' vroeg ze, terwijl ze om zich heen keek.

'We boffen dat het niet midden in de zomer is. Dan is het hier zo druk met toeristen dat je moet reserveren om het theater en museum te kunnen bezichtigen.'

Lily liet zich door hem meevoeren en deed haar best om zich niet aan haar omgeving te vergapen, zoals waarschijnlijk alle toeristen die haar waren voorgegaan. Het was best druk, want de vroege herfst was ook nog een populaire tijd voor bezoekers, maar gelukkig had ze de ruimte om alles in zich op te nemen zonder tegen andere mensen op te botsen. Binnen keek ze met een glimlach om zich heen. De foyer was prachtig.

'Kan ik u helpen?' vroeg een man in een onberispelijk donker pak in het Italiaans.

'Ja, we hebben een afspraak met signora Rossi,' antwoordde Antonio.

'Antonio Martinelli?' vroeg de man, een stuk hartelijker en minder formeel nu hij wist dat ze verwacht werden.

'Sì.'

'Loop maar mee. Signora Rossi is momenteel aan het repeteren, maar ze heeft gezegd dat jullie naar binnen mogen. Zodra ze klaar is, komt ze naar jullie toe.'

Antonio en de man wisselden nog een paar woorden in het Italiaans die ze niet eens probeerde te begrijpen, aangezien ze volkomen in beslag werd genomen door alle indrukken om zich heen.

Onverwacht liet hij zijn hand in de hare glijden. 'Kom mee,' murmelde hij. 'Je zult het daar prachtig vinden.'

Snel liep ze met hem mee naar de grote deuren van de theaterzaal, die met een zwiepend geluid voor hen werden opengedaan. Het volgende moment stonden ze in de grootste, prachtigste theaterzaal die ze ooit had gezien. 'Lieve hemel,' fluisterde ze, terwijl ze in het zwakke licht dichter tegen Antonio aan ging staan. Hij hield nog steeds haar hand vast. 'Zoiets heb ik nog nooit gezien. Het is... Het is...'

'Betoverend,' maakte hij haar zin af. 'Ik weet het, zo voelde ik me ook toen ik hier als jongetje voor het eerst kwam met mijn ouders en ik vanaf daarboven alles voor het eerst zag.' Hij wees omhoog.

Toen ze haar hoofd naar achteren kantelde om alle loges te bekijken, leek het plafond wel kilometers ver weg.

'Die nacht heb ik geloof ik geen oog dichtgedaan. Ik moest er de hele tijd aan denken hoe betoverend het allemaal was geweest.'

Zo fluisterden ze nog even verder, in hun eigen wereldje, tot Antonio haar omdraaide en achter haar ging staan, met zijn handen op haar schouders. Haar adem stokte toen de schijnwerpers aangingen en er een ballerina het podium op kwam. Ze bewoog zich zo sierlijk als een zwaan, op een manier die Lily de adem benam.

'We krijgen een privévoorstelling,' fluisterde Antonio in haar oor.

Lily leunde tegen hem aan, gebiologeerd door de danseres op het podium en zijn warme handen op haar schouders. Toen ze zich realiseerde hoe dicht ze bij elkaar stonden, leunde ze echter snel weer naar voren.

Hij schraapte zijn keel en liep langzaam langs haar heen. Deze keer pakte hij haar hand niet vast, maar ze wilde dat hij dat wel had gedaan. Door het gangpad liepen ze naar een van de voorste rijen, achter de orkestbak.

Lily ging naast hem zitten en onderdrukte een kreun toen de belichting veranderde en iemand een bevel uitdeelde, waarna de ballerina elegant het podium af liep. Even dacht Lily dat het alweer gedaan was met hun privévoorstelling, maar vervolgens kwam de ballerina terug en begon opnieuw aan haar opvoering, aan het einde vergezeld door nog meer danseressen.

Daarna was het echt voorbij. De lampen gingen aan en de andere ballerina's gingen in groepjes bij elkaar staan om te praten, terwijl de prima ballerina ging zitten om rekoefeningen te doen.

Lily's aandacht werd echter getrokken door een ontzagwekkende vrouw die vanaf het podium op hen af kwam lopen. Ze liep een beetje moeilijk, maar haar rug was kaarsrecht en Lily voelde instinctief aan dat deze vrouw vele jaren geleden ook een danseres moest zijn geweest. Toen ze een hand uitstak, kwam er meteen iemand naar haar toe gerept om haar van het podium af te helpen, zodat ze naar Lily en Antonio toe kon lopen.

Lily vond het al een overweldigende eer om in dit prachtige oude theater te mogen zijn, maar ze had ook het vermoeden dat deze vrouw niet zomaar tijd maakte voor een gesprekje tijdens zo'n belangrijke repetitie. Francesca had duidelijk haar macht aangewend om deze ontmoeting te regelen.

'Jij moet Antonio zijn,' zei de vrouw toen ze bijna bij hen was.

Antonio stapte naar voren, pakte de handen van de vrouw beet en gaf haar voorzichtig op beide wangen een kus. 'Bedankt dat u tijd voor ons hebt vrijgemaakt. Ik weet hoe druk u het hebt.'

'Ach, je moeder kan erg overtuigend zijn en heeft door de jaren heen erg gul gegeven aan het theater, dus...' Ze haalde haar schouders op. 'Wie ben ik dan om te weigeren?' Het Engels leek haar geen enkele moeite te kosten.

'Signora Rossi, mijn naam is Lily. Ik ben de reden dat Francesca Martinelli contact met u heeft opgenomen.'

De vrouw knikte en stak haar hand uit. 'Laat maar eens zien, dat programmaboekje. Francesca had het erover dat het heel oud is en dat je op zoek bent naar informatie.'

Signora Rossi zag eruit alsof ze minstens zeventig was. Haar stem was zwaar en haar huid gegroefd, wat haaks stond op haar ranke figuurtje waar iemand van dertig jaar jonger jaloers op zou zijn geweest. Tot haar verbazing zag Lily dat haar hand licht trilde. Dat strookte niet met haar rechte rug, haar brede schouders en de kracht in haar stem.

'Ze zei dat het iets met je overgrootmoeder te maken heeft?'

'Ik denk het wel, ja,' zei Lily. 'Jammer genoeg heb ik nog geen flauw idee wát. Daarom ben ik hier.'

Signora Rossi pakte het vel papier van haar aan, zette haar

bril op en bekeek het van voren en achteren. Toen keek ze naar Antonio.

Die haalde zijn schouders op, alsof hij wilde aangeven dat hij net zo veel wist als Lily.

'Zegt het u iets?' vroeg Lily, die de stilte niet meer kon verdragen. 'Herkent u het? Of weet u misschien waar het mee te maken heeft?'

Het duurde even voordat de vrouw antwoord gaf, maar ze bleef wel aandachtig naar het stuk van het programmaboekje kijken. 'Dit stamt uit 1946.' Toen ze uiteindelijk opkeek, schitterden haar ogen.

'Hebt u enig idee wat dat wil zeggen? Heeft dat jaar een bijzondere betekenis?'

'Nou, ik herken het omdat dat het jaar was dat La Scala weer heropend werd, na de oorlog. Voor het theater was dat een bijzonder jaar, maar er waren veel mensen bij de heropening betrokken en er staat geen datum op, dus ik weet niet of ik verder nog kan helpen.'

Lily liet adem ontsnappen waarvan ze niet eens had geweten dat ze die had ingehouden. Dit was niet veel informatie, maar nu had ze in elk geval een jaartal, en dat was meer dan waar ze mee gekomen was. 1946, een jaar nadat de oorlog was afgelopen.

'Heb je verder geen aanwijzingen?' vroeg signora Rossi. 'Is dit alles?'

'Ik heb nog een recept.' Lily vouwde het uit en gaf het aan de vrouw, voor het geval dat zij er wijs uit kon worden. 'Ik heb geen idee wat het met elkaar te maken heeft.'

'Dit komt me bekend voor.' Signora Rossi bekeek het met een glimlach. 'Het was een beroemde... hoe zeg je dat in het Engels? Lekkernij? Tijdens en na de oorlog was dit verkrijgbaar in een bakkerij een paar uur rijden hiervandaan. Als ik het me goed herinner, werd het uiteindelijk ook in potten verkocht, als een soort zoet smeersel. Volgens mij bestaat het nog steeds.' Ze zuchtte. 'Voordat je het vraagt, nee, zo oud ben ik niet, maar mijn moeder was er als kind dol op en maakte altijd iets voor ons wat erop leek. Ze had het vaak over het chocoladetekort tijdens de oorlog. Dit was destijds de ideale vervanger.'

Lily's hart begon sneller te slaan. 'Hebt u enig idee wat het verband zou kunnen zijn? Waarom ik deze twee aanwijzingen heb gekregen?' Francesca had ook gedacht dat het recept misschien uit die tijd stamde, dus ze kreeg het vermoeden dat de vrouwen iets op het spoor waren. Desondanks had ze nog steeds geen idee in welke richting ze het moest zoeken.

Signora Rossi vouwde de papieren op en gaf ze aan Lily terug. Daarna wierp ze een blik op haar horloge. 'Het spijt me, ik moet verder met de repetitie. Maar als ik jou was, zou ik naar de regio Piëmont gaan. Als ik het me goed herinner, moet je in een stadje genaamd Alba zijn. Misschien kun je er daar achter komen of er een verband is met de bakkerij die dit vroeger maakte. Veel van dat soort bakkerijen zijn familiebedrijven en bestaan al generatieslang, dus het zou kunnen dat je zoektocht makkelijker wordt dan verwacht.'

'Dat zal ik doen,' zei Lily. 'Ontzettend bedankt voor uw tijd.'

Signora Rossi glimlachte, gaf Antonio twee zoenen en vroeg hem zijn moeder de hartelijke groeten te doen. Vervolgens draaide ze zich zo sierlijk om dat Lily een glimp opving van hoe ze als danseres moest zijn geweest.

Voordat de vrouw kon weglopen, stelde Antonio haar nog een vraag. 'Als u een gok moest doen, wie denkt u dan dat we zoeken? Wie zou Lily's overgrootmoeder geweest kunnen zijn?'

Signora Rossi glimlachte. 'Een balletdanseres of iemand die in 1946 banden had met de balletacademie van La Scala. De terugkeer van het balletgezelschap op het podium dat jaar was onvergetelijk. Werkelijk spectaculair.' Ze zuchtte. 'Maar ja, misschien ben ik bevooroordeeld. Iemand anders zou wellicht zeggen dat het theater na de heropening weer furore maakte door de opera of het orkest.' Met die woorden liep ze weg.

Antonio draaide zich om, pakte Lily's hand en loodste haar door het gangpad mee naar de uitgang.

Het was een onwerkelijke gewaarwording om in deze verlaten theaterzaal te zijn. Ze kon zich niet eens voorstellen hoe het moest zijn als de zaal vol zat met prachtig uitgedoste mannen en vrouwen die zich vergaapten aan de dansers op het podium. Nog eenmaal keek ze achterom en snoof ze de geschiedenis en de elegantie van het theater op, daarna stapten ze weer de foyer in. Het duurde even voordat ze haar gedachten op een rijtje had gezet. Pas toen Antonio haar hand losliet, zei ze weer iets. 'Ik kan het niet geloven.' Ze schudde haar hoofd. 'Eerst dacht ik dat ik nooit wijs zou kunnen worden uit die aanwijzingen, en nu heb ik opeens een jaartal en een plek waar ik naartoe kan, al zie ik nog steeds niet in hoe ik daar ooit de antwoorden zal kunnen vinden die ik zoek.'

'Zullen we nu gaan lunchen?' vroeg Antonio. 'Van al dat gezoek naar aanwijzingen heb ik trek gekregen.'

'Ja.' Grijnzend haakte ze haar hand door zijn uitgestoken arm. 'Dat zullen we maar eens doen. En terwijl we op ons eten wachten, kun jij me op Google Maps laten zien hoe we bij dat stadje kunnen komen waar signora Rossi het over had. Zo dicht bij een echte aanwijzing was ik tot nu toe nog niet geweest.'

'We?' vroeg hij. 'Nodig je me uit om de volgende keer weer met je op avontuur te gaan?'

Toen hij haar weer aankeek, staarde ze hem zonder te blozen recht in de ogen. 'Als je met me mee wilt?'

'Natuurlijk wil ik dat. Maar let wel, dat stadje ligt niet op een uur rijden bij de wijngaard vandaan. Als we daarheen gaan, moeten we er minstens één overnachting bij boeken.'

'Dus dan moeten we nog een paar weken wachten, of misschien nog wel langer.' Ze probeerde niet te teleurgesteld te zijn.

In de wijngaard was momenteel te veel te doen om er een paar dagen tussenuit te kunnen knijpen. Ze had zich al schuldig gevoeld vanwege die halve dag vrij om naar het theater te gaan.

'Dat mysterie van jou wacht al tientallen jaren om opgelost te worden, Lily.' Met zijn knokkels streek hij het haar uit haar gezicht. 'Een paar weken of maanden extra zullen het verschil niet maken. Dat stadje gaat nergens heen, die familie zal er gewoon blijven wonen. Je hebt alle tijd van de wereld.'

'Dank je wel,' zei ze.

Ze bleven even staan en keken elkaar aan. Er broeide iets tussen hen, dat viel niet te ontkennen, en dat gevoel probeerde Lily al zo lang ze zich kon herinneren te vermijden. Bij Antonio leek er echter geen ontkomen aan.

'Waarvoor?' vroeg hij op hese toon.

'Omdat je me hebt overgehaald om naar La Scala te gaan. Het betekent veel voor me dat je hier bij me bent. Dat je me hierheen hebt gebracht.'

Hij glimlachte en zijn ogen dwaalden naar haar lippen, maar verder verroerde hij zich niet. Toen hij weer opkeek, ging ze iets dichter bij hem staan en legde hij zijn hand tegen haar wang.

Het zou heel makkelijk zijn geweest om haar gezicht af te wenden, om een stap achteruit te doen, maar dat deed ze niet. Dat kón ze niet.

Nog even wachtte hij af, alsof hij haar nog één kans wilde geven om zich te bedenken. Daarna overbrugde hij de afstand tussen hen en drukte zijn mond op de hare.

'Het was me een genoegen,' mompelde hij na de zoen. Hij streek nog één keer met zijn lippen langs de hare, rechtte zijn rug en sloeg zijn arm om haar middel. 'Nou, laten we op zoek gaan naar het restaurant, ik lust wel wat.'

Lily kroop dicht tegen hem aan en bedwong de neiging om haar lippen aan te raken. Al die jaren had ze zaken en plezier strikt gescheiden gehouden, maar ze was dan ook nog nooit zo gezoend. Niemand was ook maar in de buurt gekomen van Antonio Martinelli en ze had geen idee hoe ze zo snel de stap hadden gezet van collega's naar iets meer.

'Alles oké?' vroeg hij, en hij gaf een kus op haar kruin toen ze verder liepen.

Ze knikte en drukte zich nog dichter tegen hem aan, zodat ze geen antwoord hoefde te geven. Op dit moment wist ze namelijk maar één ding zeker: alles was helemáál niet oké.

17

Milaan, 1946

Estee haalde diep adem. Het was lang geleden dat ze voor een publiek had opgetreden en ze was nog nooit zo gespannen geweest als nu, zelfs niet toen ze als tiener voor het eerst op het podium van La Scala had gestaan. Haar maag kromp samen en het voelde alsof ze moest overgeven, maar er zat niets in haar maag wat ze eruit zou kunnen gooien.

Met haar ogen dicht deed ze in stilte een gebedje, voordat ze haar gezicht in het masker plooide dat ze aan de buitenwereld wilde laten zien, het masker dat ze haar leven lang geperfectioneerd had.

Het was de avond van de grootste heropening van La Scala, en zij zou als eerste het podium betreden.

De prima ballerina.

Ze stond zichzelf een zwak glimlachje toe en trok vervolgens haar gezicht weer in de plooi. Toen het doek opging, liet ze de bijeengekomen Italianen precies zien waar ze al die jaren op hadden gewacht. Het publiek was muisstil; je kon een speld horen vallen tot het orkest de muziek inzette en zij aan haar dans begon.

Ik ben terug. Hier hoor ik thuis, ondanks alles wat er is gebeurd.

Twee uur later zat Estee in haar kleedkamer naar zichzelf te staren in de ronde spiegel. Onwillekeurig wierp ze een blik op de plek naast haar, op de lege stoel waar Sophia had moeten zitten.

Ze hadden een eigen kleedkamer kunnen eisen, Sophia al veel eerder dan zij, maar haar vriendin had het belangrijk gevonden om samen te zijn, om te genieten van elkaars succes en zich niet tegen elkaar te laten opzetten, ondanks de hevige concurrentiestrijd die binnen het balletgezelschap woedde.

Estee wapende zich tegen het verdriet om het verlies van haar beste vriendin. Jarenlang hadden ze tegen elkaar gestreden om de beste rollen, hadden ze elkaar onder druk gezet om het beste uit zichzelf te halen, maar hun vriendschap was ertegen opgewassen geweest. De rivaliteit tussen hen bestond alleen op het podium en sinds de dag dat ze elkaar hadden leren kennen had er niets of niemand tussen hen in kunnen komen. Maar nu was Sophia er niet meer en zat Estee hier alleen. Tijdens de oorlog had iedereen wel een dierbare verloren, maar dat maakte haar verdriet er niet minder om.

De stilte was oorverdovend.

Vaak hadden ze niet eens iets gezegd wanneer ze samen waren, dat was niet nodig geweest. Sophia's aanwezigheid was levensgroot: ze had de ruimte naast Estee opgevuld met haar enthousiasme en talent. Zonder haar leek het leven nog maar een schim van wat het geweest was. Estee had altijd geweten dat ze talent had, maar Sophia was een verhaal apart geweest.

Toen er onverwacht op de deur werd geklopt, trok ze snel haar kamerjas aan en hield die ter hoogte van haar borst krampachtig dicht. Op het podium hield ze zich er nooit mee bezig of ze er fatsoenlijk uitzag, maar nu, alleen in haar kleedkamer, werd ze zich bewust van haar eigen naaktheid. 'Kom binnen,' riep ze.

In de deuropening verscheen een jonge ballerina met een grote bos bloemen in haar handen. 'Deze zijn voor u bezorgd.' Het meisje kleurde dieproze en zette grote ogen op.

Estee stond met een glimlach op. Het was al een tijd geleden dat ze bloemen had gekregen – het was dan ook al lang geleden dat ze had kunnen optreden – en ze pakte het boeket bewonderend aan.

Ze wist hoe ze er in de ogen van het kind uitzag. Nog niet eens zo lang geleden zou ze zelf vol ontzag voor de prima ballerina van La Scala hebben gestaan. Nadat ze de geur van de rozen had opgesnoven, trok ze een van de lange bloemen uit de bos en gaf die aan het meisje. 'Deze is voor jou.' Voorzichtig streek ze even over haar haar. 'Bedankt dat je ze bent komen brengen.'

Het meisje bloosde weer en maakte zich uit de voeten.

Estee lachte toen de deur dichtviel en ze alleen achterbleef. Ze zette de bloemen neer en wilde zich net omdraaien toen ze er aan de zijkant een wit kaartje uit zag steken. Nieuwsgierig pakte ze het en vouwde het open. Het kriebelige handschrift kwam haar ergens bekend voor en haar hart bleef bijna stilstaan toen ze de woorden las.

Dat kan niet.

Ze liep naar achteren in de kleine ruimte, liet zich op haar stoel zakken en las het kaartje opnieuw. Waarschijnlijk had ze het verkeerd gezien, ze was gewoon moe of...

Liefste Estee, ik zei toch altijd al dat je op een dag de mooiste danseres van La Scala zou zijn? Ik had gelijk.

Ze hield het kaartje in haar bevende hand en staarde naar haar eigen spiegelbeeld. Acht jaar. Zo lang was het geleden dat ze hem had gezien, dat ze als naïeve tiener uit Piëmont was vertrokken. Acht jaar waarin hij altijd in haar hart had gezeten, waarin ze zich had afgevraagd of hij was gesneuveld in de oorlog of was getrouwd met de vrouw die voor hem was uitgekozen. Acht jaar waarin ze hem nooit had kunnen vergeten, ook al had ze nog zo hard geprobeerd om hem en haar herinneringen aan hun tijd samen achter zich te laten.

Even bleef ze besluiteloos naar zichzelf in de spiegel zitten kijken, toen sprong ze overeind en rende haar kleedkamer uit en naar de artiesteningang. Gio, de oudere man die er altijd voor zorgde dat er geen ongewenste aanbidders bij de dansers, zangers en muzikanten konden komen, zat op een lage stoel. Voor de oorlog was hij er ook al geweest en op de een of andere manier had hij het overleefd en zijn functie weer opgepakt.

'Gio!' riep ze. 'Hoelang geleden zijn die bloemen voor me bezorgd?'

Met een versufte blik in zijn ogen keek hij op, waardoor ze zich afvroeg in hoeverre hij nog in staat was om ongewenst bezoek buiten te houden. Hij haalde zijn schouders op.

'Vijf minuten, tien?' drong ze aan.

De oude man knikte.

Estee haastte zich langs hem heen en duwde de deur open. De koele avondlucht sloeg haar in het gezicht en ze tuurde het donker in.

Er was niemand.

Langzaam draaide ze een rondje, op zoek naar hem, naar een aanwijzing dat hij het echt was geweest en dat haar fantasie geen loopje met haar nam. Net toen ze weer naar binnen wilde gaan, met haar dunne kamerjas strak om zich heen getrokken tegen de kou en met een onnozel gevoel omdat ze in haar eentje het donker in was gelopen, zag ze iets bewegen.

Dit kan niet waar zijn. Het is vast gezichtsbedrog.

Uit de schaduwen stapte een man tevoorschijn, in een maatpak en met een overjas om zijn schouders geslagen.

Haar adem stokte en haar blik werd wazig door tranen waarvan ze niet eens had geweten dat ze die nog had na alles wat ze had meegemaakt, na acht jaar waarin ze de schijn had opgehouden.

In haar herinnering was hij nog een jongen, maar nu liep er een man op haar af. Hij was heel anders dan ze zich herinnerde, maar op de een of andere manier ook precies hetzelfde.

'Hallo, Estee.' Zijn stem klonk dieper dan voorheen, zijn haar was korter geknipt. Toch was er maar één man die zo naar haar kon kijken, met zo veel warmte en oprechte belangstelling. Er was maar één man die haar dit gevoel kon geven.

'Felix?' vroeg ze ademloos. Ze durfde zijn naam bijna niet te zeggen uit angst dat hij niet echt was, dat hij weer zou verdwijnen.

'Ik heb altijd geweten dat we elkaar weer zouden zien, maar de prima ballerina van La Scala?' Hij floot bewonderend.

Onwillekeurig schoot ze in de lach en rende naar hem toe, zijn gespreide armen in.

'Dat was me het optreden wel, al vond ik je eerlijk gezegd nog beter in de rol van Coppélia.' Hij omarmde haar zo stevig dat ze amper lucht kreeg.

Ze snoof de geur van zijn eau de cologne op, die voor haar volkomen nieuw was, net als zijn brede schouders en lange gestalte. 'Je bent veranderd.' Ze deed een stap naar achteren en was hem dankbaar toen hij haar ellebogen vastpakte om haar dicht bij zich te houden. 'Wanneer heb je me dan als Coppélia gezien? Dat was...'

In welk jaar was ze ook alweer de doublure geweest van Sophia en had ze moeten invallen toen Sophia last had van buikkrampen? Dat optreden was bepalend geweest voor haar carrière, want daardoor was ze de voor de hand liggende keus geweest om het van haar vriendin over te nemen toen ze overleed.

'Jij bent ook veranderd,' mompelde hij terwijl hij haar bewonderend in zich opnam en zijn hoofd schudde alsof hij niet goed kon geloven dat ze het echt was. 'Ik heb je als Coppélia gezien voor het bombardement, voordat...' Hij schraapte zijn keel en ze zag het verdriet in zijn ogen opflitsen.

De afgelopen jaren hadden ze het allemaal zwaar gehad, daar was geen ontkomen aan geweest. Iedereen droeg littekens met zich mee. Nu ze naar Felix keek, vroeg ze zich af of hij het nog zwaarder te verduren had gehad dan zij, al zou ze hem daar nooit naar vragen. Ze hadden allemaal zo hun geheimen en kwelgeesten, maar ze lieten zich pas in de kaart kijken wanneer het echt niet anders kon.

'Kunnen we ergens anders heen gaan?' Hij keek om zich heen alsof hij niet met haar samen gezien wilde worden.

Het verdriet daalde als een zwarte mantel over haar neer, maar ze slikte het weg. Natuurlijk mocht hij niet met haar gezien worden. 'Ben je hier met je verloofde?' vroeg ze zo luchtig mogelijk. Ze stak haar kin iets de lucht in en keek hem recht in zijn ogen, alsof de vraag niet dwars door haar ziel heen kliefde.

Zijn stilzwijgen vertelde haar dat ze gelijk had. Dat zou haar niet moeten raken, maar toch was het zo.

'Mag ik je op een drankje trakteren?' Hij trok een van zijn handen terug zodat hij haar nog maar bij één elleboog vasthad, alsof hij haar niet wilde loslaten.

'Geef me tien minuten,' zei ze. Toen ze hem in de ogen keek, zag ze dat zijn gevoelens voor haar niet minder waren geworden, net als haar gevoelens voor hem. Alleen waren ze nu geen kinderen meer en stond hij op het punt om met iemand anders te trouwen. Toch ging er een verwachtingsvolle huivering door haar heen bij de gedachte dat hij nog niet getrouwd was. Dat betekende…

Zo is het genoeg. Hij is met een ander verloofd en daar kan niets verandering in brengen.

'Ik wacht hier wel,' zei hij.

Voordat hij zich weer in de schaduwen kon terugtrekken, pakte ze zijn hand en hield die even vast. 'Het is echt fijn om je weer te zien, Felix. Na al die jaren had ik niet gedacht dat onze paden elkaar nog eens zouden kruisen.'

Zijn ogen schitterden. 'Het is ook fijn om jou weer te zien, Estee.'

Daarna spurtte ze weg, met haar kamerjas dicht om zich heen getrokken en met koude benen omdat ze zo lang buiten had gestaan. Toch was de glimlach niet van haar gezicht te slaan toen ze zich langs Gio heen naar haar kleedkamer haastte. In het voorbijgaan knikte ze de andere meisjes toe die in groepjes buiten de andere, gezamenlijke, kleedkamers stonden. Ze wist hoe nieuwsgierig ze naar haar waren en dat ze beter haar best voor hen zou moeten doen. Ze zou zich als een leider moeten opwerpen en zich over hen moeten ontfermen zoals Sophia dat jaren geleden bij haar had gedaan. Dit seizoen had ze er echter niet de energie voor kunnen opbrengen.

Ze ging zitten en gunde zichzelf een paar seconden om in de spiegel te kijken. Haar ogen straalden en ze had veel meer kleur op haar wangen dan anders. Snel haalde ze wat van de zware make-up van haar gezicht en werkte haar lippen bij met een zachtere kleur lippenstift. Daarna keek ze naar haar strak opgestoken haar en besloot alle spelden eruit te halen en haar krullen los om haar schouders te laten vallen. Ze kleedde zich uit en hing vlug haar kamerjas en balletpakje op. Daarna trok ze haar eigen kleren aan: een eenvoudige jurk en een jas. Met een zucht bekeek ze zichzelf, en ze hoopte maar dat ze er niet te saai uitzag. Even speelde ze met de gedachte om de andere meisjes te vragen of ze iets van hen kon lenen, maar al snel besloot ze dat niet te doen. Als Felix haar niet leuk vond zoals ze was, zou een andere jurk daar niets aan veranderen.

Ze wierp nog één blik in de spiegel en depte nog wat van haar nieuwe Chanel No 46 op haar polsen en hals. Die had ze voor zichzelf gekocht ter gelegenheid van de heropening van La Scala. Tijdens de oorlog was parfum haar enige luxe geweest, iets wat Sophia en zij hadden geweigerd op te geven, zelfs al had dat soms betekend dat ze zich niets te eten konden veroorloven. Nu had ze echter een ander geurtje uitgekozen, want het parfum dat zij en Sophia hadden gebruikt kon ze niet meer verdragen.

Als je maar hemels ruikt, dan komt de rest vanzelf goed.

Met Sophia's woorden in haar gedachten liep ze de kleedkamer uit en deed de deur achter zich dicht.

Eén drankje maar, daarna neem ik voorgoed afscheid van hem.

Ze liepen naar Bar Basso, een geliefde ontmoetingsplek van schrijvers, ontwerpers, kunstenaars en dansers in Milaan. Net als toen ze nog twee tieners waren geweest, vervielen ze in stilzwijgen, maar deze keer was de stilte niet zo aangenaam als destijds. Toen hadden ze geen woorden nodig gehad, maar deze keer voelde het alsof er tussen hen zo veel onuitgesproken was dat ze geen van beiden als eerste iets durfden te zeggen.

Felix hield de deur voor haar open en ze liepen de zwak verlichte bar in. Het duurde even voordat haar ogen gewend waren en ze de kroonluchters boven de bar en de flessen en glazen aan de wand daarachter in zich kon opnemen. Het volgende moment legde Felix zijn hand op haar onderrug en voerde haar mee naar een laag tafeltje, weggestopt in een hoek.

Daar sloeg hij de drankenkaart open. 'Ik weet niet eens wat ik voor je moet bestellen,' zei hij treurig. 'Wat drink je graag?'

'Pinot noir,' zei ze, terwijl ze achteroverleunde op haar stoel en net zo aandachtig naar hem keek als hij naar de wijnkaart.

Het kostte hem een paar minuten om een keuze te maken en te bestellen. Daarna legde hij de kaart weg en richtte zijn aandacht op haar. 'Nou, het is je gelukt,' merkte hij op. 'Ik heb er nooit aan getwijfeld dat je het in je had, Estee. Je was altijd al veel beter dan je zelf dacht.'

Zijn woorden betekenden veel voor haar. Aan vleierij had ze een hekel, maar Felix kende haar al toen ze nog maar een meisje was en had dit al tegen haar gezegd op een leeftijd waarop het gewoon de waarheid was geweest.

'En jij?' vroeg ze, blij dat hun drankjes al snel werden gebracht. Ze sloeg haar vingers om de lange steel van haar glas en keek naar de donkerrode vloeistof erin. 'Werk je nu in het familiebedrijf?' Ze wist dat de bakkerij van de Barbieri's in de oorlog veel succes had gehad, terwijl anderen moeilijke tijden hadden gekend. Maar ze wilde niet dat Felix wist dat ze nog zo vaak met hem bezig was.

'Ja,' antwoordde hij. 'Ik blijk er talent voor te hebben om nieuwe ideeën te ontwikkelen. Mijn broer houdt zich bezig met de zakelijke kant en mijn zwager heeft een deel van de taken van mijn vader overgenomen.'

Estee knikte, hief haar glas en tikte het zijne even aan, waarna ze allebei een slokje namen. Ze voelde de wijn naar haar maag vloeien en nam meteen nog een slok in de hoop dat ze daar rustiger van zou worden. Voor het optreden had ze al gedacht dat ze nerveus was, maar dat was niets vergeleken bij hoe ze zich nu voelde.

'Ik heb zo lang over deze dag gefantaseerd en erover nagedacht wat ik allemaal tegen je zou zeggen, maar nu we hier zitten...'

Ze lachte. 'Je hoeft het niet uit te leggen. Volgens mij voelen we allebei hetzelfde.'

'Kom je nog weleens in Piëmont? Ik kom regelmatig langs je oude huis, maar ik weet niet hoe het je familie vergaan is.'

'Mijn moeder is een paar jaar geleden gestorven en mijn zusjes wonen nog steeds bij mijn vader, hier in Milaan.'

'Ah, ik begrijp het.' Hij nam nog een slokje. 'Wat erg van je moeder.'

'Nee, hoor.'

Daar moesten ze allebei om lachen, al werd de sfeer weer ernstig toen hij zich naar haar toe boog en haar hand pakte. 'Ik weet nog dat je vaak blauwe plekken had.' Hij draaide haar handpalm naar boven en streek met zijn duim over de tere huid, alsof hij haar wilde laten weten dat hij ook nog wist dat ze zichzelf vaak had gepijnigd. 'Ik wist nooit zo goed wat ik moest zeggen, maar nu...'

'Je hoeft er niets over te zeggen, het is al lang geleden.' Door zijn opmerking dacht ze eraan terug hoe haar polsen er soms hadden uitgezien door de afstraffingen van haar moeder. Daar wilde ze niet meer bij stilstaan, nog geen moment.

'De enige manier die ik kende om voor je te zorgen was je te eten geven. Maar ik zou willen dat ik dapperder was geweest.'

'Dapperder?' Ze lachte. 'Felix, het was levensgevaarlijk om mij al dat lekkers te komen brengen. Als mijn moeder erachter was gekomen, had ze je nek omgedraaid!'

'Ik wil gewoon dat je weet dat als het nu gebeurd was, nu ik ouder ben...'

Ze haakte haar vingers door de zijne en ademde door de pijn in haar borst heen die ze voelde nu ze werd gedwongen om terug te denken aan gebeurtenissen die ze allang achter zich had gelaten. 'Ik vond je dapper genoeg, Felix. Er is in mijn leven maar één andere persoon geweest die zo vriendelijk voor me is geweest als jij. Geloof me, ik ben nooit vergeten wat je voor me gedaan hebt. Of wat je voor me betekende.'

'Dus je hebt een... een...' Op zijn gezicht stonden verbazing en schrik te lezen.

Ze verloste hem snel uit zijn lijden, want ze wilde hem beschermen tegen het verdriet dat zij voelde door de wetenschap dat hij een verbintenis was aangegaan met iemand anders. 'Ik heb het over een vriendin. Een goede vriendin. Ze is tijdens de oorlog overleden.'

'Wat erg,' zei hij.

Opnieuw viel er een stilte. Er was nog zo veel te zeggen, maar opeens leek het of ze alleen maar in een kringetje ronddraaiden en telkens weer uitkwamen bij de reden waarom ze nooit samen zouden kunnen zijn.

'Vertel eens iets over haar,' zei Estee, die bedacht dat ze liever bij hem wilde zijn en over zijn leven wilde horen dan die verdrietige stilte tussen hen te laten voortduren. *Ben je gelukkig met haar? Hou je van haar?* Dat waren de vragen waarop ze echt antwoord wilde hebben, maar die zou ze nooit durven stellen. Ze nam nog een slok wijn.

'Over Emilie?' Hij schraapte zijn keel en dronk zijn glas wijn voor de helft leeg, alsof hij zich niet op zijn gemak voelde. 'Nou, ze is heel aardig. Ze heeft een warm, vriendelijk karakter, ze is dol op kinderen en mijn zus beschouwt haar al als familie.'

Estee knikte, alsof haar hart niet brak door zijn woorden.

'Kon ik maar zeggen dat ze een vreselijk mens is en dat ik haar niet mag, maar dat zou een leugen zijn.' Hij aarzelde even, alsof hij nog meer wilde zeggen maar toch besloot het niet te doen.

'Dan ben ik blij voor je.' Estee klonk een stuk dapperder dan ze zich voelde. 'Het enige wat ik altijd heb gewild, is dat jij gelukkig zou worden.'

'Maar ze is jou niet,' mompelde hij, en hij deed zijn ogen even dicht terwijl hij zijn glas wijn met twee handen vastpakte. 'Ze zal nooit aan jou kunnen tippen.'

Estee stond op, met haar wijn nog in haar hand, en ging naast hem op de zachte beklede bank zitten. Haar bovenbeen schoof dichter naar hem toe, hun schouders raakten elkaar aan en toen Felix het glas uit haar hand pakte en op tafel zette, begon haar hart sneller te slaan.

'Estee,' fluisterde hij.

Ze leunde achterover zodat hij haar kon aankijken.

Zijn ene hand belandde op haar dij en met de andere omvatte hij haar wang. 'Ik heb me altijd afgevraagd of het maar een kalverliefde was, jaren geleden, maar nu ik een volwassen man ben, vind ik je nog net zo betoverend als toen.'

'Ik dacht dat ik je nooit meer zou zien.' Haar stem was amper meer dan een fluistering.

'Maar hier zijn we dan.' Zijn blik dwaalde naar haar lippen.

Hoewel ze wist dat hij haar ging zoenen, kwam het op de een of andere manier toch als een donderslag bij heldere hemel toen zijn mond de hare vond. Ze had gedacht dat niets haar nog zou kunnen verbazen, zó veel ouder dan haar eenentwintig jaar voelde ze zich. Maar in zijn armen leek het alsof de jaren wegvielen. Alsof ze weer bij de rivier waren, jeugdig en badend in de zon. Alleen was hun zoen deze keer veel hartstochtelijker en gingen er veel complexere gevoelens door haar heen.

Toch kan hij niet de mijne zijn, want er is niets veranderd.

Toen hij zich eindelijk van haar losmaakte, nestelde ze zich tegen hem aan. Zijn kin rustte op haar hoofd, zijn armen lagen warm om haar heen.

'Ik wil niet je maîtresse zijn,' zei ze.

Zijn lippen dwaalden naar haar haar. 'Dat zou ik ook nooit van je vragen.'

Ze zaten weer in dezelfde situatie als vroeger, een situatie waaraan niets was veranderd, ondanks de jaren die er inmiddels verstreken waren, ondanks het feit dat hij nog steeds niet getrouwd was.

Estee pakte haar glas en nam een slokje om de emoties die in haar opwelden terug te dringen. Dit zou de laatste keer zijn dat ze Felix zag. Dat moest.

Zijn hand gleed over haar rug terwijl ze zich tegen hem aan nestelde, met haar wang tegen zijn schouder gedrukt.

Nog één drankje. Nog één uur. Nog één zoen.

Daarna, beloofde ze zichzelf, zou ze afstand nemen en nooit meer omkijken naar het verleden.

18

Heden

Het zat erop. Het had weken van bloed, zweet en tranen gekost, maar de oogst was officieel achter de rug. Er was geen druif meer over om te plukken of te persen, er was geen vat meer leeg en in de wijngaard hing een merkwaardige sfeer. Wekenlang was het een drukte van belang geweest, met arbeiders die 's ochtends vaak al heel vroeg begonnen en tot laat op de avond doorwerkten. Lily had net zo hard gewerkt als alle anderen, vastbesloten om de hele oogst te inspecteren en toe te zien op elk onderdeel van het proces. Daarnaast had ze Roberto geassisteerd bij het vullen van de vaten, tijdens het gistingsproces en het bottelen van de verschillende wijnen.

Maar nu was het voorbij. Voorlopig konden ze ontspannen, tot het tijd was voor de tweede gisting.

'Lily!' Francesca wenkte haar. 'Kom erbij zitten!'

De oogst was voorbij en dat moest gevierd worden. Zo te zien wist de familie Martinelli precies hoe ze hun personeel en alle anderen die gedurende het jaar op de wijngaard hadden geholpen een bijzonder gevoel moesten geven. Er waren lange tafels neergezet onder de enorme bomen met laaghangende takken die breed genoeg waren om iedereen beschutting te bieden tegen de zon en er hingen papieren lantaarns en feestverlichting, die het geheel een magisch tintje gaven. Ze kon zich al voorstellen hoe schilderachtig het eruit zou zien als het begon te schemeren en de lampjes aangingen, terwijl iedereen tot diep in de nacht doorfeestte.

‘Francesca, je hebt jezelf overtroffen,’ zei Lily. ‘Het ziet er schitterend uit.’

Francesca spreidde haar armen en gaf Lily twee zoenen. Daarna draaide ze zich met een stralend gezicht naar het feestelijke tafereel toe. ‘Dit is mijn favoriete tijd van het jaar.’ Ze gebaarde naar de bomen. ‘Het zwaarste werk zit erop, het is nog steeds warm buiten en mijn echtgenoot en mijn zoon zijn weer de beste vrienden in plaats van elkaars rivalen.’ Ze lachte. ‘Dit is het moment waarop we vieren hoe hard we gewerkt hebben, en we zijn dolblij dat jij erbij bent.’

Daar was Lily ook blij om. Ze had al op veel plekken gewerkt, maar ze had zich nog nooit zo snel ergens thuis gevoeld en ze wist dat het moeilijk zou worden om iets te vinden wat hierbij in de buurt kwam. Daarom keek ze er ook niet naar uit om uit Italië te vertrekken, ook al zou dat nog een paar maanden duren.

‘Ah, daar is ze.’ Roberto kwam aanlopen met Antonio aan zijn zijde en een grote kist met wijn in zijn handen.

Antonio knipoogde naar Lily en ze bloosde toen Francesca zich omdraaide, met een opgetrokken wenkbrauw omdat ze duidelijk doorhad voor wie die knipoog bedoeld was. Gelukkig zei ze niets, maar ze glimlachte wel veelbetekenend, waardoor Lily nog heviger begon te blozen.

‘Nog even, dan is iedereen er.’ Roberto raakte haar elleboog aan om haar apart te nemen. ‘Voor het zover is, wil ik je vragen om erover na te denken bij ons te blijven.’

‘Blijven?’ vroeg ze verward.

‘Als mijn assistent-wijnmaker,’ zei Roberto zacht. ‘Het lijkt erop dat je net zo getalenteerd of misschien nog wel getalenteerder bent dan je vader. Als je interesse hebt, wil ik je graag een vaste aanstelling aanbieden. Over de details kunnen we het later hebben, maar ik wilde, hoe zeg je dat, de concurrentie vóór zijn.’

Lily probeerde rustig te blijven en iets intelligents te zeggen, maar hij had haar compleet overvallen. Het leek haar geweldig om nog langer in de wijngaard te blijven, dat stond vast. 'Ik voel me gevleid, Roberto, echt waar. Dit is een fantastische ervaring geweest. Sterker nog, ik heb het nog nooit ergens zo naar mijn zin gehad als hier.'

'Denk er dan eens over na,' zei hij met een brede, zelfverzekerde glimlach, alsof hij al wist dat ze uiteindelijk wel ja zou zeggen. 'Geniet van de komende paar weken hier en laat het me dan weten. Als het nodig is, kan ik veel geduld hebben.'

'Bedankt, dat zal ik doen.'

Inmiddels kwamen ook de andere gasten druppelsgewijs aan. De werknemers hadden hun partner of gezin meegenomen en de vrouwen droegen allemaal een jurk en hadden hun haar los, waardoor ze er heel anders uitzagen dan toen ze in de wijngaard of in de productiegebouwen hadden gewerkt.

Antonio kwam naar haar toe, wiste met zijn mouw het zweet van zijn voorhoofd en zette zijn handen in zijn zij. 'Wat had papà te zeggen?' wilde hij weten.

Lily deed haar mond open en meteen weer dicht, want ze was er nog niet aan toe om hem in te lichten. Misschien wist hij er al van, misschien ook niet, maar voorlopig wilde ze het aanbod en haar gedachten daarover voor zich houden. Als ze hier bleef, moest dat zijn omdat het goed was voor haar carrière, niet omdat ze de zoon van de wijnmaker leuk vond en droomde van een romance met hem onder de Italiaanse zon. 'Gewoon, iets over het werk,' zei ze uiteindelijk met een glimlach.

Hij fronste zijn wenkbrauwen, maar drong niet verder aan. 'Ik ga even naar binnen om een ander overhemd aan te trekken.'

Het liefst zou Lily hem naar zich toe trekken zodat ze hem kon zoenen. Sinds hun kus in La Scala had ze er elke avond voor het slapengaan naar verlangd om zijn lippen weer op de hare te voelen. Maar in plaats daarvan glimlachte ze gewoon.

Grijnzend deed hij een stap naar achteren. 'Hou je aan tafel een plekje voor me vrij? Ik wil vanavond bij jou zitten.'

'Natuurlijk.'

Toen hij zich omdraaide en wegliep, liet ze opgelucht haar adem ontsnappen, maar meteen daarna werd ze al belaagd door zijn broer die achter haar opdook met een glas wijn.

'Alsjeblieft, voor onze getalenteerde jonge wijnmaker,' zei hij, terwijl hij haar het glas toestak.

Hij was tengerder gebouwd dan zijn broer en ook zijn kledingstijl was anders. Zijn chino en overhemd waren sportief, maar er was duidelijk beter over nagedacht dan bij Antonio. Ze stelde zich zo voor dat Marco elke dag zijn kleren streek, terwijl het Antonio geen moer kon schelen wat hij aanhad, als het maar schoon was.

'Dank je.' Ze zette het glas meteen aan haar lippen en slaakte na het eerste slokje een zucht. 'De chardonnay van je vader is echt buitengewoon.'

'Dat zeg ik ook altijd wanneer ik hem verkoop. De Martinelli-wijnen zijn zogezegd wereldberoemd in Italië.'

'Laat dat "in Italië" maar gerust achterwege.'

Zo bleven ze even staan. Marco sloeg haar gade terwijl ze nerveus nog een slokje nam, en opeens kreeg ze het gevoel dat ze werd bestudeerd. Waarom voelde ze zich bij Antonio zo op haar gemak, terwijl ze bij Marco één bonk zenuwen was?

'Mijn vader en mijn broer zijn stapel op je,' merkte hij uiteindelijk op, met zijn armen losjes over elkaar geslagen en een glimlachje om zijn mond. 'Ik begrijp wel hoe dat komt.'

Ze lachte, maar het klonk gemaakt. 'Nou, ik denk niet dat je broer stapel op me is, hoor.'

'Dat zie je dan verkeerd,' zei hij met een samenzweerderige grijns.

Op dat moment kwam Vittoria bij hen staan. 'Marco, laat dat meisje met rust!' sprak ze hem vermanend toe. 'Let maar niet op mijn broer, hij heeft geen manieren.'

Marco schoot in de lach en Vittoria deed alsof ze hem een

pets tegen zijn achterhoofd gaf. Daar moest Lily om glimlachen, opgelucht dat de aandacht van haar werd afgeleid.

'Ik zei net tegen Lily dat Antonio–'

'Nee,' zei Vittoria met een scherpe blik op hem.

'Je weet niet eens wat ik wilde zeggen!'

Lily keek toe terwijl broer en zus in het Italiaans begonnen te kibbelen, nieuwsgierig waarom Vittoria zich opeens zo beschermend opstelde tegenover Antonio. Wat had Marco willen zeggen?

'Ik zei alleen maar tegen haar dat onze grote broer nogal stapel op haar lijkt te zijn,' schakelde hij weer over op het Engels.

Nu zag Vittoria er weer uit alsof ze haar broertje wel de nek kon omdraaien, maar in plaats daarvan stuurde ze hem mopperend weg. Toen hij met opgestoken handen achteruitliep, bleef Vittoria kreunend achter.

Lily nam nog een slokje wijn. Hoewel ze niet goed wist wat ze hier allemaal van moest denken, had ze toch graag willen horen wat hij te zeggen had.

'Ik heb nogal de neiging om Antonio in bescherming te nemen, maar dat had je vast al gemerkt,' zei Vittoria. 'Mijn jongere broer kan zijn eigen boontjes wel doppen, maar Ant is een ander verhaal. Ik vind het niet fijn als Marco hem plaagt.'

'Ze zijn heel verschillend, ja.' Daar moesten ze allebei om lachen. 'Maar ik kan Marco wel aan, hoor. En ik dacht dat Antonio ook wel zijn mannetje zou staan tegenover zijn kleine broertje.'

'Antonio heeft een moeilijk jaar achter de rug,' legde zijn zus uit. 'Ik ben niet altijd zo overbezorgd geweest.'

'Vanwege je vader, bedoel je?'

Vittoria leek even na te denken voordat ze antwoord gaf. 'Antonio is getrouwd geweest,' zei ze toen. 'Daarom heeft hij dat huis hier op het landgoed gebouwd, waar hij nog steeds woont.'

'Getrouwd?' Lily bracht meteen haar glas weer naar haar lippen en nam een grote slok, terwijl ze zich vastklampte aan het woord 'geweest'.

'Het is een lang verhaal dat hij je zelf maar moet vertellen, maar ik wil gewoon niet dat hij weer gekwetst wordt, dat is alles. Hij heeft een groot hart en er is een tijd geweest dat ik me afvroeg of ik hem ooit nog zou zien glimlachen. Sinds die tijd is hij een stuk serieuzer, maar de afgelopen maanden... Nou ja, het is fijn om hem weer wat gelukkiger te zien, en volgens mij heb jij daar iets mee te maken.'

'Ik?' Lily schudde haar hoofd. 'Dat betwijfel ik.' Ze wilde nog meer weten, maar Vittoria stond al glimlachend te zwaaien naar de nieuwe gasten die aankwamen.

'Als je zijn hart maar niet breekt, oké?' Vittoria gaf Lily een kus op haar wang en liep langzaam weg. 'Hij is een goeie kerel. Een van de beste die er zijn.'

Lily keek haar na en probeerde haar gedachten op een rijtje te zetten terwijl er muziek door de lucht zweefde en de kinderen tikkertje speelden tussen de wijnstokken.

Vittoria heeft het mis. Antonio is hier niet degene die het risico loopt op een gebroken hart.

'Ik dacht al dat ik je nooit zou vinden.' Die diepe, zachte baritonstem was van Antonio, die zich naast haar in het gras liet zakken.

Na haar gesprek met Vittoria was Lily onder een boom gaan zitten om naar de mensen te kijken en te luisteren naar hun rappe Italiaans waar ze geen snars van begreep. Het deed er niet toe. Ze vond het prima, zo in haar eentje, in gedachten verzonken en genietend van het vrolijke geklets om haar heen. Bovendien had ze een heleboel om over na te denken. Een aantal van de gasten was inmiddels naar de enorme tafel gelopen die nu vol stond met schalen met eten. Die waren daar neergezet door obers die het eerder vandaag hadden overgenomen van het vaste bedienend personeel, zodat alle werknemers van het feest konden genieten. Zo te zien was het een waar feestmaal.

'Zullen we aan tafel gaan zitten, of wil je nog even hier blijven?'

Lily leunde achterover tegen de boom en zou willen dat ze dapper genoeg was om hem te vragen naar zijn huwelijk en wat er was misgegaan. Op het eerste gezicht leek hij zo warm en openhartig. Ze kon zich niet voorstellen dat zijn hart was gebroken, zeker niet zo recent, want hij leek eerder zelf een hartenbreker. En dan die glimlach van hem… die leek hem geen enkele moeite te kosten. 'Ik heb eigenlijk geen zin om op te staan,' gaf ze toe.

'Zal ik dan een bord met eten voor je halen en een fles wijn achteroverdrukken?' vroeg hij plagerig. 'Als we genoeg proviand hebben, kunnen we ons hier minstens een uur schuilhouden.'

'Lily! Antonio!' riep Roberto vanaf het hoofd van de tafel.

Antonio kreunde. 'Nou, daar gaat mijn plan.'

Ze lachte toen hij opsprong en galant zijn hand naar haar uitstak. Nadat hij haar overeind had geholpen, liet hij haar echter niet los. In plaats daarvan trok hij haar langzaam naar zich toe en keek haar aan. Zodra ze opkeek verdronk ze in die ogen met de kleur van gesmolten chocolade. Hoe vaak ze zichzelf ook had ingeprent dat ze afstand moest houden, dat er nooit meer iets tussen hen mocht gebeuren, opeens wilde ze nergens ter wereld liever zijn dan hier.

'Mag ik je kussen?' fluisterde hij.

Lily vergat alles om zich heen en deed nog een stap naar hem toe, zodat haar borst langs de zijne streek en ze naar hem omhoog moest kijken. Als vanzelf weken haar lippen vaneen en ging ze op haar tenen staan. Toen hij zich naar haar toe boog en haar zoende, liet ze haar hand naar zijn nek glijden en genoot van elk moment dat ze zijn mond op de hare voelde.

'Antonio!' riep zijn vader weer.

Met een zucht deed hij een stap naar achteren en liet zijn voorhoofd nog even tegen dat van haar rusten voordat hij zich omdraaide, al bleef hij wel haar hand vasthouden. 'Kom mee,' mompelde hij. 'Volgens mij wil mijn vader ons er allebei bij hebben, maar vooral zijn favoriete jonge wijnmaker.' Hij drukte een kus op de rug van haar hand en voegde er zachtjes aan toe: 'De avond is nog jong.'

'Lily! Antonio!' Toen ze bij de tafel aankwamen, sprong Roberto op van zijn stoel en spreidde zijn armen. 'Twee van mijn favoriete mensen.'

Ze liet Antonio's hand los en keek stralend naar Roberto, die de stoel naast hem naar achteren schoof. Terwijl hij haar twee zoenen gaf en ze ging zitten, begon iedereen te applaudisseren, zelfs de kinderen. Gelukkig ging Antonio aan de andere kant naast haar zitten. Opeens wilde ze hem dicht bij zich hebben. Van haar voornemen om afstand te houden was niets meer over.

Roberto hield een toespraak in het Italiaans en Lily leunde achterover en voelde Antonio's warme adem in haar hals, terwijl hij de Engelse vertaling in haar oor fluisterde. Er ging een huivering door haar heen die niets met het weer te maken had. Ze probeerde zich te concentreren op wat hij zei, maar dat viel niet mee nu hij zijn arm over de rugleuning van haar stoel legde en met zijn vingers over haar schouder streelde.

Toen zijn vader uitgepraat was en iedereen het glas hief op de oogst, deed zij dat ook en riep net als de andere gasten '*Salute!*' voordat Roberto aankondigde dat het buffet geopend was. De twee uur daarna werd er gegeten en wijn gedronken, terwijl iedereen Lily nieuwe Italiaanse woordjes leerde en zij haar best deed om alles te onthouden.

Pas toen de muziek begon en de feestverlichting in de schemering voor een magische sfeer zorgde, schonk ze Antonio weer haar volle aandacht. Ze was zich de hele tijd bewust geweest van hem, van elke keer dat hun benen langs elkaar streken of hun ellebogen tegen elkaar stootten. Telkens wanneer ze zijn blik had opgevangen, had haar hart een sprongetje gemaakt. Nu stond hij op, stak zijn hand naar haar uit en trok uitnodigend een wenkbrauw naar haar op. 'Mag ik deze dans van je?'

Ze knikte en liet zich glimlachend door hem meevoeren naar de geïmproviseerde dansvloer waar nog meer stelletjes stonden te dansen. Het leek wel of ze in een andere tijd waren, op een andere plek. Ze voelde zich net een sprookjesfiguur. Deze omgeving, deze mensen, deze man, ze leken allemaal in een ander leven thuis te horen.

Antonio streek haar haar van haar schouder en drukte brutaal een kus op de zachte huid in haar hals, links van haar sleutelbeen, terwijl hij haar in zijn armen nam en ze over het gras dansten. Dicht tegen elkaar aan wiegden ze heen en weer, verloren in hun eigen wereldje. 'Weet je, ik heb het gevoel dat je Italiaanse bent, Lily,' fluisterde hij in haar oor. 'Ik denk dat je overgrootmoeder Italiaanse was en dat jij nu in haar voetsporen treedt. Volgens mij ben je precies waar je hoort te zijn.'

Ze sprak hem niet tegen en legde haar hoofd in haar nek zodat ze hem kon aankijken toen hij haar een rondje liet draaien.

Daarna nam hij haar weer in zijn armen, met zijn mond vlak bij die van haar. Deze keer kuste hij haar niet, maar fluisterde hij: 'Zullen we naar mijn huis gaan?'

Lily slikte en voelde haar hart tekeergaan. Zonder iets te zeggen pakte ze zijn hand beet, en ze smolt bijna toen hij haar vingers kuste en haar wegvoerde van de dansvloer.

19

'Goeiemorgen.'

Zodra ze haar ogen opendeed hoorde ze Antonio's stem en drong het tot haar door wat er de afgelopen nacht was gebeurd. In een reflex trok ze het dekbed een stukje omhoog.

Hij duwde het behendig weer omlaag en strekte uitnodigend zijn arm uit. 'Kom eens dichterbij. Ik zal niet bijten, beloofd.'

Daar moest ze om lachen. Ze wist ook wel dat het onnozel was om verlegen te zijn na de nacht die zij achter de rug hadden, maar ze was gewoon nooit zo zelfverzekerd over haar lichaam geweest dat ze zich schaamteloos durfde te laten zien in het felle ochtendlicht. Bovendien had ze er niet veel ervaring mee om naast een man wakker te worden – zeker niet naast een man die zich zo gemakkelijk blootgaf als Antonio.

'Niet te geloven dat ik ben blijven slapen,' mompelde ze tegen zijn borst aan, weggekropen in het holletje van zijn arm en afwezig over zijn huid strelend.

'Gisteravond zijn al mijn verwachtingen overtroffen,' zei hij plagerig. 'Ik heb me nog nooit zo voldaan gevoeld na de oogst.'

Lily glimlachte naar hem en kreeg in ruil daarvoor een kus op haar hoofd. 'Normaal gesproken hou ik zaken en plezier strikt gescheiden,' gaf ze toe. 'Ik hou me mijn hele leven al aan de regel dat mijn werk altijd voorgaat.'

'Geloof het of niet, maar normaal gesproken hou ik zaken en plezier ook gescheiden,' zei hij. 'Al vraag ik me de laatste tijd wel af of ik daar verkeerd aan heb gedaan. Misschien had ik die twee werelden beter kunnen samenvoegen in plaats van ze los van elkaar te zien.'

'Hoe bedoel je?'

Hij liet zijn vingers door haar lange lokken glijden, tot halverwege haar rug. 'Ik ben getrouwd geweest.' Hij schraapte zijn keel. 'Zij wilde hier weg en kon maar niet begrijpen waarom ik me zo verbonden voelde met deze plek. Uiteindelijk heb ik moeten kiezen tussen mijn vrouw en mijn werk en familie.'

Lily slikte. Ze wist niet goed wat ze moest zeggen en wilde niet laten merken dat ze al wist dat hij getrouwd was geweest. Sinds zijn zus haar had verteld dat hij een zwaar jaar achter de rug had, vroeg ze zich al af wat ze daar precies mee had bedoeld. Nu wist ze het, en het leek wel of ze het verdriet van hem af voelde stralen. 'Wat erg. Ik weet niet goed wat ik moet zeggen.'

'Zit er maar niet mee. Ons huwelijk was voorbij zodra ze me voor die keuze stelde.'

Hij ging zitten en zij duwde zich omhoog op haar ellebogen, zodat de lakens omlaagzakten naar haar middel. Zijn ogen waren zo groot en bruin. Toen hij haar aankeek, merkte ze hoe verslingerd ze was geraakt aan die blik. Hij leunde naar haar toe, legde zijn hand om haar achterhoofd en bracht zijn lippen naar de hare.

Ze wist niet goed of hij zo zijn verdriet probeerde te verdringen, maar wat zijn beweegredenen ook mochten zijn, ze was blij dat hij haar had uitgekozen. Toen hij zich terugtrok, zag ze dat het verdriet op zijn gezicht had plaatsgemaakt voor een warme glimlach.

'Wat denk je ervan om een tripje te maken?'

'Een tripje? Waarnaartoe?'

'Naar Alba.' Hij stond op, liep naar de badkamer en kwam terug met een grote badjas die hij voor haar op het bed gooide.

Zelf was hij op zijn ondergoed na naakt en het kostte haar moeite om niet naar zijn lichaam te staren. Ze zou willen dat ze zelfverzekerd genoeg was om hem te vragen weer naar bed te komen, zodat ze zijn goudbruine huid nog wat langer kon verkennen.

'We zouden er een paar dagen tussenuit kunnen gaan om te kijken wat we te weten kunnen komen over die bakkerij waar signora Rossi het over had. Ik wil niet dat je naar huis gaat zonder dat je op zijn minst hebt geprobeerd uit te zoeken wat die aanwijzingen te betekenen hebben.'

Naar huis.

Ze nam de badjas van hem aan en snoof de geur van zijn eau de toilette die nog in de stof hing diep op terwijl ze zichzelf erin wikkelde en haar benen van het bed af zwaaide. 'Antonio, misschien had ik je dit beter gisteravond kunnen vertellen, voordat we, nou ja...' Ze schraapte haar keel. 'Je vader heeft me gevraagd in dienst te blijven als assistent-wijnmaker.'

Zijn glimlach haperde geen moment, maar in zijn ogen zag ze iets van verbazing opflitsen. 'Aha.'

'Dus ja, het zou kunnen dat ik hier een stuk langer blijf dan verwacht.'

'Zolang je maar niet op zoek bent naar iemand om mee te trouwen, hoef je je nergens zorgen om te maken.' Antonio leunde naar voren en drukte nog een zoen op haar mond. Toen hij weer iets zei, klonk hij schor. 'Ik ben niet met je naar bed gegaan omdat ik dacht dat je binnenkort weg zou gaan, als je dat soms denkt.'

Tot haar eigen afschuw begonnen haar wangen te gloeien. Ze zat op het bed van deze man, naakt op zijn badjas na, en ze hoefde zich nergens voor te schamen. Ze waren twee volwassen mensen die het bed met elkaar hadden gedeeld, niets meer, al kreeg ze van de manier waarop hij haar aankeek wel vlinders in haar buik. 'Gelukkig maar,' zei ze. 'En om je vraag te beantwoorden: nee, ik ben zeker niet op zoek naar een echtgenoot.'

Wat er tussen hen was gebeurd was een zomerflirt, verder niets. Zijn huwelijk was nog maar net voorbij, hij was net zomin op zoek naar een relatie als zij.

'En, heb je hem al antwoord gegeven?' vroeg Antonio, terwijl hij haar overeind trok. 'Of laat je hem nog even zweten?'

Ze schudde haar hoofd. 'Ik heb gezegd dat ik erover zal nadenken.'

'Ik weet zeker dat je de juiste beslissing zult nemen. Maar om op dat tripje terug te komen, heb je zin om te gaan?'

'Ja,' zei ze, voordat ze er al te lang over kon piekeren. 'Ik wil proberen meer te weten te komen, wat dan ook, zodat ik er in elk geval alles aan gedaan heb. Aangezien mijn oma niet meer leeft, kan ze het zelf niet meer doen, en ik heb het gevoel dat er een geheim is dat onthuld moet worden.'

'Morgen, is dat te kort dag?'

'Nee, dat is perfect.' Ze knoopte de ceintuur van de badjas dicht en liep naar het raam om het spectaculaire uitzicht te bewonderen. De wijnstokken baadden al in de zon.

'Mooi, hè?' Antonio kwam achter haar staan en sloeg zijn armen om haar middel. 'Aan de manier waarop je naar de omgeving kijkt kan ik zien dat je er net zo gek op bent als ik, dat wijn maken niet zomaar een baan is voor jou. Als ik wat meer op die eigenschap had gelet voordat ik trouwde, had ik mezelf een hoop leed kunnen besparen.'

Ze knipperde haar tranen weg en was blij dat hij haar gezicht niet kon zien. Zoiets zei haar vader ook altijd: 'Voor mij is wijn maken geen werk, maar een manier van leven.' Doordat Antonio er ook zo over dacht, wist ze dat ze geen fout had gemaakt door met hem naar bed te gaan, ook al was dit puur vrijblijvend. 'Ik snap niet hoe je vrouw hier niet verliefd op kon worden,' fluisterde ze.

Antonio drukte zijn wang tegen de hare en staarde langs haar heen naar buiten. 'Geloof me, ik ook niet.'

Dit is maar een zomerliefde. Maak er nou niet meer van dan het is.

De volgende dag, nadat ze nog wat dingen had afgehandeld in de wijngaard en zichzelf ervan verzekerd had dat Roberto haar de komende dagen wel kon missen, gaf Lily haar weekendtas aan Antonio en ging ze op de bijrijdersstoel van zijn auto zitten. Dit zou geen kort ritje worden, zoals de andere keren dat ze bij hem in de auto had gezeten. Deze keer zouden ze naar het stadje Alba in Piëmont gaan. Volgens Antonio was dat een paar uur rijden, dus zouden ze er overnachten.

Voordat Antonio de motor startte, streek hij even met zijn vingers langs de hare, en dat voelde goed. Eenmaal onderweg draaide ze zich echter bij hem vandaan om het uitzicht te bewonderen.

'Ook al vinden we geen verband met je familie, ik denk dat het je wel zal bevallen in Alba,' merkte Antonio op. 'Daar staan ze ook bekend om hun wijn, dus we moeten maar eens wat vergelijkend warenonderzoek doen als we daar toch zijn.'

'Dat zei je vader ook al,' zei ze. 'Sterker nog, hij zei dat ik de sauvignon blanc daar moest proeven en een fles van mijn favoriete wijn voor hem moest meenemen.'

'Nog een wonder dat hij je niet heeft gevraagd om ook wat van de beroemde witte truffels mee te nemen.'

'Nou, dat heeft hij wel gedaan.' Glimlachend keek ze hem aan. 'En een paar rijpe perziken, mochten we die toevallig tegenkomen.'

Hij mompelde iets wat ze niet kon verstaan, maar toch moest ze erom lachen omdat hij zo komisch zijn hoofd schudde wanneer hij het over zijn vader had.

'En, wat is het plan als we daar zijn?' vroeg hij. 'Wil je zomaar wat bakkerijen binnenlopen om het recept te laten zien?'

Dat wist Lily nog niet zo goed. Ze had het overweldigende gevoel dat alles op de een of andere manier op zijn plek zou vallen wanneer ze daar eenmaal aankwamen. 'Ik denk dat we de plaatselijke bevolking moeten vragen wat de beroemdste bakkerij in het stadje is en van daaruit verder kijken. Misschien herkent iemand het recept wel.'

'Tegen het eind van de middag moeten we ingecheckt zijn bij de accommodatie, maar ik denk dat we eerst nog wel navraag kunnen doen.'

'Heb je al iets geboekt?' Ze was onder de indruk, want ze had verwacht dat ze gewoon ter plekke iets zouden zoeken.

'Zo vaak komt het niet voor dat ik een weekendje wegga met een mooie vrouw.'

Ze dacht dat hij haar plaagde, maar toen ze zag hoe hij haar aankeek, besefte ze dat hij het meende. 'Misschien moet je je ogen eens laten nakijken,' probeerde ze lollig uit de hoek te komen.

'Ik zou willen dat je kon zien wat ik in je zie.'

Toen ze zich naar hem toe draaide om hem eens goed te bekijken, de man die er op de een of andere manier voor had gezorgd dat ze zo makkelijk haar remmingen had laten varen, kon ze de uitdrukking op zijn gezicht niet goed peilen. Snel draaide ze zich weer bij hem vandaan, niet zeker hoe ze moest reageren.

'We logeren in het Villa del Borgo,' vertelde hij. 'Volgens mij zal het je daar wel bevallen. Het is een perfecte mix van modern en ouderwetse charme.'

'Klinkt perfect,' zei ze.

En dat was ook zo. Maar om de een of andere reden brachten ze de rest van de rit voornamelijk zwijgend door. Antonio zette de radio harder en zong zo enthousiast mee dat ze bijna wilde invallen, ware het niet dat ze de tekst niet kende.

Ongeveer drie uur later kwamen ze in Alba aan. Lily vergaapte zich aan het uitzicht, benieuwd wat dit pittoreske Italiaanse stadje zoal te bieden had. Ze wist bijna zeker dat ze er al eens van gehoord had, of misschien was dit gewoon een van de regio's die ze tijdens haar jaren als promovendus bestudeerd had, maar tot nu toe kwam niets haar nog bekend voor. Ze had gehoopt dat ze iets zou voelen, een soort band wellicht, al was dat waarschijnlijk vergezocht. Waarom zou ze zich met een plek verbonden voelen, alleen omdat haar overgrootmoeder er misschien ooit gewoond had?

'Er zijn hier prachtige gebouwen die je kunt bezichtigen, als je tenminste belangstelling hebt voor geschiedenis,' zei Antonio. 'Zou je dat willen?'

Lily haalde haar schouders op. 'Niet echt. Mijn belangstelling gaat vooral uit naar wijn en truffels en hoe alles hier geproduceerd wordt.' Met een nerveus lachje voegde ze eraan toe: 'Sorry, nu klink ik als een cultuurbarbaar.'

'Nee, eigenlijk vind ik het wel verfrissend.' Grijnzend reed hij de auto in een parkeervak langs de straat. 'Ik ben allang blij dat ik geen indruk op je hoef te maken met een rondleiding. Dat vind ik zelf namelijk ook oersaai.'

Nadat hij de auto had geparkeerd, pakte Lily het kistje en hield het stevig vast, alsof ze het anders voorgoed zou kunnen kwijtraken. De enige aanwijzingen over het verleden van haar oma zaten erin en ze kon alleen maar bidden dat ze vanmiddag de antwoorden zou krijgen die ze zocht. Zo niet, dan liep het spoor hier misschien wel dood.

'Hm, dat is vreemd.'

'Wat?' Ze zag dat hij op zijn telefoon keek.

'Ik heb hier het adres van de oudste door een familie gerunde bakkerij in de stad. Dat heb ik voor vertrek opgezocht, maar...'

Ze ging naast hem staan en staarde naar de lege etalage. Wat er ook in dit pand had gezeten, nu was het weg. De moed zonk haar in de schoenen. 'Straks zijn we voor niks helemaal hiernaartoe gekomen.' Was ze er nou maar niet zo op gebrand geweest om achter die tweede aanwijzing aan te gaan. Was het stom dat ze überhaupt naar Piëmont waren gekomen? Waren ze achter een spoor aangegaan dat niet eens bestond?

'Hé.' Antonio gaf haar een por met zijn elleboog. 'Zo makkelijk geven we het niet op. Laten we daarbinnen eens navraag gaan doen. Het gaat er maar om dat we een aanknopingspunt hebben.'

Ze liep achter hem aan naar een bloemisterij een paar deuren verderop. Binnen bewonderde ze het assortiment met prachtige bloemen met lange stelen en de witte boeketten, terwijl Antonio op iemand afstapte. De oude man zag eruit alsof hij de eigenaar was en hij ging hun voor naar buiten, waar hij iets tegen Antonio zei en verderop in de straat wees.

'Wat zei hij?' vroeg ze zodra de man weer naar binnen was.

'Dat de bakkerij onlangs verhuisd is,' legde Antonio uit. 'Die is nog steeds in handen van dezelfde familie, maar ze zijn in een groter pand getrokken omdat de staat van onderhoud hier te wensen overliet.'

Ze knikte en beet op haar onderlip. 'En, wat denk je?'

'Volgens mij kunnen we er het beste naartoe lopen. Die man bevestigde dat het de oudste bakkerij in de stad is. Drie generaties van de familie Barbieri hebben het er voor het zeggen gehad.'

Het recept brandde in het kistje in haar hand. 'Dan gaan we daarnaartoe.'

Misschien wordt het toch niet zo moeilijk als ik dacht. Zouden we nu dichter bij het antwoord komen?

Zonder acht te slaan op haar zenuwen liep ze met Antonio mee, op zoek naar de bakkerij. Bij elk gebouw waar ze langsliepen tuurde ze hoopvol naar binnen, tot hij opeens haar hand vastpakte en geruststellend glimlachte. Als die bakkerij al tientallen jaren in handen was van dezelfde familie, moesten ze toch wel op het goede spoor zitten? Al waren er misschien wel heel veel succesvolle Italiaanse familiebedrijven. Misschien had het helemaal niets te betekenen.

'Hier is het,' kondigde Antonio aan.

Toen ze naar binnen keek, zag ze tot haar opluchting dat er niet veel klanten waren. Het interieur zag er niet erg bijzonder uit. Er hing een enorm bord waar met krijt op was geschreven welke drankjes er verkrijgbaar waren, en er waren een paar vitrines vol lekkers. In het slechtste geval zouden ze hier heerlijk kunnen lunchen.

'Ben je zover?' vroeg Antonio.

Lily haalde diep adem. 'Ja,' antwoordde ze, en ze dwong zichzelf om de deur open te trekken.

Zodra ze binnen was, werden de zenuwen haar echter al te veel. Wat wilde ze nou eigenlijk doen? Gewoon het recept voorleggen aan het meisje achter de toonbank en hopen dat zij haar in de juiste richting zou wijzen? Dat ze zou zeggen of ze het wel of niet herkende? Moest ze vragen of de bakker er was en hem of haar het recept laten zien? Nu ze hier eenmaal waren, leek haar plan op zijn zachtst gezegd naïef. Waarom zou iemand hier als bij toverslag het verband tussen haar aanwijzingen kunnen zien? Opeens voelde ze zich onnozel en wilde ze dat Antonio er niet in meegegaan was.

'Wat kijk je bezorgd,' merkte hij op, terwijl hij haar hand vastpakte.

Ze kreunde. 'Dat ben ik ook. Volgens mij was dit een grote vergissing. Wat moet ik nou zeggen? We hadden hier nooit naartoe moeten gaan.'

Met een geruststellende glimlach zei hij: 'In het slechtste geval vinden we niets en maken we er twee ontspannen dagen van in dat vijfsterrenhotel. Er zijn ergere dingen dan een plan dat op niets uitloopt, Lily. Je hoeft je nergens zorgen om te maken.'

Hij haalde zijn schouders op. 'We gaan gewoon vragen of iemand ons kan helpen, en daarna zien we wel weer verder. Als het dan wat jou betreft genoeg is, stoppen we.'

Hij had gelijk, maar ze wist dat als ze hier met lege handen zou vertrekken, zonder ook maar een stap verder te zijn gekomen, het zou voelen alsof ze enorm veel tijd en energie had verspild. Zowel van haarzelf als van Antonio. Misschien had ze de aanwijzingen beter thuis kunnen laten en moeten bedenken dat het haar niets aanging wat iemand meer dan vijfenzeventig jaar geleden voor haar oma had achtergelaten.

'Goedemiddag,' zei Lily terwijl ze naar de toonbank liep en naar de vrouw erachter glimlachte. 'Spreekt u Engels?'

De vrouw glimlachte terug en bewoog haar hand heen en weer om aan te geven dat ze maar een beetje Engels sprak.

Snel wendde Lily zich tot Antonio, die meteen ingreep en in het Italiaans een kort gesprekje met de vrouw voerde. Voor hem zou het veel makkelijker zijn om uit te leggen waarom ze hier waren.

Terwijl de twee met elkaar praatten, keek Lily van de een naar de ander. 'Wat vroeg je aan haar?'

'Of ze de eigenaresse is,' antwoordde hij. 'Dat is ze niet, maar nadat ze deze klant heeft geholpen, gaat ze haar meteen halen. De eigenaresse is de bakker.'

Uiteindelijk kwam er van achteren een vrouw aanlopen die haar met bloem besmeurde handen afveegde aan haar schort. Haar helderblauwe ogen hadden iets bekends, waardoor Lily zich afvroeg of ze haar al eerder had gezien. Ze sprak hen in het Engels aan, en Lily was opgelucht dat ze rechtstreeks met elkaar konden communiceren.

'Neem me niet kwalijk dat ik stoor, u zult het wel druk hebben,' zei Lily.

'Geeft niets. Is er iets mis met het eten? Wat kan ik voor u doen?'

Lily glimlachte. 'O nee, er is niets mis. We zijn naar iemand op zoek, dat is alles. We dachten dat u ons misschien zou kunnen helpen.'

De vrouw keek over haar schouder. Het was duidelijk dat ze het druk had en niet gestoord wilde worden, zeker niet door een vreemde.

'Antonio, zou jij koffie en iets te eten voor ons kunnen bestellen?' vroeg Lily, in de hoop de aandacht van de vrouw langer te kunnen vasthouden als ze betalende klanten waren.

Gelukkig deed hij wat ze had gevraagd en liep naar de toonbank.

Lily haalde het kistje uit haar tas en praatte verder terwijl ze het juiste stukje papier opzocht. 'Ik ben op zoek naar informatie over mijn grootmoeder of overgrootmoeder,' legde ze uit. 'Dit recept heb ik gekregen als een van de weinige aanwijzingen over haar verleden, en iemand heeft me verteld dat ik hiernaartoe moest, naar Alba. Zou u eens willen kijken of u het herkent? Het klinkt misschien vreemd, maar dit is ons enige aanknopingspunt.'

De vrouw keek haar aan alsof ze niet goed bij haar hoofd was, maar pakte toch het recept aan dat Lily haar voorhield. Ze wierp Lily nog een onderzoekende blik toe voordat ze het velletje papier bekeek.

Opeens wist Lily zeker dat ze hun tijd hier verdeden. Maar net toen ze dat tegen de bakker wilde zeggen en haar excuses wilde aanbieden, keek de vrouw langzaam op, met samengeknepen ogen en opengesperde neusgaten.

'Hoe kom je hieraan?' wilde de vrouw weten. 'Dit is niet van jou.'

Ze herkent het.

Lily slikte moeizaam en voelde haar hart op hol slaan. 'Dit was van mijn grootmoeder,' legde ze uit, terwijl ze haar hand uitstak in de verwachting het recept terug te zullen krijgen. 'We denken dat het aan haar is nagelaten door haar biologische moeder. Zoals ik al zei, probeer ik erachter te komen wat het te betekenen heeft.'

De vrouw drukte het recept tegen haar borst alsof ze niet van plan was het terug te geven. 'Ik geloof je niet. Vertel op, van wie heb je dit gekregen?' Ze deed een paar stappen achteruit en zag eruit alsof ze een staatsgeheim bewaakte. De woede spatte van haar gezicht af. 'Waar komt dit vandaan?'

'Het spijt me, ik wilde u niet van streek maken,' zei Lily. 'Mag ik het terug hebben, alstublieft?'

'U herkent dit, of niet soms?' Opeens dook Antonio weer naast haar op. 'Waarom is dit zo belangrijk voor u, waarom denkt u dat het niet aan Lily toebehoort?'

'Omdat dit van míjn familie is.' De ogen van de vrouw schoten vuur. 'Ik weet niet hoe je hieraan komt of wat je hier komt doen, maar je mag dit aan niemand anders laten zien. Het bevat...' Haar gezicht was inmiddels asgrauw. 'Wie heeft je gestuurd? Alsjeblieft, vertel me wie er nog meer een kopie van heeft.'

'Wat staat erin dat zo belangrijk is?' Lily kon niet begrijpen hoe een oud stukje papier zo'n heftige reactie teweeg kon brengen. 'Ik ben helemaal hierheen gekomen. Kunt u me alstublieft vertellen–'

'Het is een geheim recept dat al generatieslang in de familie is.' De vrouw riep in het Italiaans iets over haar schouder.

Lily dacht dat ze om koffie riep, maar wist het niet zeker. Onzeker schuifelde ze wat heen en weer, maar Antonio legde geruststellend zijn hand op haar arm. Misschien wilde die vrouw wel dat haar werkneemster de politie belde, maar waarom? Om een oud stukje papier waarvan ze om de een of andere reden dacht dat het gestolen was?

'Je hebt niets verkeerd gedaan,' fluisterde Antonio in haar oor. 'Gewoon rustig blijven.'

'Aan wie heb je dit allemaal laten zien?' wilde de vrouw weten.

'Aan niemand,' zei Lily. 'Voor zover ik weet zijn er ook geen kopieën van gemaakt.' Dat was niet helemaal waar: ze had het recept wel laten zien aan een paar mensen die ze vertrouwde, maar dat wilde ze nu niet toegeven.

'Dit ligt commercieel gevoelig, klopt dat?' vroeg Antonio. 'Vertel eens, waarom betekent dit zo veel voor u? We willen graag begrijpen waarom u zo boos bent.'

Aan de opengesperde ogen van de vrouw zag Lily dat hij gelijk had; ze was boos en ze was bang dat ze het recept aan een andere bakker hadden laten zien.

'Dit is de eerste bakkerij waar we hebben aangeklopt,' stelde Lily haar gerust. 'Ik heb het recept alleen laten zien aan een regisseuse in La Scala, en zij heeft ons–'

'La Scala?' De stem van de vrouw daalde een octaaf. 'Heb jij connecties bij La Scala?'

Lily knikte. 'Ja, maar...' Ze zuchtte. 'Luister, ik weet net zomin wat La Scala met mij te maken heeft als dat ik weet wat ik met dit recept te maken heb. Daarom ben ik hier. Als u me iets meer over de achtergrond van dit recept zou kunnen vertellen, dan kan ik misschien...'

'Kan ik je vertrouwen?'

Toen Lily voelde dat de vrouw begon bij te draaien, legde ze haar hand tegen haar hart. 'Ja, u kunt me vertrouwen. Ik wil alleen weten wat dit te maken heeft met mijn voorgeschiedenis. Mijn vader is jaren geleden gestorven en ik ben het hem en mijn grootmoeder verschuldigd om uit te zoeken wat dit te betekenen heeft. Om uit te zoeken wat het verband is en waarom ik deze spullen heb gekregen.'

De vrouw vouwde het recept dicht en na een korte aarzeling gaf ze het met trillende hand terug aan Lily. 'Dit kun je beter met mijn oom bespreken.' Haar blik schoot een paar keer heen en weer tussen Lily en Antonio, voordat ze achter de toonbank ging staan en iets op een velletje papier krabbelde. 'Ga naar dit adres, vanavond na het werk. Om zes uur misschien?' Ze leek nog steeds niet zeker van haar zaak, maar nu haar woede gezakt was, vertrouwde Lily haar wel. 'Ik zal hem van tevoren bellen om te zeggen dat jullie komen. Als je bent wie ik denk dat je bent, kan hij je alles uitleggen.'

'Ontzettend bedankt, we zullen er zijn.' Lily stopte het recept weer in het kistje.

'Beloof me alleen wel dat je het aan niemand anders zult laten zien, behalve aan mijn oom.' Ze stapte op Lily af. 'Dat recept mag niet in verkeerde handen vallen, niet nadat het zo lang geheim is gebleven.'

Hoewel Lily geen idee had wat er zo bijzonder kon zijn aan een oud recept, stemde ze daar snel mee in. 'Dat spreekt vanzelf.'

'Ik ben Sienna, trouwens.' De vrouw stak haar hand uit om die van Lily te schudden.

'Lily,' zei ze. 'En nogmaals bedankt. Dit betekent echt veel voor me. Het spijt me dat we zo onaangekondigd kwamen opdagen op je werk en dat ik je van streek heb gemaakt.'

De vrouw draaide zich om en liep weg, maar de manier waarop ze over haar schouder keek, nog steeds met grote ogen, bracht Lily van haar stuk. Het leek wel of ze precies wist wie Lily was, al kon dat natuurlijk helemaal niet. Toch? Of wist de vrouw meer door de aanwijzing?

Als je bent wie ik denk dat je bent.

Die woorden bleven maar door Lily's hoofd spoken. Wie dacht Sienna dan dat ze was?

'Koffie?' onderbrak Antonio haar gedachtegang.

'Daar zou ik een moord voor doen,' gaf ze toe, blij dat hij hun bestelling had laten inpakken. 'Kom, dan gaan we.'

Ze liepen de bakkerij uit en lieten de auto staan om wat rond te dwalen.

Lily pakte een gebakje uit de zak die hij haar voorhield en proefde iets wat naar hazelnoten en chocolade smaakte. 'Dit smaakt goddelijk,' zei ze. 'Heb je het al geproefd?'

Hij pakte er eentje en aan zijn gezicht te zien dacht hij er precies hetzelfde over. 'In dat recept van jou zaten toch hazelnoten?'

Ze likte haar vingers schoon voordat ze het velletje papier weer pakte zodat hij het kon lezen.

Hij leunde naar voren en wees ernaar. 'Hazelnoten,' zei hij. 'En chocolade.'

'Zou dit het recept zijn voor wat we net hebben gegeten?' vroeg ze.

'Ik had geen idee wat ik moest bestellen, dus vroeg ik wat hun populairste gebakje was. Dat bleek hun speciale versie van saccottini al cioccolato te zijn, dus misschien heb je wel gelijk. Ze reageerde in elk geval nogal heftig op dat recept.'

'Maar wat heb ik daar dan mee te maken?' peinsde ze hardop. 'Waarom zou mijn oma dit recept hebben geërfd? Wat kan het verband zijn tussen een baby in Londen en een recept uit een stadje in Italië? En La Scala?'

'Ik zou het echt niet weten, maar je bent wel iets op het spoor. Volgens mij weet ze meer dan ze laat merken. Sterker nog, het zou me niks verbazen als ze de rest van haar familie al bij elkaar heeft geroepen en ze er nu allemaal over zitten te roddelen. Misschien gaat het wel om een geheim dat jarenlang is bewaard, want toen je over La Scala begon wist ze volgens mij opeens precies wie je was. Haar hele gezichtsuitdrukking veranderde op slag.'

Lily legde haar hoofd tegen zijn schouder. 'Bedankt dat je bent meegegaan. Ik ben zo blij dat ik dit niet alleen hoef te doen.'

Hij sloeg zijn arm om haar schouder en gaf er een zacht kneepje in.

Terwijl ze verder liepen, vroeg Lily zich af of alle puzzelstukjes nu op hun plaats zouden vallen of dat ze alleen nog maar meer aanwijzingen zou krijgen, maar geen antwoorden op haar vragen.

20

Milaan, 1946

Estee stond op de hoek van de straat, met tussen haar lippen een sigaret waar ze langzaam een diepe trek van nam. Vroeger had ze een hekel gehad aan roken, maar toen er in de oorlog nauwelijks iets te eten was hielp het tegen de honger, en sindsdien lukte het haar maar niet om te stoppen. Bovendien gaf het haar iets te doen tijdens het wachten.

Daar gaat je voornemen om hem niet meer te zien.

Ze hadden elkaar beloofd dat het bij die ene avond zou blijven, dat ze nog één keer herinneringen zouden ophalen en vervolgens hun leven weer zouden oppakken. Alleen waren ze er kennelijk allebei niet erg goed in om zich aan hun beloftes te houden. Niet als het erom ging om bij elkaar uit de buurt te blijven.

In het licht van de straatlantaarns zag ze hem op haar af komen lopen, en in die paar seconden voor hij haar zag verslond ze hem met haar ogen. Hij was knap, maar dat gold voor zo veel mannen die voor de oorlog met haar hadden geflirt en haar bloemen hadden gestuurd. Hun donkere ogen hadden steeds vol verlangen gestaan, in hun glimlach lag de belofte van een leuke tijd. Ze was zelfs een paar keer ten huwelijk gevraagd, door mannen die haar gouden bergen beloofden en haar een diamanten ring in een fluwelen doosje presenteerden. Geen van die mannen had haar aandacht echter kunnen vasthouden. Waarom zou ze haar carrière als succesvolle ballerina opgeven om huisvrouw te worden? Ze had hard gewerkt voor alles wat ze had en wilde haar onafhankelijkheid niet kwijt, niet zolang ze nog jong genoeg was om te dansen.

Tot Felix weer in haar leven was verschenen. Voor hem zou ze alles opgeven.

'Estee,' zei hij toen hij bij haar aankwam en haar aan haar ellebogen naar zich toe trok om haar op beide wangen een zoen te geven.

Ze snoof zijn geur diep op en legde haar handpalmen tegen zijn borst. Toen ze naar hem opkeek, vonden zijn lippen de hare. Estee zoende hem terug en klampte zich aan zijn overhemd vast, tot ze zich ademloos weer van elkaar losmaakten.

'Hoelang hebben we?' vroeg ze, om zich heen kijkend alsof ze misschien werden gadegeslagen. Dat sloeg nergens op; een willekeurige voorbijganger kon niet weten dat ze iets deden wat niet mocht, maar toch. Felix was verboden terrein voor haar, of dat zou hij tenminste moeten zijn, en die gedachte alleen al maakte haar nerveus. Toch was haar schuldgevoel om wat ze zijn verloofde aandeden niet groot genoeg om haar ervan te weerhouden haar hand in de zijne te laten glijden, haar hoofd tegen zijn schouder te leggen en haar andere hand in zijn arm te haken terwijl ze samen opliepen. Het zou moeten voelen als een affaire, iets waarvoor ze zich moesten schamen of zich schuldig om moesten voelen, maar daarvoor voelde het veel te goed om bij Felix te zijn.

'We hebben de hele nacht,' antwoordde hij.

Het ontging haar niet dat zijn stem oversloeg.

Ze liepen verder en hoewel ze van plan waren geweest om ergens een hapje te gaan eten, bleven ze in hetzelfde tempo doorlopen. Na haar optreden van vanavond zou ze doodmoe moeten zijn en haar spieren deden pijn, maar ze had het onheilspellende gevoel dat de betovering verbroken zou worden als ze bleven stilstaan.

'Estee, ik wil je iets vragen.' Felix pakte haar hand beet en gaf er een kneepje in.

Ze kneep terug, niet zeker van wat ze kon verwachten.

'Wil je met me mee naar het Comomeer?' vroeg hij. 'Ik ga daar twee nachten naartoe, met mijn familie.' Hij zuchtte. 'Ik wil dat ze jou leren kennen, dat ze begrijpen dat er een ander leven op me wacht.'

'Maar je verloofde dan?' vroeg Estee, ook al bonkte haar hart van de opwinding. 'Je bent al aan haar toegezegd. Het zal haar hart breken.'

'En mijn hart dan?' vroeg hij schor. 'En het jouwe?'

Ze keek naar hun verstrengelde vingers. Ze moest er niet aan denken dat hij de hand van een andere vrouw zo zou vasthouden, dat hij met een andere vrouw het bed zou delen. 'Straks moet je familie niks van me hebben.'

'Dan heb ik er tenminste alles aan gedaan,' zei hij. 'Vanaf de dag dat ik je op dat podium zag, wist ik al dat ik niet met haar kon trouwen. Een verbroken belofte is altijd nog beter dan een verbroken huwelijk, nietwaar? En ook al zouden we elkaar blijven zien, nadat–'

'Als je getrouwd bent, wil ik je niet meer zien,' onderbrak Estee hem. 'Dit hou ik niet vol, niet als ik weet dat er thuis een vrouw op je zit te wachten. Daar trek ik de grens.'

Hij knikte en op het moment dat hij bleef staan, werd de betovering verbroken, precies zoals ze al had verwacht.

'Wat zal je familie ervan vinden? Van mij? Van het feit dat je je hebt bedacht?'

Met een verdrietig glimlachje zei hij: 'Ik heb me helemaal niet bedacht. Alleen zijn ze nooit bereid geweest om naar me te luisteren.'

Estee betwijfelde of daar verandering in zou komen, of zijn familie hem nu wel zijn eigen toekomst zou laten bepalen terwijl er zo lang geleden al allerlei beloftes waren gedaan. Ze wist maar al te goed hoe zoiets werkte, hoe twee families in zo'n geval met elkaar onderhandelden over een huwelijk, zonder stil te staan bij de levens van de betrokkenen.

'Dus we gaan naar Como,' perste ze eruit, ook al wist ze niet of ze wel dapper genoeg was om het door te zetten.

'Ga je mee?' vroeg hij. 'Denk je dat je twee avonden vrij kunt nemen?'

Ze glimlachte. 'Natuurlijk ga ik mee.' Als dat betekende dat ze nog een paar dagen, een paar gestolen momentjes, met hem kon doorbrengen. 'Als het aan het begin van de week is, heb ik alleen repetities gepland staan.'

'Het zal niet makkelijk worden, zelfs niet als ze ervoor openstaan.' Felix haalde verwoed zijn handen door zijn haar, alsof hij nu al aan zijn eigen plan twijfelde. 'Om te beginnen hebben ze er altijd op gestaan dat ik binnen het geloof zou trouwen. Misschien vragen ze wel of je je tot het katholicisme wilt bekeren.'

Ze gaf geen antwoord, maar ze wist dan ook niet zeker of het wel een vraag was geweest. 'Krijg ik een aparte kamer?' wilde ze weten.

'Natuurlijk. We doen alles volgens het boekje.' Zijn ogen lichtten op. 'Ik regel alles. Jij hoeft alleen maar klaar te staan als ik je kom ophalen.'

Estee wist dat het een slecht idee was, dat zijn familie haar nooit zou accepteren en er nooit mee akkoord zou gaan dat hij zijn verloving verbrak, maar ze kon gewoonweg geen nee tegen hem zeggen. Misschien moest ze eens niet zo pessimistisch zijn en geloven in dat spreekwoord, 'wie goed doet, goed ontmoet'.

'Kom mee.' Hij sloeg zijn arm om haar heen en ze liepen weer verder. 'Ik wil geen moment met jou samen verspillen.'

Terwijl hij zijn lippen op haar kruin drukte, nestelde ze zich dichter tegen hem aan en vroeg zich af waarom ze, in een stad vol begerenswaardige mannen, uitgerekend verliefd moest worden op de enige man die ze niet kon krijgen. De spiegel in haar kleedkamer hing vol met kaartjes en briefjes van aanbidders. Ze moest vaak glimlachen als ze zag dat het er steeds meer werden naarmate het seizoen vorderde, maar hoewel het haar ego streelde, kwam ze nooit in de verleiding er iets mee te doen.

In de lade lag echter maar één kaartje, veilig opgeborgen bij haar dierbaarste bezittingen, en dat was van de man die nu naast haar liep.

'Wil je vannacht mee naar mijn hotelkamer?' vroeg Felix uit het niets.

Ze was compleet overdonderd en kon geen woord uitbrengen.

Zijn gezicht betrok. 'Het spijt me, zo bedoelde ik het niet. Ik–'

Ze lachte. 'Het hoeft je niet te spijten.'

'Ik had moeten zeggen dat ik zo lang mogelijk bij je wil zijn en dat ik met alle liefde mijn bed aan je wil afstaan en op de stoel wil slapen, als dat betekent dat ik je de hele nacht bij me kan houden.'

Onverwacht begonnen haar wangen te gloeien. 'Heel graag. Kunnen we eerst nog even langs mijn appartement zodat ik een paar spullen kan pakken?'

Hij knikte en ze maakten rechtsomkeert.

'Waar logeer je?' vroeg ze.

'In het Principe di Savoia.'

Er ging een huivering door haar heen bij de gedachte aan de Duitsers die dat imposante hotel tijdens de oorlog als hoofdkwartier hadden gebruikt. Ze had het destijds bijna niet kunnen aanzien dat ze er af en aan liepen. Het hotel was in de oorlog vrijwel ongeschonden gebleven, in tegenstelling tot haar geliefde La Scala, dat er vlakbij lag.

Maar een overnachting in een hotel zou een pure luxe zijn en ze was blij dat ze erheen kon nu het weer vrede was. Het appartement waar ze al jaren woonde was best comfortabel, maar het was niet bepaald het optrekje waarvan ze had gedroomd toen ze als jong meisje had gefantaseerd over het leven dat ze op een dag in Milaan zou leiden.

'Zullen we eten naar mijn kamer laten komen?' stelde hij voor. 'Als het nog niet te laat is? Misschien spaghetti en champagne?'

Estee lachte. 'Vroeger wilde je me ook altijd al vetmesten. Sommige dingen veranderen nooit.'

Ze liet hem even alleen op straat staan terwijl zij zich naar boven haastte om een tas te pakken. Gelukkig woonde ze alleen en hoefde ze geen vragen te beantwoorden over waar ze zo laat nog naartoe ging. Haar reputatie zou aan gort zijn als iemand zag dat ze met een man die niet haar echtgenoot was naar zijn hotelkamer ging en pas de volgende ochtend weer terugkwam. Maar ja, wat kon haar reputatie haar nou schelen?

Er ging een vlaag van opwinding door haar heen terwijl ze snel haar nachtkleding en een zijden kamerjas inpakte, samen met schone kleren voor morgen en haar cosmetica. Ze klemde de reistas tegen zich aan en wierp nog een blik in de spiegel. Er staarde een jonge, blozende vrouw terug die ze amper herkende. Daarna deed ze de deur achter zich dicht en ging weer naar Felix toe.

Als ze er nog langer over nadacht, zou ze misschien niet meer durven.

Ze lagen samen in bed, zij onder de lakens en tegen de kussens aan geleund, Felix boven op de lakens met zijn hoofd ondersteund door zijn arm. Het was een volmaakte avond geweest. Ze hadden geluierd in zijn kamer, zij had haar schoenen uitgeschopt en in bed spaghetti gegeten en Felix had haar laten lachen zoals ze in tijden al niet meer had gedaan.

Onder de lakens wiebelde ze met haar tenen; de stof voelde weelderig aan. Ze zou er wel aan kunnen wennen om in vijfsterrensuites te logeren. 'Vertel eens iets over je werk,' zei ze, want ze wilde het niet meer over dansen hebben. Daar was ze nog steeds dol op, maar het was wel haar werk en ze wilde graag een beeld krijgen van wat Felix normaal gesproken de hele dag deed. 'Ik ben zo benieuwd naar dat hazelnootrecept waar je het over had.'

Door zijn gulle glimlach en de manier waarop hij naar haar keek kreeg ze het gevoel dat ze echt de mooiste vrouw was die hij ooit had gezien. Andere mannen hadden misschien wel mooie praatjes, maar bij Felix had ze aan één blik genoeg.

'Mijn familie heeft goed geboerd tijdens de oorlog,' verzuchtte hij. 'Het was niet makkelijk, zeker niet omdat alles op rantsoen was, maar toen het bijna onmogelijk werd om aan chocolade te komen, maakten wij juist furore in Piëmont en omstreken. Door de hoge belasting op cacaobonen konden we onze chocoladebroodjes niet meer maken, en mijn vader was bang dat we de deuren zouden moeten sluiten.'

'Dus heeft hij iets anders bedacht?'

Felix schraapte zijn keel en sloeg zijn ogen even neer voor hij haar weer aankeek.

'Nee, jíj hebt iets anders bedacht, of niet soms?'

Hij knikte bescheiden. 'We werkten wel samen, maar mijn vader was de wanhoop nabij vanwege de druk om de zaak draaiende te houden, om nog maar te zwijgen van de situatie om ons heen.'

'Wat heb je dan precies gemaakt?' vroeg ze, terwijl ze haar vingers over het witte laken liet dansen.

'Hazelnoten waren er in overvloed. Vooral bij ons in de omgeving werden er veel geteeld, dus ging ik experimenteren door een hazelnootpasta te vermengen met ongeveer twintig procent chocolade. Het smaakte goed en op die manier konden we het langer uitzingen met onze voorraad.'

'En de klanten vonden het lekker?'

Hij grijnsde. 'Nou en of. Ik ging er repen van maken, en daarna ook zoete gebakjes waar de pasta in verwerkt was. Toen de oorlog was afgelopen, liep de zaak zo goed dat we moesten uitbreiden, terwijl de meeste ondernemers amper het hoofd boven water konden houden. Dat veranderde alles voor ons.'

Estee leunde achterover en stelde zich voor dat hij van de probeersels had geproefd tot de pasta precies goed was. Ze zou willen dat ze erbij had kunnen zijn, dat ze de opgewonden schittering in zijn ogen had kunnen zien toen hij besefte dat het hem gelukt was.

'Ik heb nog geluk gehad, want ik ben teruggekeerd van het slagveld met een leven en een bedrijf waar ik zo weer kon instappen,' zei hij zacht. 'Maar toch was ik niet gelukkig. Het voelde nog steeds alsof er iets ontbrak.'

Meer uitleg had ze niet nodig, want zij voelde precies hetzelfde. Ze had haar droombaan en trad op in een van de mooiste, beroemdste theaters van heel Europa, maar pas toen Felix weer in haar leven was gekomen had ze begrepen waar ze al die tijd naar had verlangd.

De sleutel tot mijn geluk.

'Vertel eens wat meer over dat hazelnootmengsel,' zei ze, omdat ze het er niet over wilde hebben hoe het tussen hen had kunnen zijn.

Hij zwaaide zijn benen over de rand van het bed, liep naar zijn tas en kwam terug met iets in een wikkel, die hij eraf scheurde voordat hij het lekkers aan haar gaf. 'Proef zelf maar, ik ben benieuwd wat je ervan vindt.'

Estee wist dat ze beter nee kon zeggen. Na al die spaghetti en ook nog een glas champagne zat ze propvol, en ze moest op de lijn letten. Maar omdat ze zag hoe graag hij wilde dat ze zou proeven, nam ze toch een piepklein hapje. De smaak danste over haar tong en liet een golf van verlangen door haar heen gaan. Het was al zo lang geleden dat ze zoetigheid had gegeten. Opeens voelde het alsof ze weer in haar oude slaapkamer was en van de gebakjes at die hij voor haar had achtergelaten. 'Dit is heerlijk.' Ze kon zich niet inhouden en nam nog een hapje. 'Felix, dit is echt verrukkelijk.'

In zijn glimlach schemerde opluchting door en hij ging weer naast haar liggen, op zijn zij, met zijn hoofd op zijn elleboog. 'Ik zou graag meer ontwikkelen,' zei hij. 'Eerlijk gezegd vind ik dat het fijnst om te doen, maar mijn vader heeft inmiddels weer zin in zijn werk en hij ziet mijn broer als het genie van de familie.'

'Dus je bent aan de kant gezet?' vroeg ze met grote ogen toen ze zijn verdrietige blik zag.

'Nou, ik heb een andere rol toebedeeld gekregen. Alleen ligt mijn hart daar niet.'

Het was duidelijk wat hij bedoelde: dit was het zoveelste aspect van zijn leven waar zijn hart niet lag.

'Wat zou jij doen, als jij het voor het zeggen had? Als je zelf mocht kiezen welke rol je zou vervullen?' Met haar vingertoppen streek ze over zijn arm. 'Tegen elkaar kunnen we eerlijk zijn, toch?'

Zijn adamsappel wipte op en neer toen hij langzaam weer naar haar opkeek, met zijn donkere wenkbrauwen gefronst. 'Ik zou dit recept verder willen ontwikkelen, meer smaken willen creëren en meer bakkerijen willen openen in het hele land. Ik heb het er zelfs met mijn vader over gehad om etenswaren te maken die mensen langer thuis kunnen bewaren, voedsel met een langere houdbaarheidsdatum.'

'Maar je vader is het daar niet mee eens?'

'Volgens mij wil hij geen stap opzijdoen. Of misschien heeft hij gewoon geen vertrouwen in me.'

Ze had geen oplossing voor hem, maar daar was hij ook niet naar op zoek. 'Niemand mag ons onze dromen afnemen,' mompelde ze. 'Soms moet je in het leven je eigen keuzes maken, zelfs wanneer anderen het daar niet mee eens zijn.'

Zwijgend bleven ze elkaar even aanstaren.

'Is het heel erg om te zeggen dat ik me nu al op Como verheug?' vroeg hij plagerig, en hij leunde naar voren om zijn lippen op de hare te drukken.

Estee liet hem begaan en er ontsnapte haar een zuchtje terwijl hun lippen elkaar aftastten. Ze was tegelijkertijd uitgeput en vol energie, haar lichaam deed pijn van haar afmattende schema van repeteren en optreden, maar onder Felix' aanrakingen voelde ze zichzelf weer tot leven komen.

Zijn handen gleden over haar rug naar haar heup, hun lippen lieten elkaar los en vonden elkaar weer.

'Je kunt me niet zo blijven volstoppen,' waarschuwde ze hem toen hij voorzichtig zijn voorhoofd tegen het hare drukte. 'Mijn naaister wordt woest als ze mijn kostuums bij de buik moet uitleggen.'

Lachend legde Felix zijn handen om haar gezicht. 'Ik hou van je, Estee,' fluisterde hij. 'Al sinds ik nog maar een jongetje was. Dat weet je toch wel?'

In haar ogen welden tranen op, maar die drong ze dapper terug omdat ze van dit moment wilde genieten, zonder zich af te vragen hoe vaak ze nog samen zouden kunnen zijn.

Ik hou ook van jou.

Het lag op het puntje van haar tong, maar ze kon het niet zeggen.

Felix leek het niet erg te vinden. Zijn mond vond de hare weer en deze keer zoende hij haar langzamer, alsof het hem net te binnen was geschoten dat ze de hele nacht hadden, in plaats van één gestolen momentje aan het meer.

'Goedemorgen, schoonheid.'

Estee deed langzaam haar ogen open, weggekropen onder de

lakens, met haar hoofd op het vederzachte kussen. Toen ze zich omdraaide, kwam ze oog in oog te liggen met Felix, die nog steeds boven de lakens lag, in dezelfde kleren als gisteravond, al zagen die er een stuk verfomfaaider uit.

Ik had nooit gedacht dat ik nog eens naast jou wakker zou mogen worden.

'Hoe laat is het?' vroeg ze geeuwend, terwijl ze dieper weg-kroop onder de lakens. Ze waren tot diep in de nacht wakker gebleven om met elkaar te praten, en ze zou zó weer in slaap kunnen vallen.

'Bijna negen uur,' antwoordde hij, op zijn horloge turend.

'Negen uur?' vroeg ze verschrikt. Ze zwaaide de lakens van zich af en rende zonder zich om haar eerbaarheid te bekommeren naar de badkamer. 'Ik moet weg. Ik kom te laat!' Ze deed de deur achter zich dicht, ging naar het toilet en waste vervolgens haar handen en plensde wat water in haar gezicht. Haar haar zat in de war en ze zag er niet uit. Als ze nog op tijd wilde komen voor de repetitie, moest ze opschieten. Ze was nog nooit te laat geweest en daar wilde ze nu ook niet mee beginnen.

Toen ze weer tevoorschijn kwam en in haar tas naar haar kleren begon te zoeken, hoorde ze hem loom grinniken en keek ze op.

'Je bent beeldschoon als je je zo druk maakt.'

'Nee, ik ben chagrijnig,' kaatste ze terug, maar ze zag hem glimlachen. 'Draai je om.'

Hij draaide zich gehoorzaam naar de muur toe, zodat ze alleen zijn rug zag terwijl ze zich omkleedde, haastig haar kleren van de vorige dag in haar tas propte en naar hem toe snelde.

Felix draaide zich op zijn zij en ze ging op de rand van het bed zitten, met haar tas in haar ene hand en haar andere hand op zijn arm. 'Ik wou dat we nog langer de tijd hadden,' mompelde ze, en ze boog zich naar voren om hem een kus op zijn wang te geven.

Hij legde zijn hand tegen haar achterhoofd en trok haar nog eens naar zich toe, maar deze keer om haar op haar mond te zoenen. Zijn kus was warm en traag, zonder haast. 'Je hoort nog van me,' fluisterde hij. 'Maar ik verheug me nu al op Como.'

'Ik ook,' fluisterde ze, waarna ze zich overgaf aan nog één laatste zoen.

Toen ze opstond, pakte hij haar hand en drukte zijn lippen tegen haar pols. 'Mag ik met je meelopen naar het theater?'

Grijnzend schudde ze haar hoofd. 'Ik peins er niet over!' Snel draaide ze zich om, niet in staat om hem nog langer aan te kijken, omdat ze wist hoe makkelijk ze zich gewonnen zou geven. En wat restte haar dan nog? Een carrière die in duigen lag, zonder dat ze er iets voor terugkreeg. Want Felix mocht dan wel denken dat hij zijn ouders op andere gedachten zou kunnen brengen, zij was een realist. Tenzij ze bereid was om zijn maîtresse te worden, bij wie hij alleen op bezoek zou komen als hij zich verveelde of voor zaken in de stad was, tenzij ze accepteerde dat hij de rest van zijn tijd met zijn vrouw en kinderen doorbracht, was er gewoonweg geen toekomst voor hen samen weggelegd.

Ze liep het imposante hotel uit en keek nog een keer achterom toen haar schoen de klinkerstraat raakte. Ze dwong zichzelf de ene voet voor de andere te zetten, maar telkens wanneer ze met haar ogen knipperde, zag ze alleen maar Felix voor zich. Net zo verfomfaaid als de lakens, met zijn haar in de war, terwijl hij haar nakeek met die prachtige chocoladebruine ogen van hem.

Ik hou ook van jou.

Was ze maar dapper genoeg geweest om dat tegen hem te zeggen. Maar voor haar zou het de eerste keer in haar leven zijn dat ze die woorden uitsprak. Haar moeder had nooit tegen haar gezegd dat ze van haar hield, dus had ze het andersom ook nooit gezegd, en haar vader had zelden tegen haar gesproken, behalve dan om haar een standje te geven of om haar goedemorgen of welterusten te wensen.

Het theater doemde voor haar op en ze rechtte haar schouders en hief haar kin om zichzelf weer te transformeren tot de ballerina die ze was.

Het was tijd om te dansen en ze mocht zich nu nergens door laten afleiden, zelfs niet door Felix.

21

Heden

'Wat is het hier mooi,' zei Lily toen ze in de hotelkamer een rondje draaide om alles in zich op te nemen. Antonio had gelijk gehad; dit was de perfecte mix van modern en oud, als twee werelden die met elkaar samensmolten.

Ze plofte neer op het enorme bed en liet haar hoofd in het verenkussen zakken terwijl ze haar schoenen uitschopte. Toen ze Antonio zijn overhemd zag uittrekken, zette ze grote ogen op, maar jammer genoeg begon hij daarna in zijn tas te rommelen, haalde er een schoon wit overhemd uit en trok dat aan. Hij zag er woest aantrekkelijk uit en door de witte stof leek zijn huid zelfs nog gebronsder.

'Als we op tijd willen zijn, moeten we over ongeveer een kwartier hier weg,' zei hij, terwijl hij de knoopjes dichtmaakte.

Lily kreunde zachtjes en vroeg zich nerveus af wat ze moest aantrekken. Een jurk? Een spijkerbroek?

'Die mooie blauwe jurk,' zei hij. 'Die je op het oogstfeest aanhad.'

Op haar ellebogen duwde ze zich omhoog. 'Kun je nu ook al mijn gedachten lezen?'

'Daar lijkt het wel op.' Hij ging naast haar zitten en pakte haar hand. 'Ben je nerveus?'

'Ik zou liegen als ik zei van niet.'

'Niet doen.' Hij bracht haar hand naar zijn lippen en bromde tegen haar huid: 'Trek die jurk aan, die staat je prachtig. Ik heb een goed gevoel over vanavond.'

'Echt waar?' Ze zuchtte tegen zijn lippen aan toen hij haar met een reeks langzame zoenen haar zenuwen helemaal liet vergeten.

'Ja.' Hij streelde haar wang. 'Kom, anders komen we nog te laat.'

Nadat ze nog een zucht had geslaakt, draaide ze zich op haar zij en klauterde van het bed. 'Tien minuten?'

'Tien minuten, ja.'

Gelukkig had ze de jurk bij zich. Ze pakte hem uit haar tas en besloot Antonio's advies op te volgen. Daarna verdween ze met haar make-uptasje naar de badkamer. De tegels voelden koel aan onder haar voeten en ze bleef even naar zichzelf staan staren in de spiegel boven de wastafel. Na een tijdje kleedde ze zich tot op haar ondergoed uit en liet ze de jurk over haar hoofd glijden. Antonio had gelijk, hij was perfect. Ze voelde zich er mooi in, zeker aangezien ze wist hoe graag hij haar hierin zag, en dat was alweer een zorg minder.

Na haar foundation bracht ze vloeibare blusher op haar gezicht aan tot haar huid straalde, gevolgd door een beetje mascara. Ze kneedde wat volume in haar haar en besloot het los te laten hangen. Het geheel maakte ze af met haar favoriete rode lippenstift. Het ontging haar niet dat dit de eerste keer was dat ze zich door een man liet vertellen wat ze moest aantrekken, behalve dan die keer toen ze nog een wildebras van een jaar of tien was en haar vader haar zover had gekregen dat ze een jurk aandeed. Bij die gedachte moest ze glimlachen. Ze wist nog dat hij haar gouden bergen had beloofd, als ze maar de jurk aantrok die haar moeder gekocht had. Niemand anders had haar kunnen overhalen, maar haar vader mocht een prestigieuze prijs in ontvangst nemen voor zijn werk en na één blik op zijn hoopvolle, opgetogen gezicht had ze toegegeven. Ze zou de zwierige jurk dragen die haar moeder voor haar had uitgezocht, om hem een plezier te doen.

Ze keek naar de mooie, soepel vallende stof van de jurk die ze nu droeg.

Jeetje, wat ben ik sindsdien veranderd.

Er werd op de deur geklopt en ze spoot nog wat parfum in haar haar en op haar polsen voordat ze nog een laatste keer naar zichzelf glimlachte in de spiegel.

'Ben je zover?' riep Antonio.

'Het moet maar.'

Toen ze naar buiten kwam en een rondje voor hem draaide, floot hij zachtjes. '*Bellissima.*' Hij stak zijn hand naar haar uit en trok haar dicht naar zich toe.

Snel legde ze een hand tegen zijn borst om hem op afstand te houden. 'Als je mijn lippenstift uitveegt, ga je eraan,' zei ze plagerig, en ze reikte langs hem heen om haar tas te pakken. 'Kom, we gaan.'

Antonio kreunde.

Zonder pardon trok ze hem met zich mee. Voor het eerst sinds ze in Italië was aangekomen, geloofde ze echt dat ze op het punt stond de waarheid over het verleden van haar oma te achterhalen. En zelfs de knapste man zou haar niet kunnen tegenhouden.

'Weet je zeker dat het hier is?' Toen Antonio langzaam over de oprijlaan reed, stak ze hem het velletje papier toe.

'Ja, hier moeten we zijn.'

'Ik had niet verwacht dat het zo reusachtig was,' mijmerde ze hardop. 'Zou Sienna er ook zijn, denk je?'

Hij haalde zijn schouders op. 'Geen idee. Misschien. Of misschien is haar oom maar alleen.'

Ze had verwacht dat ze naar een huisje in de stad zouden gaan, maar dit landgoed leek wel meerdere hectaren te beslaan, voornamelijk begroeid met bomen.

'Het is hier prachtig.' Ze leunde naar voren toen de hoofdwoning in zicht kwam: een landhuis met twee verdiepingen, helemaal tot aan de dakrand bedekt met klimop. Ze kreeg echter niet lang de tijd om het te bewonderen, want zodra Antonio de auto tot stilstand bracht, zwaaide de voordeur al open en kwam er een man naar buiten.

Lily haalde diep adem en glimlachte naar Antonio.

'Denk erom,' zei hij, 'wat er ook gebeurt, je komt alsmaar dichter bij de waarheid. En neem van mij aan, als dit de mensen zijn die je zoekt, dan zullen ze je geweldig vinden. Je hoeft je nergens zorgen om te maken.'

'Dank je,' fluisterde ze. Dapper stapte ze uit en liep op de man af. Hij was ouder dan ze verwacht had, had een volle bos met vrijwel grijs haar en donkere ogen omlijst door een bril met een zwart montuur. Sienna zag ze niet, en haar maag maakte een salto van de zenuwen. Niet voor het eerst vandaag vroeg ze zich af of ze er wel verstandig aan had gedaan om naar Alba te komen.

'*Signore*, ik ben Lily,' stelde ze zich voor. 'Eerder vandaag heb ik kennisgemaakt met uw nichtje, Sienna. Hopelijk heeft ze u verteld dat ik zou komen.' Opeens kreeg ze het vermoeden dat ze aan het verkeerde adres waren, dat deze man geen idee had wie ze was of waarom ze naar zijn huis was gekomen, maar dat gevoel verdween zodra hij naar voren stapte en haar begroette met een zoen op beide wangen.

'Ik ben Matthew,' zei hij nadat hij Antonio de hand had geschud. 'Wat fijn om kennis met jullie te maken. Kom alsjeblieft verder.'

Ze wierp een korte blik op Antonio, die naar haar glimlachte en haar liet voorgaan. Even later stonden ze in de hal van het adembenemende landhuis en liepen ze verder naar een grote keuken. Qua formaat deed die haar denken aan de keuken van de Martinelli's, maar deze keuken was een stuk moderner en ze werd er op typisch Italiaanse wijze welkom geheten door de geur van pruttelende tomaten en knoflook.

'Lily, Antonio, dit is mijn vrouw, Rafaella,' zei Matthew in het Engels.

Er draaide zich een beeldschone vrouw naar hen om, in een mooie rode jurk en met een schort om haar middel gebonden. Nadat ze haar handen had schoongeveegd, wierp ze hun een aanstekelijke glimlach toe. 'Wat fijn dat jullie er zijn.' Haar Engels was iets houteriger dan dat van haar man, maar Lily was allang blij dat ze überhaupt met hen kon converseren. 'Mijn man wacht al de hele middag ongeduldig op jullie komst. Zo blij had ik hem al lang niet meer gezien.'

Verbaasd trok Lily haar wenkbrauwen op. 'Blij?' vroeg ze. 'Om mij te leren kennen?' Haar nieuwsgierigheid was gewekt en haar hart sloeg op hol.

Matthew glimlachte, maar gaf nog niets prijs en liep naar het aanrecht, waar hij een geopende fles rode wijn omhooghield. 'Pinot?'

Ze knikte. 'Ja, graag.'

Hij schonk een beetje wijn in vier grote glazen en reikte haar en Antonio er een aan. Daarna gingen ze allemaal zitten en nipten in een gemoedelijke stilte van hun wijn, voordat Matthew het woord nam.

'Lily, ik heb gehoord dat je iets in je bezit hebt dat mogelijk aan mijn familie toebehoort. Zou ik dat eens mogen zien?'

'Natuurlijk.' Ze zette haar wijn neer en haalde het recept uit haar tas. 'Sienna heeft me gevraagd het verder aan niemand te laten zien. Ik wil dat je weet dat het jarenlang verborgen is gebleven in Londen, decennialang zelfs. Ik heb het aan bijna niemand laten zien, en al helemaal niet aan iemand die er belang bij zou kunnen hebben.'

Hij nam het velletje papier van haar aan en begon het te lezen, terwijl zijn vrouw zich excuseerde en terugging naar het fornuis om te roeren in iets wat hemels rook. Matthews hand begon te trillen, maar hij keek geen moment op van het recept en leek het keer op keer te lezen.

'Is het wat je verwacht had?' vroeg Lily na een poosje ongeduldig. 'Heeft dat recept op de een of andere manier iets met jou te maken? En met mij?'

Toen Matthew eindelijk opkeek, stonden zijn ogen vol tranen. Hij liet het papiertje op de tafel dwarrelen en pakte haar handen vast.

Ze liet hem begaan, want het recept had hem kennelijk diep geraakt en ze zag het verdriet of misschien wel de blijdschap die in zijn ogen schitterde. Hoewel ze zijn leeftijd moeilijk kon inschatten, dacht ze dat hij misschien een jaar of zestig was. Hij zag er een stuk ouder uit dan zijn vrouw.

'Is dit aan je grootmoeder nagelaten?' wilde hij weten. 'Ben je op die manier aan het recept gekomen?'

'Ja. We denken dat het voor haar is achtergelaten door haar biologische moeder, voordat ze werd geadopteerd. Ik heb het pas sinds kort in mijn bezit en er zat ook een stuk bij uit een programmaboekje van het theater La Scala. Voor zover wij begrepen hebben, dateert dat van 1946.' Ze schraapte haar keel. 'Ik weet niet wat mijn oma te maken had met die papieren, of zelfs wat het verband tussen die papieren is. Ik weet alleen dat ze voor haar zijn achtergelaten, en ik wil weten waarom.'

Er gleed een traan over Matthews wang, maar hij liet haar handen niet los om die weg te vegen. In plaats daarvan keek hij haar recht in de ogen. 'Zou ik het mogen zien? Dat stuk van het programmaboekje, bedoel ik?'

Ze knikte en trok langzaam haar vingers terug om het vel papier uit het kistje te pakken. Nadat ze het had opengevouwen gaf ze het aan hem. Het kistje liet ze op tafel staan, want ze wilde dat hij wist waar de aanwijzingen al die tijd verborgen waren geweest. 'Zoals ik al zei, weet ik niet waarom ik, of liever gezegd mijn oma, deze dingen heb geërfd. Als je me iets meer kunt vertellen, als je echt denkt dat je misschien weet wie mijn overgrootmoeder was...'

'Lily, is je grootmoeder in 1947 geadopteerd?'

Toen hij haar handen weer vastpakte, slikte ze. Het drong tot haar door dat ze de blik in zijn ogen verkeerd had geïnterpreteerd. Het was geen verdriet of blijdschap, maar hoop. 'Ja,' fluisterde ze. 'De adoptiepapieren zijn opgemaakt in 1947.'

'Santa Maria,' mompelde hij. Op datzelfde moment liet zijn vrouw met luid gekletter iets vallen in de keuken, en hij stond op.

'Alsjeblieft, als je iets weet wat me verder kan helpen...' Wist hij wie ze was? Wie haar oma was geweest? Beschikte hij over de ontbrekende stukjes van de puzzel die ze probeerde op te lossen?

In zijn ogen welden weer tranen op en hij staarde haar aan alsof ze een geest was.

Ze begon over haar hele lichaam te beven. 'Je weet wat het verband is, hè?' Ze begreep niet goed waarom hij opeens was opgestaan. 'Weet je wie mijn oma was?' Ze draaide zich naar Antonio toe, maar die had zijn lippen getuit en zag er net zo verward uit als zij zich voelde.

Matthew liep weg en kwam een paar tellen later alweer terug met twee fotolijstjes die hij voorzichtig op de tafel voor haar neerzette.

Dit kan niet waar zijn.

De vrouw op de foto was het evenbeeld van haar grootmoeder, met weelderig zwart haar en een glimlach om haar volle, roodgestifte lippen. Alleen had deze vrouw een verdrietige blik in haar ogen die ze bij haar oma nooit had gezien, alsof er iets schuilging achter die glimlach. De tweede foto was van dezelfde vrouw, maar dan met haar haar achterover getrokken in een knot, terwijl ze vanaf een podium de camera in keek.

Ze was ballerina.

Het balletgezelschap van La Scala, dat was het verband. Haar overgrootmoeder was ballerina geweest in het theater!

'Lily, ik denk dat jouw oma het oudste kind van mijn moeder was,' zei hij. 'Buiten het huwelijk geboren, in 1947.'

‘Ze is het,’ zei Lily ademloos. ‘Ik kan het gewoon niet geloven.’ Ze pakte het eerste fotolijstje om het gezicht van de vrouw eens goed te bekijken, voordat ze opkeek naar Matthew. ‘Ze lijkt als twee druppels water op mijn oma. Als ik niet beter wist, zou ik denken dat zij het was.’ Ze kon haar oren en ogen gewoonweg niet geloven. ‘Is dit echt haar moeder? Mijn overgrootmoeder?’

‘Ja, ik denk het wel.’

‘En het recept?’ vroeg Antonio.

‘Dat was van mijn vader,’ legde Matthew uit. ‘Mijn moeder was de enige persoon ter wereld die er een kopie van had. Zodra Sienna zei dat je dat recept in je bezit had, wist ik het. Mijn vader heeft het gedeeld met de vrouw van wie hij hield, om ervoor te zorgen dat het niet verloren zou gaan. Ik denk dat hij voor zijn leven vreesde en zijn geheim alleen aan haar heeft willen toevertrouwen.’

Met trillende hand zette Lily het lijstje weer neer. Inmiddels was Rafaella achter haar komen staan en legde ze een warme hand op Lily’s schouder, terwijl Matthew in de stoel naast haar ging zitten. De aanraking gaf Lily troost; het was de aanraking van een moeder die zag hoe moeilijk een andere, jongere vrouw het had.

‘Jouw grootmoeder was mijn zus, Lily. Ik ben haar jongste broer.’ Matthew leunde naar voren en kuste haar voorzichtig eerst op haar rechterwang en toen op haar linkerwang. ‘Dus, mooie meid, ben jij mijn achternichtje.’

22

Italië, 1946

Het was inmiddels vier weken geleden dat Estee Felix had gezien en ze hield er ernstig rekening mee dat hij niet zou komen opdagen. Niet dat ze hem niet vertrouwde, maar ze wist gewoon hoe moeilijk het zou worden om alles te regelen. Bij de gedachte dat ze kennis zou moeten maken met zijn ouders werd ze al misselijk. Het vooruitzicht dat ze haar voor het eerst zouden zien, was nog beangstigender dan haar eerste optreden op het podium van La Scala. Maar ze was het aan Felix, en aan zichzelf, verschuldigd om het in elk geval te proberen.

Ze drentelde wat heen en weer voor haar appartement. Eigenlijk wist ze niet goed waarom ze ervoor had gekozen om buiten te wachten, maar ze nam ook niet de moeite om weer de trap op te lopen en naar binnen te gaan. Het werd de laatste tijd steeds warmer en nu de zon hoog aan de blauwe hemel stond, voelde ze dat de klamme warmte de huid in haar nek vochtig maakte. Of misschien maakte ze zich gewoon veel te druk en lag het helemaal niet aan het weer.

Toet-toet!

Estee liet haar tas vallen en haar mond viel open toen ze de auto zag naderen. De blinkende, bordeauxrode cabriolet leek wel gloednieuw. Felix deed het portier open en stapte uit met een glimlach die waarschijnlijk op haar gezicht weerspiegeld werd. Hij had de mouwen van zijn overhemd opgerold en net een knoopje te veel open laten staan, waardoor haar handen jeukten om nog meer knoopjes open te maken en de haartjes op zijn borst te bewonderen.

'Je zei al wel dat het je zakelijk voor de wind ging, maar...'

Zijn schouderophalen kon haar niet misleiden. Ze wist dat zo'n auto alleen was weggelegd voor de rijkste families in Milaan, en dat betekende dat hun hazelnotenexperiment nog een stuk succesvoller was geweest dan hij had laten doorschemeren.

'Klaar voor de reis?' vroeg hij.

Ze knikte en deed aarzelend een stap vooruit. De auto was op slag vergeten toen hij haar bagage in de auto zette.

'Je ziet er nerveus uit,' merkte hij op.

Daar moest ze om lachen, en ze hoorde dat ze niet als zichzelf klonk. 'Dat ben ik ook.'

Glimlachend sloeg hij een arm om haar middel en staarde haar aan. 'Met jouw uiterlijk zou je elke man kunnen krijgen en je bent een van de beroemdste balletdanseressen van heel Italië. De wereld ligt aan je voeten, Estee. Als mijn ouders niet dol op je zijn, mankeert er iets aan hen, niet aan jou.'

Hoeveel zijn woorden ook voor haar betekenden, ze was niet geneigd hem te geloven. Om nog maar te zwijgen van het feit dat als zijn plan slaagde, ze daarmee het leven van een andere vrouw zouden ruïneren. Zijn verloofde verdiende het niet om het slachtoffer te worden van wat er tussen Estee en Felix gaande was. 'Ik zou willen dat het genoeg was dat jíj dol op me bent,' fluisterde ze.

Hij drukte een kus op haar voorhoofd en hield het portier voor haar open.

Normaal gesproken was ze erg discreet over haar privéleven, omdat ze niet van nieuwsgierige blikken hield en niet wilde dat iemand behalve over haar danskunsten iets over haar zei, maar ze had niet bepaald haar best gedaan om te verbergen dat ze met een man wegging. Ze kon zich wel voorstellen welke roddels er de ronde zouden doen onder de oudere vrouwen in de buurt, die nu vast vanachter hun ramen toekeken. Toch deerde het haar niet, niet vandaag.

Ze ging zitten en streek met haar vingers over het onberispelijke crèmekleurige leer. Dit was zonder twijfel de mooiste auto waar ze ooit in was vervoerd.

De auto kon haar aandacht echter niet lang vasthouden. Zodra Felix achter het stuur zat, de motor startte en de rustige straat op reed, had ze alleen nog maar oog voor hem. Hij legde zijn hand op de hare en het gewicht van zijn vingers had vrijwel direct een kalmerende uitwerking op haar.

Hij knipoogde, waardoor ze moest lachen, en ze nestelde zich dichter tegen hem aan en hield zijn hand vast terwijl ze voor zich uit naar de weg staarde en wenste dat de rit veel langer zou duren dan een uur.

Toen ze bij het Comomeer aankwamen, begonnen de vlinders in haar buik weer in volle hevigheid te fladderen. Ze staarde uit het raampje, blij met de wind die door het open dak kwam. Waarschijnlijk had ze een sjaal om haar hoofd moeten knopen, want toen ze in haar spiegeltje keek, zag ze dat er her en der plukjes uit haar voorheen zo strakke knot waren ontsnapt.

'Zijn je ouders er al?' vroeg ze toen ze een weg op reden die bij het meer vandaan voerde.

'Nou, dat maakt deel uit van mijn verrassing.' Felix keek haar even zijdelings aan. 'Mijn ouders komen morgen pas.'

'Morgen?' Haar zenuwen verdwenen op slag.

Hij grijnsde, maar deze keer hield hij zijn blik op de weg gericht. 'We hebben de rest van de dag en de hele nacht voor onszelf.'

Estee leunde glimlachend tegen het raampje aan, genietend van het idee dat ze alleen met hem zou zijn. 'We moeten wel oppassen,' waarschuwde ze hem. 'Het hotelpersoneel mag geen reden hebben om tegen je moeder te zeggen dat we ons ongepast hebben gedragen. Ik wil dat ze denkt dat ik een respectabele jonge vrouw ben.'

Hij bracht de auto tot stilstand en draaide zich met gefronst voorhoofd naar haar toe, maar kon zijn glimlach niet verhullen. 'Wil je nou beweren dat je dat niet bent?'

'Zou een respectabele vrouw vorige maand de nacht met je hebben doorgebracht in een hotel?' kaatste ze terug.

Felix leunde naar voren en kuste haar onverwacht.

In eerste instantie zoende ze hem terug, maar toen ze besefte dat iemand hen zou kunnen zien, duwde ze hem snel weg. 'Wat zei ik nou net?' Ze hield haar hand tussen hen in voor het geval hij nog een poging zou doen.

Felix zuchtte. 'Misschien had ik voor de eerste nacht beter een ander hotel kunnen reserveren.'

Pas op dat moment draaide ze zich om en zag ze waar ze waren. Het hotel zag er prachtig uit en ze wist nu al dat het heel bijzonder zou zijn.

'Welkom bij Villa d'Este.' Felix stapte uit en liep om de auto heen om haar portier open te houden. 'Volgens mij zul je het hier heerlijk vinden.'

Dat wist ze bijna wel zeker. Terwijl ze de idyllische omgeving nog in zich op stond te nemen, kwam er een man in een pak aan die hun welkom heette en aanbood de auto te parkeren en de bagage naar hun kamer te brengen. Arm in arm met Felix liep ze de trappen op en door de deuren van het meest elegante hotel dat ze ooit had gezien. Aan de belachelijk hoge plafonds hingen sierlijke kroonluchters en achter in de weelderige ontvangsthal lonkte een gewelfde trap.

Terwijl Felix incheckte en alle praktische zaken afhandelde, ging Estee op een fluwelen stoel zitten om haar omgeving in zich op te nemen. Na afloop kwam hij naar haar toe en stond ze op, waarna hij zijn hand tegen haar onderrug legde en ze samen naar de trap liepen.

'We hebben aparte kamers,' mompelde hij, 'maar ze zijn wel naast elkaar gelegen. En ik heb ervoor gezorgd dat mijn ouders op een andere verdieping worden ondergebracht.'

Hoofdschuddend keek ze hem aan. 'Je hebt echt overal aan gedacht, hè?'

'Nadat we ons geïnstalleerd hebben, gaan we nog voor de lunch een boottocht maken op het meer. Ik wil dat dit een onvergetelijke dag voor je wordt, Estee.'

Ze zei maar niet dat het zelfs zonder al die uitspattingen onmogelijk zou zijn om een dag met hem te vergeten. Even vroeg ze zich af of ze het ten onrechte zo somber had ingezien. Waarom zouden zijn ouders haar niet aardig vinden? Ze kwam uit een respectabele familie, ook al waren ze niet rijk, en ze werd door mensen in heel Italië en zelfs daarbuiten geroemd vanwege haar talent als ballerina. Ze had haar hele leven hard gewerkt om zichzelf en haar familie te onderhouden en van verborgen schandalen was geen sprake.

'Ben je gelukkig?' vroeg Felix toen hij haar onderzoekend opnam.

Ze glimlachte. 'Natuurlijk. Hoe zou ik nou niet gelukkig kunnen zijn?'

Op dat moment zag ze hun bagage staan en liet Felix haar even alleen om iets met de kruier te bespreken. Toen hij zich bukte om zijn tas open te ritsen, stokte haar adem. Het was onmogelijk om niet te zien dat hij een fluwelen doosje uit zijn zak haalde en in de tas stopte.

Haar hart bonkte wild toen hij met een brede glimlach op zijn gezicht weer naar haar toe liep.

Hij wil me niet alleen aan zijn ouders voorstellen, hij wil me ook een aanzoek doen.

Ze deed haar best om haar gezicht in de plooi te houden en kennelijk trapte hij erin, want hij stelde verder geen vragen toen ze doorliepen naar hun kamers. Nadat ze naar haar eigen kamer was gegaan en de deur op een kier had laten staan voor de kruier, liep ze naar het raam om de bomen en de wijngaarden in de verte te bewonderen.

Hij wil dat ik zijn vrouw word.

Ze had hem keer op keer op het hart gedrukt dat ze niet zijn maîtresse wilde worden, maar ze had in geen miljoen jaar verwacht dat hij haar ten huwelijk zou vragen. Had hij zijn verloving al verbroken? Stond het hem wel vrij om haar een aanzoek te doen als hij nog aan iemand anders was toegezegd?

Op dat moment wilde ze dat ze een moeder had die ze om raad kon vragen, hoewel ze dit soort zaken met haar eigen moeder nooit had kunnen bespreken.

Er werd op de deur geklopt en Estee draaide zich om. Ergens verwachtte ze dat het Felix zou zijn, maar het was de man die haar bagage kwam brengen. Ze gaf hem snel een fooi en deed de deur achter hem dicht.

Toen ze nog eens goed naar haar jurk keek, besloot ze dat die te eenvoudig was om mee langs het Comomeer te flaneren. Bovendien moest ze nodig haar haar fatsoeneren. Om zichzelf af te leiden van wat er die dag misschien wel of misschien niet zou gebeuren, hing ze haar kleren op en koos haar favoriete roze zomerjurk uit, die ze combineerde met felroze lippenstift. Haar lange haar borstelde ze uit en liet ze los hangen, omdat ze wist dat Felix haar zo het mooist vond.

Het punt was alleen dat haar blik telkens naar het grote, comfortabel ogende bed met de opgeschudde kussens dwaalde. Zou ze daar vannacht alleen liggen, of zou Felix haar gezelschap willen houden?

23

Niets had haar ooit zo goed gesmaakt als deze *gelato* met Felix. De chocolade zorgde voor een smaakexplosie op haar tong terwijl ze met de zon op hun schouders naast elkaar terugliepen in de richting van het restaurant waar ze hadden geluncht. Eerst hadden ze wijn gedronken, de beste fruits de mer gegeten die ze ooit had geproefd en onder het genot van spaghetti met elkaar gepraat en gelachen. Ze hadden zo veel in te halen, elkaar zo veel over hun leven te vertellen. Het leek wel of ze dat tot nu toe allemaal hadden binnengehouden omdat ze dachten dat ze geen toekomst met elkaar hadden. Maar de glinstering in Felix' ogen en de manier waarop hij tegen haar praatte, werkten aanstekelijk. Ze had nog nooit iemand gezien die zo optimistisch was.

De ring.

Om de paar minuten moest ze eraan denken en vroeg ze zich af waar die was, of hij hem op zak had of in zijn kamer had achtergelaten. Ze werd er nerveus van, omdat ze zich afvroeg hoe alles in 's hemelsnaam goed moest komen.

Iets eenvoudigs als haar geloof, of liever gezegd het gebrek daaraan, zou er al voor kunnen zorgen dat Felix' ouders hun zegen niet aan deze relatie zouden geven. Maar ook al was dat een groot probleem, het stelde niets voor als je bedacht dat ze zijn familie gingen vragen een verloving te verbreken waarover al afspraken waren gemaakt toen hij nog maar een kind was.

'Je denkt aan morgen, hè?' Met zijn schouder stootte Felix zacht de hare aan. 'Ben je daarom zo stil?'

Ze likte haar lepel af en liet op zich inwerken hoe vriendelijk hij naar haar keek. Nog altijd had hij iets bijzonders: hij keek naar haar alsof hij echt oog voor haar had. Op Sophia na had niemand anders haar ooit dat gevoel gegeven. De jaren tussen haar vertrek uit Piëmont en La Scala waren opgevuld door Sophia, haar beste vriendin en buiten Felix de enige vertrouweling die ze ooit had gehad. Maar het leek wel of ze maar een van hen in haar leven mocht hebben, alsof de een haar eerst was afgenomen voordat de ander had mogen terugkomen. Wat had ze er niet voor overgehad om hen allebei te hebben! 'Ik...' Ze kon de juiste woorden niet vinden.

Felix bleef staan en streek zacht met zijn vingers over haar haar. 'Vertrouw me maar,' zei hij zacht, waardoor het bijna onmogelijk was om hem niet te geloven. 'Ik heb hier goed over nagedacht en ik heb voor alle bedenkingen die ze misschien hebben een weerwoord paraat.'

De gelato droop inmiddels langs haar vingers en ze knikte maar wat, omdat ze niet wist wat ze anders moest doen.

'Vertrouw me,' zei Felix nog eens. Daarna pakte hij haar hand om de verdwaalde chocolade weg te kussen.

Lachend trok Estee haar hand terug, en ze keek om zich heen alsof ze verwachtte dat zijn ouders hen zouden zien, of misschien iemand anders die zou kunnen doorbrieven wat ze hier uitspookten. Maar natuurlijk was er niemand, behalve dan de andere toeristen en mensen uit de buurt die opgingen in hun eigen leven en zich niet bekommerden om wat Felix en Estee al dan niet deden.

Ze liepen weer verder, nog langzamer dan eerst, allebei vast van plan om de dag zo lang mogelijk te rekken. Toch zaten ze een paar minuten later alweer in een taxi terug naar hun hotel en stonden ze nog even later voor het imposante gebouw.

'Zullen we nog een stukje wandelen?' vroeg Felix, die zijn arm uitstak.

Estee knikte. 'Ik heb nog nooit in mijn leven zo veel gewandeld als hier, maar ja, laten we dat maar doen.'

De omgeving van het hotel was al net zo indrukwekkend als het hotel zelf. Het grote gazon lag er stralend groen en keurig onderhouden bij, net als de heggen en bomen waarmee het terrein werd omringd.

'Op een dag zou ik ook wel zo'n optrekje willen,' merkte Felix op. 'Niet zo groot als dit, maar wel met een lap grond eromheen, vol met hazelaars. Ik wil zelf kweken wat ik nodig heb voor mijn hazelnootpasta, zonder afhankelijk te zijn van andere telers. Ik wil kunnen zeggen dat ik het hele productieproces in eigen beheer heb.'

Ze keek hem aan. Het verbaasde haar dat hij het alleen over zichzelf had. 'Denk je erover om uit het familiebedrijf te stappen? Of was dat alleen bij wijze van spreken?'

'Eerlijk gezegd weet ik het zelf niet goed.' Hij staarde voor zich uit. 'Ik denk dat ik gewoon overal op voorbereid wil zijn.'

Ze slikte, ging dichter bij hem staan en keek in dezelfde richting als hij, om te zien wat hij zag.

Hij bereidt zich erop voor dat zijn familie nee zal zeggen. Hij gaat nu al van het ergste uit.

'Ik ben een beetje moe,' zei ze, ook al stond ze stijf van de spanning. 'Volgens mij kan ik beter naar bed gaan.'

In een beladen stilte liepen ze hand in hand terug naar het hotel. Bij haar kamer bleef ze staan, nam ze zijn gezicht tussen haar handen en kuste hem zacht op zijn lippen. 'Bedankt,' zei ze. 'Ik zal deze dag nooit vergeten.'

Hij legde zijn handen op haar schouders en liet ze langzaam langs haar armen omlaagglijden, tot hij haar vingertoppen kon vastpakken. 'Voortaan neem ik je elk jaar mee hiernaartoe,' fluisterde hij. 'Dit kan ons speciale plekje worden.'

Estee deed haar mond open om iets te zeggen en verwachtte bijna dat hij haar ter plekke een aanzoek zou doen.

In plaats daarvan drukte hij een kus op haar voorhoofd en deed een stap bij haar vandaan. 'Droom zacht, schoonheid,' zei hij. 'Tot morgenochtend. Zorg maar dat je klaarstaat voor een laat ontbijt.'

Estee knikte, deed haar deur open en glimlachte nog een laatste keer naar hem voordat ze de deur achter zich dichtdeed. Met haar rug tegen de deur gedrukt liet ze zich langzaam op de vloer zakken, met haar handtas naast zich. Waar was ze nou eigenlijk mee bezig? Haar hart zou gebroken worden, haar dromen en die van Felix zouden de grond in geboord worden zodra zijn familie er lucht van kreeg.

En toch ben ik hier en ga ik mee in een plan dat gedoemd is om te mislukken.

Ze dwong zichzelf om op te staan en haar schoenen uit te schoppen. Daarna haalde ze diep adem, trok haar buik in en maakte zich klaar om te repeteren. Gelukkig had ze een ruime kamer, want dansen was de enige manier waarop ze zichzelf kon afleiden van de ramp die zich morgen onherroepelijk zou voltrekken.

Opeens had ze er alles voor over om weer in Milaan te zijn, op het podium, op de enige plek in de wereld waar ze thuishoorde.

De enige plek waar ze gewenst was.

De volgende ochtend werd er zacht op de deur geklopt en stond Estee op, nog versuft van de slaap. Gisteravond had ze zich uiteindelijk opgekruld in bed, met haar kussen tegen haar borst gedrukt. Ze had gedacht dat ze nooit de slaap zou kunnen vatten, maar na een hele poos was het toch gelukt. Alleen wilde ze dat ze iets langer had kunnen rusten.

Op haar horloge zag ze dat het al na negenen was en ze haastte zich naar de deur, hopend dat Felix haar nog niet kwam ophalen. In plaats daarvan zag ze een zilveren dienblad staan en deed ze de deur verder open om het te kunnen pakken. Waarschijnlijk had hij ontbijt voor haar besteld. Toen ze het dienblad voorzichtig op het bed neerzette en de cloche van de schaal tilde, zag ze een versgebakken broodje, jam en een heerlijk uitziend gebakje liggen. Met een glimlach stelde ze zich voor dat hij de menukaart van het hotel had uitgeplozen om iets voor haar te bestellen. Toen zag ze een envelop onder de schaal uit steken. Ze liet haar vingernagel onder het zegel glijden en haalde er een knisperend velletje papier uit.

Eet smakelijk, Estee. Ik zie je graag om twaalf uur beneden voor de lunch. Xx

Ze legde het briefje weer op het dienblad en kon het niet laten om het gebakje te pakken. Normaal gesproken lette ze heel goed op wat ze at, maar ze vond dat ze wel iets extra's verdiende nu ze met Felix' ouders moest kennismaken. Ze hoopte maar dat ze na het gebakje vol zou zitten, want het brood zag er ook verrukkelijk uit.

Na een uitgebreid bad dat niet echt hielp tegen de zenuwen, en nadat ze een hele tijd had getwijfeld over wat ze moest aantrekken, was Estee eindelijk klaar om naar beneden te gaan. Uiteindelijk had ze gekozen voor een mooie lavendelkleurige jurk met een smalle taille en had ze haar haar losjes vastgespeld, heel anders dan ze het normaal gesproken op het podium droeg. Ze wilde er elegant maar benaderbaar uitzien en had haar lippen deze keer niet rood gestift, maar warm roze. Toen ze nog een laatste keer in de spiegel keek, glimlachte ze naar zichzelf.

Ik kan dit. Ze zullen me geweldig vinden.

Net toen ze haar lippenstift en poederdoos in haar handtas stopte, werd er zacht op de deur geklopt. In zichzelf lachend liep ze ernaartoe. Dit was echt iets voor Felix, en ze was dolblij dat hij haar kwam halen. Het zou veel prettiger zijn om arm in arm met hem naar beneden te gaan, zeker aangezien ze zo nerveus was.

Met een glimlach zwaaide ze de deur open en zei: 'Kon je niet wachten om–'

'Estee, nietwaar?'

Haar woorden stierven weg op haar lippen. *Niet Felix, dus.* Ze probeerde te voorkomen dat haar mond openviel van verbazing en het kostte haar ondanks haar jarenlange ervaring moeite om een beheerste indruk te wekken.

'Ik zou wel willen vragen of ik hier bij de juiste kamer ben, maar daarvoor zou ik moeten doen alsof ik niet precies weet wie je bent.'

'Mevrouw Barbieri,' zei ze bedeesd. 'Ik had niet verwacht dat we elkaar op deze manier zouden ontmoeten.'

'Ik dacht dat we elkaar op weg naar beneden misschien beter konden leren kennen,' zei de vrouw koeltjes.

Estee kreeg er de rillingen van. 'Natuurlijk,' zei ze, terwijl ze probeerde niet over haar woorden te struikelen. 'Ik, eh... zal mijn kamersleutel even pakken.' Toen ze zich omdraaide, hoorde ze de deur niet achter zich dichtvallen en vroeg ze zich af of Felix' moeder haar voet ertussen had gestoken. Snel zocht ze haar sleutel en liet hem uit haar handen glippen alvorens hem weer op te rapen en in haar tasje te stoppen. Haar handen beefden en ze balde ze snel tot vuisten omdat ze niet wilde dat iemand zou zien hoe erg ze van slag was. De gewoonte uit haar kindertijd, om haar nagels in haar handpalmen te drukken, kwam meteen weer terug.

Toen ze zich omdraaide, zag ze zijn moeder glimlachen, maar er ging geen enkele warmte of vriendelijkheid van uit. In plaats daarvan zag ze alleen iets kils en berekenends. 'Estee, ik wil je graag aan iemand voorstellen,' zei ze met haar spitse wenkbrauwen hoog opgetrokken.

Estee stapte de hal in en voelde dat de moed haar in de schoenen zonk. Nee, dit was onmogelijk. Hoewel ze haar nooit eerder gezien had, wist ze precies wie de andere jonge vrouw was en voelde ze haar wangen gloeien van schaamte.

'Dit is Emilie. Mijn zoon zal je vast wel verteld hebben over zijn verloofde?'

Estees mond bewoog, maar er kwam niets uit.

Emilie, de vrouw van wie ze al wel honderd keer had geprobeerd zich een beeld te vormen sinds Felix haar had verteld dat hij voorbestemd was voor een ander, maar tegelijkertijd de vrouw aan wie ze uit alle macht had geprobeerd niet te denken, zag er net zo opgelaten uit als Estee zich voelde.

'Natuurlijk. Wat... Wat fijn om je te ontmoeten, Emilie.' Estee herstelde zich snel en slaagde er wonderwel in om te veranderen in de vrouw die ze op het podium was, de ballerina die er elke avond voor zorgde dat het publiek verliefd op haar werd.

Een volleerd artieste.

Ze schraapte haar keel en keek mevrouw Barbieri met opgeheven hoofd aan, weigerend om zich door haar te laten kleineren. 'Het was me een genoegen, maar ik denk dat ik maar terugga naar mijn kamer.'

De andere jonge vrouw zag eruit alsof ze wel door de grond kon zakken.

'Onzin,' zei Felix' moeder. 'Je wilt mijn verrassing voor mijn zoon toch niet bederven?' Ze pakte Estee bij haar arm en drukte haar nagels pijnlijk in de huid. 'Het wordt eens tijd dat mijn zoon leert de consequenties van zijn daden onder ogen te zien. Al moet ik toegeven dat het vrij ongebruikelijk is dat de aanstaande echtgenote kennismaakt met de maîtresse.'

Maîtresse?

In Estees ogen brandden tranen. Was ze daartoe verworden? Een maîtresse? Het enige waarvan ze altijd had gezworen dat ze het niet wilde zijn?

Ze zou moeten weigeren, ze zou de vrouw direct op haar nummer moeten zetten omdat ze dat woord had gebruikt, maar ze voelde zich volkomen overdonderd. Haar hoop was de grond in geboord zodra ze de deur had opengedaan en zijn moeder daar had zien staan. Verzetten had geen zin en trouwens, ze konden het maar beter achter de rug hebben. Ze was het aan Felix verschuldigd om hem een kans te geven, om hem te laten zien hoe zijn moeder omging met de vrouw van wie hij hield.

Er fluisterde een stemmetje in haar hoofd dat ervoor zorgde dat ze naar de andere vrouw in zijn leven keek, naar de verloofde die geen haar beter werd behandeld dan zij. *Houdt hij ook van haar? Heeft hij me al die tijd voor de gek gehouden? Heeft hij al die dingen ook tegen haar gezegd? Of is dit gewoon een wrede list van zijn moeder?*

Toen ze de trap af liepen, speurde ze angstvallig naar Felix. Daar stond hij, te praten en te lachen met een andere man, en die glimlach bleef op zijn gezicht liggen toen hij haar in het oog kreeg. Even maar, tot alle kleur uit zijn gezicht trok. Estee zag dat hij zich excuseerde en langzaam een paar stappen naar voren deed. De angst op zijn gezicht sprak boekdelen. Voor zijn moeder en verloofde had hij amper oog; in plaats daarvan keek hij Estee strak aan.

'Felix.' Zijn moeder liet haar eindelijk los en wenkte hem. 'Kom, stel me eens voor aan je vriendin. Of moet ik zeggen maîtresse?'

Snel liep hij naar hen toe en kwam beschermend naast Estee staan. 'Emilie, wat fijn om je te zien, zoals altijd,' zei hij met een kort glimlachje naar zijn verloofde.

Emilie knikte en Estee kon zien dat ze zich vreselijk slecht op haar gemak voelde, al leek ze gelukkig eerder opgelaten dan verscheurd door liefdesverdriet.

'Moeder, kan ik u even onder vier ogen spreken?'

Zijn moeder nam hem koeltjes op en Estee vroeg zich af hoe deze vrouw zo'n warme, vriendelijke man had kunnen grootbrengen. Misschien was ze niet altijd zo geweest. Uit ervaring wist ze hoe iemand door omstandigheden kon veranderen.

Voordat iemand nog een woord kon zeggen, kregen ze gezelschap van Felix' vader en een jonge man van wie Estee vermoedde dat het Felix' broer was. Zijn vader herkende ze nog van die eerste keer dat ze hem had gezien, na haar balletrecital toen ze twaalf was, en daarna nog eens, buiten de bakkerij.

'Ik denk dat we beter naar buiten kunnen gaan,' stelde zijn vader voor, terwijl hij de arm van zijn vrouw aanraakte. 'Dit is geen geschikte plek om familieaangelegenheden te bespreken.'

Het leek te werken, want ze knikte meteen en ze draaiden zich allemaal om om naar buiten te gaan, de felle zon in.

'Het spijt me vreselijk,' fluisterde Felix, die probeerde haar hand vast te pakken.

Estee trok haar hand echter terug en sloeg haar armen over elkaar. Niet omdat ze boos op hem was, maar ze dacht niet dat de situatie er beter op zou worden als ze elkaars hand vasthielden. Bovendien had ze medelijden met de jonge vrouw die hierin werd meegesleurd en wilde ze haar niet respectloos behandelen. 'Ga naar je verloofde toe,' mompelde ze. 'Dit is niet eerlijk tegenover haar. Ze verdient beter.'

Felix keek haar indringend aan, maar liep toen toch achter haar langs naar Emilie toe.

Ze sloeg hem gade terwijl hij met haar praatte, met zijn hand op Emilies onderrug zoals hij ook zo vaak bij haar deed. Er ging een steek van jaloezie door haar heen.

'Jongen, je hebt heel wat uit te leggen,' zei zijn vader toen ze uiteindelijk bleven staan, ver genoeg bij het hotel vandaan om door niemand afgeluisterd te kunnen worden.

Toen Felix naar voren stapte, prentte Estee zijn aanblik in haar geheugen. Was ze gisteravond maar vertrokken. Dan waren haar herinneringen aan hun tijd samen tenminste niet door zijn moeder bezoedeld.

'Nee, mamma heeft iets uit te leggen.' Felix ging met zijn rug naar zijn moeder toe staan. 'Dit weekend zouden we samen doorbrengen, met het gezin, zodat ik–'

'Emilie maakt deel uit van dit gezin,' onderbrak zijn moeder hem. 'Nietwaar, lieveling? Je hoort al bij onze familie sinds je nog klein was.'

'Papà, ik heb Estee uitgenodigd om haar officieel aan u voor te stellen,' vervolgde Felix.

Zijn moeder zag eruit alsof ze een rolberoerte zou krijgen omdat ze zo door haar zoon werd genegeerd.

'Er is al lang sprake van dat Emilie en ik met elkaar gaan trouwen, dat is waar, maar ik ben al jarenlang verliefd op Estee en ik kan haar niet uit mijn leven bannen omdat mamma en u namens mij een belofte hebben gedaan toen ik nog een kind was. Een belofte waar ik niets over te zeggen heb gehad en waar ik zeker niet aan gebonden ben.'

'Je begeeft je op glad ijs, jongen.' Zijn vader streek over zijn kortgeknipte baard. 'Onze families hebben zakelijke banden met elkaar. Dit gaat niet alleen om een huwelijk tussen twee mensen. Onze familie-eer staat op het spel.'

'Mijn besluit staat vast, papà,' zei Felix, alvorens zich tot Emilie te wenden. 'Het spijt me ontzettend, je had nooit zo gemanipuleerd mogen worden. We weten allebei dat er tussen ons geen sprake is van liefde, daar ben ik altijd eerlijk over geweest.'

'Wil je nou beweren dat je je verloving met Emilie wilt verbreken voor een danseresje? Voor een mooie verschijning die je maîtresse is sinds je haar op het podium hebt gezien? Is ze eigenlijk wel katholiek?'

Felix schudde zijn hoofd. 'Nee, mamma, ze is niet katholiek. Maar Estee is een van de beste ballerina's in heel Italië. Het zou een eer zijn als ze mijn vrouw wilde worden.'

'Had ik al gezegd dat Emilies familie hier ook is? Besef je wel wat dit betekent voor onze relatie met hen?' drong zijn moeder aan. 'Wat de gevolgen zullen zijn? We zijn hier om een trouwjurk voor haar uit te zoeken, niet om de bruiloft af te blazen!'

'Ik kan me jou nog herinneren,' zei zijn vader opeens tegen Estee, terwijl hij zijn armen over elkaar sloeg voor zijn uitpuilende buik. 'Jij komt toch uit Piëmont? Daar ben je toch vertrokken om in La Scala te gaan dansen?'

Estee knikte. 'Ja, dat ben ik.'

'En je bent al die tijd al verliefd op haar? Sinds ze nog in Piëmont woonde, toen je nog maar een jongen was?'

'Dat klopt,' zei Felix.

'Het spijt me, jongen. Hoe graag ik ook begrip zou willen opbrengen voor de situatie, je kunt niet weglopen voor je verbintenis met Emilie. Dat zou consequenties hebben voor onze hele familie. Maar misschien kunnen Emilie en jij wel bepaalde afspraken met elkaar maken. Dat gebeurt wel vaker–'

'Daar leen ik me niet voor, meneer Barbieri,' kapte Estee hem fel af, niet in staat nog langer haar mond te houden.

'Het was de bedoeling dat jullie Estee vandaag zouden leren kennen en dat ik zou kunnen uitleggen hoe–'

'Wat je ook wilt zeggen, wat ons betreft verandert het niets aan de situatie, jongen,' zei zijn vader abrupt. 'Je zult moeten bedenken of je dit, deze relatie, wilt doorzetten, of dat je deel van deze familie wilt blijven uitmaken.'

Bij het horen van dat ultimatum verstijfde Felix en kreeg hij een uitdrukking op zijn gezicht die Estee door haar ziel sneed. Dit had ze al verwacht, maar toch kwamen de woorden van zijn vader hard aan. Door voor haar te kiezen, zou Felix heel veel opgeven.

'Dan laat u me geen keus,' zei hij. 'In dat geval trek ik me terug uit het familiebedrijf. Ik ga met Estee trouwen, daar valt niet over te discussiëren.'

'Neem anders even de tijd om erover na te denken.' Zijn vader schudde zijn hoofd, alsof het nu pas tot hem doordrong dat hij zijn zoon kon kwijtraken en dat Felix zich niet door hem liet chanteren. 'Er is geen haast bij. Tegen de ouders van Emilie kunnen we gewoon zeggen dat je je niet goed voelt. Over dit soort dingen moet gepraat worden. Je moet je ervan bewust zijn wat je opgeeft als je ervoor kiest om dit huwelijk niet door te zetten.'

'Zou u me werkelijk verstoten?' vroeg Felix. 'Na alles wat ik voor de zaak gedaan heb?'

'Felix,' zei zijn moeder. 'Zou je je eigen familie de rug toekeren? Denk je daar echt over na? Voor dat... dat... danserésje? Deze *puttana*?'

Estees haren gingen overeind staan en ze besloot weg te lopen. Ze had genoeg gehoord, en het was niet eerlijk tegenover Felix als ze hier bleef staan en al die hatelijke woorden van zijn moeder over zich heen liet komen. 'Wil je met me mee?' vroeg ze zacht aan Emilie. Misschien zou ze een hekel aan haar moeten hebben, maar ze kon haar niet anders zien dan als een slachtoffer en ze voelde zich schuldig om haar eigen aandeel in deze toestand.

Emilie schudde haar hoofd.

Daarop knikte Estee begripvol, ook al was ze teleurgesteld omdat Emilie het gevoel had dat ze niet samen met haar kon weglopen. 'Het spijt me als ik je verdriet heb gedaan,' zei ze, zo zacht dat alleen Emilie het kon horen. Met die woorden liep ze weg, en ze hoopte met heel haar hart dat Felix achter haar aan zou komen.

Ze verwachtte tranen, maar die bleven uit. Zijn moeder mocht zichzelf dan beter vinden dan haar, vanwege haar zogenaamde status en haar geloof, maar Estee wist dat ze met opgeheven hoofd kon vertrekken. Voor alles wat ze bezat had ze hard gewerkt, ze was vriendelijk voor iedereen die op haar pad kwam en had heel veel liefde te geven, ook al was haar eigen moeder nog zo wreed voor haar geweest. Wat Felix' moeder ook zei, ze zou Estee nooit het gevoel kunnen geven dat ze niet goed genoeg was.

Estee had besloten om zichzelf op een lunch te trakteren. Pas een uur nadat ze bij Felix en zijn familie was weggelopen, ging ze weer naar boven, met haar sleutel in haar hand.

Naast haar kamerdeur zag ze een man zitten. Zijn hoofd rustte tegen de muur, zijn ogen waren dicht en hij had zijn knieën iets opgetrokken zodat hij niemand in de weg zou zitten.

Felix.

Ze ging langzamer lopen en nam hem in zich op tot ze vlak voor hem stond. Omdat hij zijn ogen niet opendeed, liet ze zich voorzichtig naast hem op de grond zakken. Ze stak haar hand naar hem toe en haakte haar vingers door de zijne.

'Ik dacht dat je weg was,' zei hij.

'Ik zou je nooit in de steek laten,' antwoordde ze, al durfde ze hem niet aan te kijken.

'Het spijt me zo erg wat ze hebben gezegd, wat mijn moeder–'

'Daar hoef jij je niet voor te verontschuldigen.' Eindelijk draaide ze zich naar hem toe en keek hem aan, waardoor ze meteen smolt. Het was duidelijk hoe verdrietig hij was en ze vond het vreselijk dat zij daar misschien een aandeel in had gehad. Met haar hand streek ze over zijn wang en langs zijn kaaklijn.

'Emilie had beter verdiend. Ik vind het vreselijk dat zij ertussenin zat,' zei hij, terwijl hij tegen haar hand aan leunde. 'Ze is een schat van een meid en ik had haar op mijn eigen manier over ons willen vertellen, onder vier ogen. Dat heeft mijn moeder me afgenomen. Ik kan nog steeds niet geloven dat ze van jouw bestaan afwist, dat ze wist dat je hier zou zijn. En ik maar denken dat we hen er tijdens de lunch mee zouden overvallen.'

Daar wist Estee niets op te zeggen. Het deed er niet toe hoe zijn moeder erachter was gekomen, het was nu eenmaal zo.

'Ik ben niet bang om mijn familie de rug toe te keren, Estee,' fluisterde hij. 'Voor jou zou ik dat doen. Zál ik dat doen.'

'Dat zou ik nooit van je vragen,' zei ze. 'Je moet weten dat ik altijd van je zal houden, maar dit hoef je voor mij niet te doen.'

Ademloos zag ze dat Felix iets uit de zak van zijn jasje haalde.

'Estee, ik heb deze ring gekocht op de dag nadat ik je op het podium in La Scala had gezien, jaren geleden,' zei hij terwijl hij haar het fluwelen doosje voorhield. 'Zelfs toen al wist ik dat ik nooit met Emilie zou kunnen trouwen. Jij bent de enige vrouw van wie ik ooit gehouden heb.'

Het liefst zou ze zich vergapen aan de diamant die hij voor haar had uitgekozen, want de gedachte daaraan liet haar al sinds gisteren niet meer los, maar in plaats daarvan legde ze haar hand op de zijne, over het doosje heen.

'Nee,' fluisterde ze. 'Dit is niet het juiste moment. Ik wil dat je me pas een aanzoek doet als je daar echt vrij in bent, als je de tijd hebt gehad om erover na te denken wat je wilt.'

Hij staarde haar boos aan, of misschien wel teleurgesteld, maar een paar tellen later liet hij het doosje alweer in zijn zak glijden. 'Mag ik je één ding vragen?'

Ze knikte. 'Natuurlijk.'

'Als ik jou eerst had gevraagd, had je dan ja gezegd?'

Plotseling sprongen de tranen haar alsnog in de ogen. 'Ja, Felix. Duizendmaal ja. Jij bent de enige die ik ooit heb gewild.'

Hij boog zich naar haar toe en zoende haar met meer hartstocht en verlangen dan hij ooit eerder aan de dag had gelegd.

'Niet doen.' Ze duwde hem een stukje bij haar vandaan. 'Niet hier.'

Felix stond op en hielp haar overeind.

Onhandig stak ze de sleutel in het slot en draaide hem om. Daarna liet ze bibberig haar adem ontsnappen en duwde de deur open. Zijn lichaam drukte van achteren tegen haar aan en gaf haar een geborgen gevoel. Toen ze zich omdraaide, keek ze hem recht in de ogen. Ze wilde hem vragen of hij zeker wist dat hij dit wilde, of hij echt deze stap wilde zetten, maar zijn blik sprak boekdelen.

Even bleven ze roerloos tegenover elkaar staan, tot Felix een stap naar voren deed en zijn armen om haar heen sloeg.

Ze liet hem begaan, vergat op slag alles wat ze die dag had meegemaakt en gaf zich over aan zijn lippen op de hare, zijn handen op haar huid.

'Estee...' zei Felix.

Maar ze liet hem niet uitpraten, ze sloeg haar armen om zijn nek om te voorkomen dat hij afstand nam.

Felix dreef haar achteruit en opeens tuimelden ze op het bed, in een kluwen van ledematen, terwijl zij de knoopjes van zijn overhemd losmaakte.

'Weet je dit zeker, Estee?' fluisterde hij.

Ze legde haar hand tegen zijn achterhoofd, staarde hem in de ogen en knikte. 'Ja.'

Dat liet hij zich geen twee keer zeggen.

24

Heden

Het was een perfecte avond geweest, waarop Lily Matthew en zijn familie alles over haar vader en hun gedeelde liefde voor wijn maken had verteld, maar nu had ze het gevoel dat het toch echt tijd werd om zelf wat vragen te stellen. Ze hadden haar al een heleboel verteld, maar ze had een leven lang aan vragen waar ze antwoorden op moest zien te vinden.

'Is mijn overgrootmoeder blijven dansen nadat ze mijn oma op de wereld had gezet?' vroeg ze toen Matthew alle wijnglazen nog eens bijschonk. Ze was vooral benieuwd hoe haar overgrootouders erin geslaagd waren om samen te blijven, ondanks alle obstakels die er waren geweest. Had Felix zijn dreigement waargemaakt en zijn familie de rug toegekeerd?

'Jazeker. Maar daarover vertel ik wel een andere keer,' zei Matthew. 'Vanavond wil ik je graag meer vertellen over onze familie en over wat dat recept voor ons betekent. Waarom mijn vader het nooit aan iemand heeft toevertrouwd, totdat hij zelf een gezin had.'

'En waarom ik zo schrok toen ik het vandaag zag,' viel Sienna hem bij. Zij was voor het eten komen binnenvallen, met de mededeling dat ze te nieuwsgierig was om weg te blijven. 'Dat kwam doordat ik een van de weinige mensen ben aan wie het recept is toevertrouwd, een van de mensen die het uit hun hoofd hebben geleerd zodat niemand het ooit van ons kan stelen.'

Lily wachtte af en wierp een blik op het recept dat op tafel lag. Ze had nooit kunnen denken dat een stukje papier met een oud recept erop zo belangrijk zou kunnen zijn, maar voor deze familie was het dat duidelijk wel.

'Jaren geleden is er een breuk ontstaan binnen onze familie, vanwege mijn vader. Jouw overgrootvader, dus,' legde Matthew uit. 'Daarna heeft zijn familie een van de succesvolste bedrijven ter wereld opgebouwd, maar wat ze ook probeerden, ze hebben mijn vaders recept, waarmee ze hier in Piëmont beroemd zijn geworden, nooit kunnen namaken.'

Lily zette grote ogen op. 'Dus ik heb een van de weinige exemplaren in mijn bezit?'

'Dit is het énige geschreven exemplaar, Lily,' zei Sienna. 'Het wordt al generatieslang mondeling doorgegeven, om ervoor te zorgen dat het niet in de verkeerde handen kan vallen. Daarom was ik ook zo verbaasd toen ik het zwart-op-wit zag staan.'

'Met dit recept hebben we ons eigen fortuin vergaard,' vulde Matthew aan. 'Het is geen imperium geworden dat zich kan meten met dat van de andere tak van de familie, maar genoeg om hun een doorn in het oog te zijn en om ervoor te zorgen dat wij allemaal een comfortabel leven kunnen leiden.'

Dan heeft Felix dus echt zijn familie de rug toegekeerd. Of zou er iets anders zijn gebeurd waardoor de familie uit elkaar is gevallen?

'Houden jullie het maar.' Lily schoof het papier bij zich vandaan, want opeens had ze het gevoel dat het niet aan haar toebehoorde. 'Het is niet mijn bedoeling om er iets mee te doen, of–'

'Dank je,' zei Sienna. 'We hebben het recht niet om dat van je te vragen, maar...'

'Ik was alleen benieuwd wat dit met mij te maken had.' Ze duwde het papier nog verder naar Sienna toe. 'Neem maar. Alsjeblieft. Het was alleen bedoeld als aanwijzing om jullie te vinden, dat weet ik zeker.'

'Dit recept...' Antonio leunde naar voren op zijn stoel. 'Hoe is dat zo'n groot geheim geworden? Of liever gezegd, waarom?'

'Het was aanvankelijk niet de bedoeling dat het geheim zou blijven,' vertelde Matthew. 'Mijn vader had iets geweldigs gemaakt, iets wat heel moeilijk na te maken was, en na wat er gebeurd was, weigerde hij het met zijn vader of zijn broer te delen.'

'En dat was dit recept?' vroeg Lily voor alle zekerheid.

'Inderdaad. Zijn hazelnootpasta bevatte precies genoeg chocolade om hem zoet te maken, zeker wanneer hij hem meebakte in het bladerdeeg. In die tijd was dat erg vernieuwend, en het is nog steeds razend populair in Italië.'

'Nadat hij uit het familiebedrijf was gestapt, bleef hij aan zijn hazelnootpasta werken en maakte hij er iets van wat mensen in een pot konden kopen voor thuisgebruik, precies zoals hij altijd had gewild,' zei Sienna. 'Daarop is ons familie-imperium gebaseerd. De pasta was jarenlang bij elk Italiaans huishouden in de kast te vinden, en laat dat op zakelijk gebied nou net het enige zijn waarover mijn vader en grootvader het niet met elkaar eens waren.'

Nu Lily Matthew zo hoorde praten, kon ze Felix en zijn familie bijna voor zich zien.

'Wij zijn een van de grootste afnemers van hazelnoten ter wereld, maar de andere tak van onze familie gebruikt er zelfs nog meer,' vertelde Matthew. 'Ze maken heel beroemde chocolaatjes, met een hele hazelnoot in het midden. Op een gegeven moment probeerden ze ervoor te zorgen dat mijn vader niet meer aan hazelnoten kon komen, dus wat deed hij?' Hij gebaarde naar het raam. 'Zelf hazelaars planten, op zijn eigen erf. Na verloop van tijd kocht hij steeds meer grond op, zodat hij in elk geval het grootste deel van de aanvoer veilig kon stellen. Als hij eenmaal ergens zijn zinnen op had gezet, liet hij zich nergens door weerhouden, en het bleek ook nog eens de ideale kweekbodem voor truffels te zijn.'

'Had hij ook een passie voor truffels?'

'Nou, nee, dat is mijn afdeling. Mijn hart ligt bij het produceren van witte truffels, voor restaurants in heel Italië en daarbuiten. Op die manier kan ik de nagedachtenis aan mijn vader in ere houden en toch doen wat ik zelf graag doe.'

Lily liet zijn woorden op zich inwerken. Het leek wel of hij haar levensverhaal beschreef, alleen had hij een manier gevonden om zowel het levenswerk van zijn vader voort te zetten als om zijn eigen dromen na te jagen en zijn eigen lot te bepalen. Het bezorgde haar tranen in haar ogen, want ze vroeg zich af waar het bij haar was misgegaan.

Maar ik ben dol op wijn maken, toch? Of heb ik gewoon oogkleppen opgehad omdat ik zo graag in de voetsporen van mijn vader wilde treden?

Snel knipperde ze haar tranen weg.

'Lily, waarom kom je morgen niet terug? Dan kunnen we verder praten,' stelde Rafaella voor. 'Het is voor iedereen een lange avond geweest. Misschien kunnen we morgen de rest van de familie uitnodigen, zodat je met hen kunt kennismaken.'

'Dat lijkt me geweldig.' Ze keek hen een voor een aan. 'Ontzettend bedankt, voor alles. Ik vond het een heel bijzondere avond.'

Onder de tafel zocht Antonio met zijn hand de hare en gaf er een geruststellend kneepje in.

'Dan zien we elkaar morgenavond weer,' zei Rafaella.

'Voordat je gaat, wil ik je nog iets geven.' Matthew liep de kamer uit en bleef een paar minuten weg, terwijl zij aanstalten maakten om te vertrekken.

Net toen Lily een knuffel aan Rafaella en Sienna gaf, kwam hij terug met een album onder zijn arm. 'Geef dit morgen maar weer terug,' zei hij. 'Volgens mij zul je het wel leuk vinden om het door te bladeren.'

Ze nam het van hem aan en gaf hem op beide wangen een

zoen. 'Dank je. Het betekent heel veel voor me dat je zo gastvrij voor me bent.'

Even later zaten ze weer in Antonio's auto en reden ze weg bij het huis. Opeens kon Lily haar tranen niet meer bedwingen. Ze probeerde te voorkomen dat Antonio het merkte, maar binnen de kortste keren zette hij de auto langs de kant van de weg, legde zijn vingers onder haar kin en hief haar gezicht naar hem op.

Toen hij haar tranen zag, spreidde hij zijn armen en hield haar vast terwijl ze uithuilde. 'Je hebt vanavond heel wat te verwerken gekregen, Lily,' zei hij, strelend over haar haar. 'Huil maar even lekker uit.'

Ze wilde hem vertellen dat ze om haar vader huilde, dat ze niets liever had gewild dan dat hij erbij was geweest, naast Matthew aan tafel, en dat ze samen hun verleden hadden kunnen ontdekken. In plaats daarvan liet ze zich gewoon vasthouden, tot ze uiteindelijk een beverige zucht slaakte en haar tranen wist te bedwingen.

Nadat Antonio haar had losgelaten, drukte hij nog een kus op haar knokkels en draaide hij de auto de weg weer op om terug te gaan naar het hotel.

De volgende dag wandelde Lily hand in hand met Antonio over de klinkerstraatjes. Alba was beeldschoon, op een typisch Italiaanse manier. Het stadje stond vol oude huizen met terracotta daken en ramen met luiken ervoor, tussen bars en winkels die eruitzagen alsof ze al honderden jaren bestonden. Op de bovenverdieping van veel van de panden bevond zich een smeedijzeren balkon, misschien van appartementen boven de cafés, en de straten stonden vol met mooie tafeltjes en stoelen, half overschaduwd door luifels.

'Zullen we ergens iets gaan eten?' vroeg Antonio.

'Ja, graag.' Ze glimlachte.

Even keek hij haar aan alsof hij niet goed wist wat hij moest zeggen, maar hij bleef haar hand vasthouden terwijl hij haar meetrok om de menukaarten die langs de straat stonden uitgestald te bekijken. 'Koffie of wijn?'

Toen ze op haar horloge keek, zag ze tot haar verbazing dat het al elf uur was. 'Koffie,' antwoordde ze. 'Daar ben ik wel aan toe.'

Een eindje verderop bleef hij staan. 'Dit lijkt me wel wat.'

Ze gingen zitten, maar hoe vaak ze haar blik ook over het menu liet gaan, de woorden bleven een waas omdat ze met haar gedachten ergens anders zat.

'Laat mij maar.' Antonio nam de menukaart van haar over.

'Dank je.'

'Frittata, of iets lichters?'

'Frittata,' antwoordde ze. Het was al uren geleden dat ze iets had gegeten, en ze was uitgehongerd.

Toen de ober langskwam, bestelde Antonio voor hen allebei een ristretto en een frittata, waarna hij achteroverleunde en haar onderzoekend aankeek. 'Hoe voel je je?'

'Prima.'

Hij wierp haar een blik toe alsof hij haar niet geloofde. 'En nu even serieus.'

'Ik voel me geschokt,' gaf ze toe. 'Ik had nooit gedacht dat die aanwijzingen daadwerkelijk iets zouden opleveren. En nu moet ik er de hele tijd aan denken dat ik zou willen dat mijn vader hier was, of dat mijn oma haar biologische familie had kunnen leren kennen.'

'Maar jij bent hier nu, Lily,' zei hij zacht. 'Voor hetzelfde geld was dat kistje samen met dat tehuis gesloopt en was de inhoud nooit gevonden. Soms moeten we geloven dat iets zo heeft moeten zijn.'

'Denk je dat het zo heeft moeten zijn dat ik hierheen ben gekomen en dit alles heb ontdekt?'

Antonio haalde zijn schouders op. 'Misschien. Ik wil alleen maar zeggen dat je er niet te diep over na moet denken en moet proberen in het moment te leven. Gun het jezelf om ervan te genieten dat je hier bent, in Italië, op een terrasje bij een heerlijk restaurant.'

Ze grijnsde plagerig. 'Met een knappe vent, vergeet je er nog bij te zeggen.'

Met een zelfverzekerde lach keek hij terug, alsof hij zich er prima bij op zijn gemak voelde om haar van goede raad te voorzien.

'Nou, wat gaan we vandaag doen?' vroeg ze. 'Ik heb behoefte aan afleiding, zodat ik er nog even niet aan hoef te denken dat ik straks met de hele familie ga kennismaken.'

Op dat moment werd de koffie gebracht, en ze snoof het sterke aroma op voordat ze haar kopje naar haar mond bracht, smachtend naar dat eerste slokje.

'Eerst gaan we eten, dan gaan we het centrum verkennen en daarna gaan we terug naar het hotel om te vrijen en uit te rusten.' Toen hij haar zag blozen, grijnsde hij. 'We leven vandaag, zonder ons druk te maken om morgen.'

'Hoe kun jij toch zo relaxed in het leven staan?' vroeg ze.

'Dat sta ik niet,' antwoordde hij. 'Je hebt zelf gezien hoe onrustig ik was rond de tijd dat er geoogst moest worden. Maar hier hebben we niets in de hand. Hier leven we gewoon in het moment en maken we plezier.'

Ze voelde haar telefoon in haar tas trillen, maar nam niet op. Wie het ook was, ze zou later wel terugbellen. Antonio had gelijk: ze moest in het moment leven en ervan genieten dat ze nieuwe mensen leerde kennen en dat haar familiegeschiedenis werd herschreven.

Haar eten werd haar voorgezet en ze pakte gretig haar mes en vork op. Tot nu toe vond ze de zoete Italiaanse ontbijtjes heerlijk, maar een frittata maakte een beetje goed dat ze al zo lang ze in Italië was niet haar geliefde roerei met champignons had kunnen eten.

Een uur later, toen Antonio stond te kletsen met een oude vriend die hij toevallig op straat was tegengekomen, slenterde Lily langs de winkels en pakte ze haar telefoon. Ze zag dat het haar moeder was geweest die haar gebeld had. Meteen belde ze terug, want ze wilde graag haar stem horen. Inmiddels zou ze al wel weer in Londen zijn. Het leek een eeuwigheid geleden dat ze samen hadden geluncht in Como, en opeens miste ze haar.

'Lily!' nam haar moeder enthousiast op.

Zodra Lily haar stem hoorde, sprongen de tranen in haar ogen. 'Hoi, mam.' Door de emoties kwam het er enigszins verstikt uit. 'Hoe gaat het?'

'Schat, wat is er?'

'Ik...' Ze haalde diep adem. Eigenlijk had ze haar moeder gisteravond al willen bellen, meteen nadat ze Matthew had leren kennen, maar om de een of andere reden had ze dat niet aangekund.

'Wat is er gebeurd? Ik wil alles horen. Ben je al iets wijzer geworden?'

Ze zag haar moeder al voor zich: thuis op de bank, met haar benen onder zich gevouwen. Daardoor voelde ze een vlaag van heimwee die ze niet meer gewend was nu ze al zo lang in het buitenland woonde.

'Ik weet niet goed waar ik moet beginnen,' gaf ze toe. 'Ik kan het zelf nog steeds niet geloven.'

'Je hebt iets gevonden, hè? Of iemand?' drong haar moeder aan.

'We hebben een hele familie waar we nooit iets van hebben geweten,' zei Lily uiteindelijk. Ze schraapte haar keel en slikte haar emoties weg. 'Ze hebben al die jaren geweten van oma's bestaan, maar hadden geen idee hoe ze haar konden vinden.

Het is gewoon zo onwerkelijk, en ik zou willen...' Haar stem stierf weg. Ze kon het niet hardop zeggen tegen de enige persoon die zou begrijpen hoe ze zich voelde.

'Je zou willen dat je vader nu bij je was,' vulde haar moeder voor haar in. 'Nu je je familie hebt gevonden, zou je willen dat hij hen ook kon leren kennen.'

Ze knikte, ook al kon haar moeder dat natuurlijk niet zien.

'Ik mis hem ook, liefje. Telkens wanneer er iets belangrijks gebeurt, telkens wanneer jij iets doet wat me trots maakt, is hij de eerste aan wie ik het zou willen vertellen. Volgens mij gaat dat nooit meer over.'

'Maar jij hebt Alan nu,' fluisterde Lily kleintjes.

'Je vader was de liefde van mijn leven, Lily,' zei haar moeder. 'Dat zal hij altijd blijven. Ik probeer gewoon te voorkomen dat het verlies van hem ervoor zorgt dat ik zelf geen leven meer heb. Dat wil niet zeggen dat ik niet meer van hem hou.'

Lily liet haar adem beverig ontsnappen en liep met de telefoon tegen haar oor gedrukt verder. 'Bedankt,' zei ze. 'Ik heb het al een hele tijd nodig om dat te horen.'

'Dan zou ik willen dat ik het eerder tegen je had gezegd.' Haar moeder viel even stil. 'Nou, vertel. Ik wil dat je niets achterwege laat.'

Lily glimlachte. 'Tja, eerlijk gezegd is er een man in beeld.'

'Een man?' De glimlach van haar moeder was bijna hoorbaar.

'Ja. Een heel knappe, charmante man. Ik heb geen idee of het meer kan worden dan een flirt, maar hij is gewoon...'

'Verrukkelijk?' vroeg haar moeder.

Lily keek om en zag dat Antonio op haar af kwam. Zijn lange passen zou ze net als zijn zelfverzekerde houding uit duizenden herkennen. Met één hand in zijn zak zag hij er heel nonchalant uit. 'Dat kun je wel zeggen,' beaamde ze. 'Trouwens, zonder hem was ik hier nooit terechtgekomen.' Ze aarzelde even en zwaaide naar hem. 'Oma heeft broers en zussen die nog leven, kun je dat geloven? En neefjes en nichtjes, bloedverwanten van papa en mij. Het is bijna niet te bevatten dat we nooit hebben geweten dat we zo'n grote familie hebben. Antonio heeft me geholpen wijs te worden uit de aanwijzingen. Daarna zijn we toevallig op de juiste bakkerij gestuit en viel alles gewoon op zijn plaats.'

'En nu? Blijf je nog een tijdje in Italië? Wil je dat ik naar je toe kom?'

Het was heel verleidelijk om haar moeder te vragen een vliegticket te boeken, maar ze wist dat ze dit in haar eentje moest doen. 'Ja, ik denk dat ik hier nog een poosje blijf, maar dat laat ik je nog wel weten. Ik mis je heel erg, mam, alleen denk ik toch dat ik dit beter alleen kan doen. Vind je dat goed?'

'Dat begrijp ik helemaal,' reageerde haar moeder. 'Maar beloof me dan wel één ding, oké?'

Lily glimlachte bij de gedachte aan de laatste belofte die ze haar moeder had moeten doen. 'Wat dan?'

'Als je verliefd wordt op deze man, beloof me dan dat je hem aan me zult voorstellen. Ik heb zo'n gevoel dat hij anders is dan zijn voorgangers.'

'Dat is hij ook,' zei ze, terwijl Antonio naast haar kwam lopen. Ze keek naar hem, bestudeerde hem, snoof hem op. 'Of misschien ben ik zelf wel veranderd. Eerlijk gezegd weet ik het niet goed, het is allemaal heel snel gegaan. Maar volgens mij is het te ingewikkeld om uit te kunnen groeien tot iets meer.'

'Als je er maar voor zorgt dat je me elke dag belt nu ik weer thuis ben,' zei haar moeder. 'Hou me op de hoogte over al die familieleden die je leert kennen, oké? En dat iets ingewikkeld is, wil niet zeggen dat het onmogelijk is, vergeet dat niet.'

'Ik hou contact, beloofd.'

'O, en Lily?'

Ze drukte de telefoon stevig tegen haar oor.

'Je vader zou heel trots zijn op de vrouw die je bent geworden. Soms, als ik alleen op bed lig, fluister ik nog tegen hem en vertel ik hem hoe mooi en succesvol je bent. Hij zou het geweldig hebben gevonden dat je daar bent, al weet ik zeker dat hij elke dag naar je kijkt en over je waakt.'

'Dat hoop ik dan maar.'

'Nou, ik weet het wel zeker. Dag, schat.'

Nadat Lily de telefoon weer had opgeborgen, draaide ze zich naar Antonio toe en glimlachte om het idee dat haar vader in gedachten bij haar was. Haar moeder had gelijk; hij had het geweldig gevonden dat ze in Italië was om onderzoek te doen naar hun afkomst en ze moest ophouden zich schuldig te voelen omdat zij hier wel was en hij niet. Ze kon hem niet meer terughalen, maar ze kon wel zijn familie leren kennen. Dat was het enige wat ze zelf in de hand had.

'Wat denk je van gelato?' vroeg Antonio, terwijl hij haar arm door de zijne haakte.

'Wat is dat nou weer voor vraag?'

'Zo mag ik het horen, want ik heb net gehoord dat hier om de hoek een tentje zit waar ze de lekkerste gelato hebben die je ooit hebt geproefd.'

Ze legde haar hoofd tegen zijn schouder en dacht onder het lopen terug aan de woorden van haar moeder.

Je vader was de liefde van mijn leven, en dat zal hij altijd blijven.

Doordat ze die woorden had gehoord en nu begreep dat zij niet de enige was die nog steeds om hem rouwde, was er op de een of andere manier iets in haar veranderd. Ze vond het vreselijk dat haar moeder nog steeds dat messcherpe verdriet voelde dat je op de gekste momenten overviel, maar daardoor voelde ze zich wel weer meer verbonden met haar. Misschien had ze al die jaren wel een bepaalde afstand tussen hen gevoeld omdat ze nooit echt begrepen had hoe haar moeder zich voelde.

'Chocolade, karamel-zeezout of pistache?'

Ze was zo opgegaan in haar eigen gedachten dat ze niet eens

had doorgehad dat ze al bij de gelateria waren aangekomen. 'Karamel-zeezout,' zei ze snel.

Antonio maakte een praatje met de man die de gelato in kleine bekertjes schepte en keek daarna haar aan. 'Je moet wel beloven om te delen,' zei hij met één wenkbrauw opgetrokken. 'Ik móést gewoon chocolade bestellen, maar karamel-zeezout...'

Ze haalde haar piepkleine lepeltje door het ijs, proefde genietend en bood hem vervolgens een hapje aan.

Hij likte het van het lepeltje en hield haar vervolgens een hapje van zijn ijs voor. 'En?'

'Die vriend van jou had gelijk. Dit is de beste gelato die ik ooit geproefd heb.'

Ze zei er niet bij dat ze vermoedde dat haar moeder ook gelijk had. Antonio was inderdaad anders dan zijn voorgangers, alleen wist ze nog niet goed wat dat te betekenen had en of Antonio's gevoelens voor haar ooit zouden kunnen veranderen in iets voor de lange termijn.

25

Bij het zien van de hoeveelheid auto's die er bij Matthews huis stond geparkeerd, voelde Lily een vlaag van paniek. Was ze er wel aan toe om al die mensen te leren kennen? Zo veel vreemde mensen, die zich op hun beurt sterk met haar verbonden voelden omdat ze al die jaren naar hun zus hadden verlangd?

'Als je wilt dat ik rechtsomkeert maak, hoef je het maar te zeggen,' zei Antonio gekscherend. 'Je ziet eruit als een bang konijntje.'

'Zo voel ik me ook!'

Hij bracht de auto tot stilstand en wierp haar een geruststellende blik toe. 'Het komt heus wel goed. Als je weg wilt, wanneer dan ook, dan hoef je het maar te zeggen en dan gaan we. Ik kan wel doen alsof ik buikpijn heb, of zo.' Met een onschuldige blik greep hij naar zijn middel.

Onwillekeurig schoot ze in de lach. 'Zou je dat voor me doen?'

'Voor jou wel. Nou, kom mee. Ze staan al te trappelen om je te ontmoeten.'

'Hoe weet je dat nou?' mokte ze.

Hij wees naar het huis. 'Het lijkt mij dat er daarom zo veel mensen met hun neus tegen het raam gedrukt staan.'

Toen ze zijn wijzende vinger volgde, drong het met een schok tot haar door dat hij gelijk had.

Hij pakte haar elleboog beet en duwde haar arm omhoog,

zodat ze slapjes zwaaide. 'Kom op, ze zullen je geweldig vinden.'

Ze hoopte maar dat hij gelijk had.

Hij had inderdaad gelijk gehad.

Bij een paar familieleden merkte Lily dat ze een beetje terughoudend waren, maar de rest ontving haar met open armen en na een paar minuten had ze het gevoel dat ze er altijd al bij had gehoord.

Er was ook iets bekends aan de uitgebreide maaltijd die er werd genuttigd. Die deed haar denken aan Antonio's familie en de gastvrije manier waarop ze haar ontvangen hadden. Ze glimlachte naar hem, dankbaar dat hij erbij was. Hij paste naadloos in het gezelschap en kletste honderduit over wijn, truffels en zelfs de hazelnootteelt.

'Zeg, Lily, hoe ben je eigenlijk in Italië beland?' wilde Matthew weten.

Ze nam even de tijd om haar mond leeg te eten, zich bewust van de nieuwsgierige blikken van hun overige familieleden. Matthew en Rafaella zaten tegenover haar, links naast haar zat Matthews zus Carla en zijn andere zus Magda zat iets verderop. De twee vrouwen leken iets minder spraakzaam, al wist ze niet of ze misschien gewoon niet zo vlot Engels spraken of dat ze wantrouwen jegens haar koesterden. Matthews broer leek meer op hem en was een stuk goedlachser, net als zijn vrouw.

'Mijn vader is op jonge leeftijd overleden, maar ik ben in zijn voetsporen getreden als wijnmaker,' legde Lily uit, terwijl ze hen een voor een aankeek en besefte dat iedereen aan tafel was stilgevallen. Alleen de kinderen aan de kleinere tafel ernaast waren nog aan het kletsen, zich niet bewust van wat de volwassenen aan het bespreken waren. 'We waren van plan om op een dag ons eigen wijnhuis te beginnen. Voordat hij overleed, zijn we uren bezig geweest om mijn toekomst uit te stippelen, ónze toekomst, en hadden we het over de plekken waar ik het vak zou moeten leren voordat we voor onszelf zouden beginnen. Hij stond erop dat ik naar Italië zou gaan.'

'Dus het was toeval dat je hierheen bent gekomen?' vroeg Rafaella.

'Ja en nee,' antwoordde Lily. 'Ik was altijd al van plan om nog eens naar Italië te gaan om wijn te maken en zo veel mogelijk over de productie van Franciacorta te leren, maar dat de aanwijzingen me ook hierheen leidden was puur toeval. Al zou ik er waarschijnlijk na verloop van tijd toch wel achteraan zijn gegaan, ook als ik hier niet voor mijn werk naartoe had gehoeven.'

Nu ze erover nadacht, was alles aan die twee aanwijzingen trouwens wel heel toevallig. Het feit dat ze in Londen was geweest ten tijde van de bijeenkomst, het feit dat ze de brief zelf had opengemaakt... Het leek wel of het lot haar een handje had geholpen, hoe vreselijk ze het ook vond om dat toe te geven.

'Toen je me over je moeder vertelde, verbaasde ik me over alle toevalligheden,' vervolgde Lily. 'Het idee dat ik in hetzelfde hotel in Como ben geweest, in dezelfde foyer waar zij ooit met Felix heeft gestaan, dat is...' Ze zuchtte. 'Het lijkt wel of alle puzzelstukjes op hun plaats vallen. Zelfs toen ik vanmiddag gelato at en met Antonio over straat wandelde, voelde het alsof het zo had moeten zijn.'

Antonio glimlachte naar haar en ze slaagde erin om niet te blozen. Telkens wanneer hij haar aankeek, trok haar buik samen en maakte haar hart een sprongetje.

'En je zegt dat er nog meer vrouwen waren die hun grootmoeder zochten?' vroeg Carla. 'Vond je dat niet een beetje, hoe zeg je dat, merkwaardig?'

Lily hoorde het wantrouwen in haar stem en nam nog een

slokje wijn voordat ze antwoord gaf. Het was geen onredelijke vraag, maar toch voelde ze zich er ongemakkelijk bij. 'Ik wil dat jullie weten dat ik niets van jullie verlang,' zei ze zo evenwichtig mogelijk. 'Ik ben hier alleen om de nagedachtenis aan mijn grootmoeder te eren.'

'Natuurlijk,' zei Matthew met een scherpe blik op zijn zus. 'Als jij maar weet dat je hier altijd welkom bent.'

'Dank je,' zei ze. 'Maar inderdaad, de manier waarop ik jullie heb gevonden is wel erg ongebruikelijk. Ik was die dag bijna niet naar dat advocatenkantoor gegaan, maar ik ben blij dat mijn nieuwsgierigheid toch de overhand heeft gekregen.'

Om haar heen kwamen de gesprekken langzaam weer op gang, en Sienna leunde naar haar toe, legde een hand op de hare en glimlachte vriendelijk. 'Ze draaien nog wel bij. Het is nogal wat, dus zal het wel even duren voordat ze het allemaal verwerkt hebben.'

'Dat weet ik.' Lily pakte haar vork en prikte wat in haar salade. 'Ik zou gewoon willen dat ik kon bewijzen dat ik geen bijbedoelingen heb.'

'De breuk die mijn grootvader in de familie heeft veroorzaakt is uitgegroeid tot een bittere familievete die tot op de dag van vandaag voortduurt,' legde Sienna uit. 'De rechtszaken gingen door totdat Felix en zijn broer allebei overleden en beide kanten van de familie een soort wapenstilstand sloten. Omdat er grote geldbedragen mee gemoeid zijn, zijn alle nakomelingen nog steeds erg op hun hoede. Daarom schrok ik ook zo toen je gisteren met dat recept naar me toe kwam.'

Lily knikte. 'Dat begrijp ik.'

'Onze familie is niet zo exorbitant rijk als de nazaten van Felix' broer, maar we hebben wel genoeg geld om dat te willen beschermen.'

Lily nam een hap salade en dacht over Sienna's woorden na. Ze hoopte dat het gewoon een kwestie van tijd was voordat ze hun vertrouwen zou winnen, maar ze hoopte ook dat het niet lang zou duren voordat ze zagen dat ze zelf ook succesvol was en in materieel opzicht niets van hen verlangde.

Het gesprek kwam op een ander onderwerp en Lily was blij dat Antonio zijn arm op de rugleuning van haar stoel legde. Lui leunde ze tegen hem aan, genietend van de vroege avondzon. De wijn was soepel naar binnen gegleden, maar nu werd ze slaperig en had ze best even haar ogen willen dichtdoen. Aan de Italiaanse manier van leven zou ze wel kunnen wennen: op het heetst van de dag een dutje doen en daarnaast genieten van heerlijk eten en wijn.

'Zullen we nog blijven, of wordt het tijd dat ik naar mijn maag grijp?' fluisterde Antonio in haar oor.

Lily kroop tegen hem aan en zuchtte. 'Dank je, maar dat hoeft niet. Ik denk dat we nog een tijdje blijven.'

'Mooi zo, want volgens mij had ik gelijk en mogen ze je allemaal graag.' Hij gaf haar een kus op haar wang.

Ze kantelde haar hoofd naar achteren en keek naar de strakblauwe lucht boven hen. Het zou wel een tijdje duren voordat deze hele familie haar zou accepteren, maar die tijd had ze. Als ze Roberto's aanbod om te blijven aannam, zou ze maanden of zelfs jaren de tijd hebben om haar familie te leren kennen en geleidelijk door hen geaccepteerd te worden.

'Al die jaren hebben mijn ouders hun dochter gezocht, en nu heeft hun achterkleindochter ons op de een of andere manier gevonden, helemaal vanuit Londen.' Matthew liep om de tafel heen en legde zijn handen op haar schouders. 'Het is bijna niet te geloven, vind je wel? Maar hier ben je dan.'

'Ik vind het vooral ongelofelijk dat jullie allemaal van het bestaan van mijn oma afwisten. In veel families zou zoiets geheim zijn gehouden,' merkte Lily op, terwijl hij er naast haar een stoel bij trok. 'Zijn ze echt hun hele leven naar haar blijven zoeken?'

Het viel weer stil aan tafel en Rafaella leunde naar voren, met haar blik op haar man gericht. 'Vertel het nou,' drong ze aan. 'Vertel wat jullie elk jaar deden. Ze moet weten hoeveel het voor jullie allemaal betekent dat deze zoektocht eindelijk ten einde is.'

26

Matthew veegde langs zijn ogen, leunde met zijn wijnglas in de hand achterover op zijn stoel en liet beverig zijn adem ontsnappen. 'Met Kerstmis brandden we elk jaar een kaarsje voor onze ontbrekende zus,' vertelde hij uiteindelijk. 'Onze ouders zeiden dan een gebed op waarin ze vroegen om op een dag met elkaar herenigd te worden en om vergiffenis vroegen. Toen wij wat ouder werden, deden we mee en mochten om beurten de kaars aansteken. Mijn ouders waren een prachtpaar. Ondanks alle tegenslagen die ze te verduren hadden gehad waren ze dolverliefd op elkaar, en we hadden ons geen betere ouders kunnen wensen. Maar tijdens kerst kon mijn moeder haar verdriet nooit verhullen. Dan voelden we allemaal het gemis van hun eerstgeborene, de zus die we nooit zouden leren kennen.'

Lily hoorde hem verdrietig aan. Ze kon zich amper voorstellen hoe vreselijk het was om een kind af te staan dat duidelijk in liefde was verwekt, zeker omdat Estee en Felix daarna op de een of andere manier weer bij elkaar waren gekomen. Hadden ze het gevoel gehad dat ze op de een of andere manier werden gestraft? Hoe had het zo kunnen lopen? Uit wat ze tot nu toe gehoord had, had ze begrepen dat Felix alles had willen opgeven voor zijn geliefde.

Ze keek naar de kinderen, die nu over het gras renden en zo te zien een ingewikkelde variant op tikkertje speelden. Van hun gelach werd je spontaan vrolijk. Dit was veel om te verwerken. Opeens had ze een grote familie waar niemand in haar leven ooit van had geweten; het soort enorme, uitbundige familie dat haaks stond op de manier waarop ze zelf was grootgebracht. Ze zag dat Antonio opstond en ging meedoen met de kinderen en een aantal van hun ouders.

Dit is het soort familie dat ik altijd gewild heb.

'Het vreemdste is nog wel dat jullie allemaal zijn opgegroeid in de wetenschap dat mijn grootmoeder bestond, maar dat zijzelf waarschijnlijk niet eens wist dat ze geadopteerd was. Ik denk echt dat ze het anders wel aan mijn vader verteld zou hebben.'

'Er heeft altijd iets ontbroken aan deze familie, en volgens mij had mijn vader het daar zelfs nog moeilijker mee dan mijn moeder,' vertelde Matthew. 'Ik denk dat hij het zichzelf kwalijk nam dat hij zijn familie niet eerder de rug heeft toegekeerd, dat hij niet eerder achter mijn moeder aan is gegaan. Als hij dat had gedaan, was ze nooit tot die wanhoopsdaad gekomen.'

'Mag ik vragen hoe ze weer bij elkaar gekomen zijn?' vroeg Lily. 'Wat is er gebeurd?'

'Ik denk dat dat voorbestemd was, net zoals jij ons nu gevonden hebt,' zei Matthew. 'Ze waren niet voor elkaar in de wieg gelegd, maar konden niet om elkaar heen.'

Lily liet haar blik langs de mensen aan tafel glijden. Langs Matthew en Rafaella, en langs Matthews broer en zussen, Carla, Magda en Silvio. Het verwonderde haar nog steeds dat dit haar familie was. Matthew was de jongste en zodoende had hij ook de jongste kinderen, maar de anderen hadden ook kinderen en kleinkinderen gekregen, die nu her en der op het terras en het gazon te vinden waren. Allemaal bloedverwanten van haar. Toch was Antonio degene die haar aandacht vasthield. Hij stond naar een boom toe gekeerd, met zijn handen voor zijn ogen geslagen hardop te tellen, terwijl een klein meisje met haar handen in haar zij naar hem stond te kijken alsof ze verwachtte dat hij zou valsspelen. Lily mocht haar meteen. Haar nichtjes vormden een zee van roze, maar dit meisje was gekleed in een zwarte tutu met stoere zwarte laarzen eronder.

'Hoelang zijn Antonio en jij al bij elkaar?' vroeg Rafaella, die tussen haar en Matthew in kwam zitten. 'Hij lijkt me heel aardig.'

'We hebben niet echt een relatie, maar...' Haar stem stierf weg. 'Sinds een paar maanden werk ik met hem samen, als assistent-wijnmaker in de wijngaard van zijn familie. In die tijd zijn we erg close met elkaar geworden.' Dat was niet echt een antwoord op Rafaella's vraag, maar ze hoopte dat ze er genoegen mee zou nemen.

'Ik heb de wijnhandel altijd interessant gevonden,' merkte Matthew op. 'Maar toen we deze lap grond vonden, kon ik van passie mijn werk maken. De hazelaars vormen de perfecte voedingsbodem voor de truffels, en we hebben er veel succes mee. Vooral onze witte truffels zijn populair.'

Ze zwegen even toen Antonio klaar was met tellen en de kinderen ging zoeken.

'Wat weet je precies van ons familiebedrijf, Lily?' vroeg Matthews zus Carla. 'Was het echt een verrassing voor je, of wist je al waar je overgrootvader beroemd om was?'

Voordat ze antwoord gaf, dacht ze aan Sienna's advies. 'Ik wist van niets, totdat ik hierheen kwam en jullie broer leerde kennen.'

'Genoeg!' Matthew sloeg met zijn vlakke hand op tafel. 'Wat zou mamma er wel niet van zeggen dat je Lily zoiets vraagt, nu we haar eindelijk gevonden hebben? Stop hiermee, nu meteen.'

Carla was misschien wel vijftien jaar ouder dan Matthew en ze stond op en liep mopperend weg.

'Trek het je maar niet aan.' Rafaella gaf een kneepje in haar hand. 'Volgens mij is dit een grote schok voor haar.'

'Voor mij ook,' gaf Lily toe. 'Toen ik mijn vader verloor, had ik alleen mijn moeder nog. En nu blijkt dat we een hele familie hebben, in Italië nota bene.' Ze schudde haar hoofd. 'Toen ik dat kistje in ontvangst nam, had ik nooit kunnen denken dat het volgen van die aanwijzingen zo belangrijk voor me zou zijn.'

'Onze familie is jouw familie, Lily,' zei Matthew plechtig. 'Je bent hier altijd welkom, zo lang je maar wilt. Het zou me een genoegen zijn om meer te weten te komen over mijn oudste zus en mijn neef.'

Antonio kwam met een glimlach weer bij hen staan en Lily schonk een glas water voor hem in. Geamuseerd zag ze dat hij het in één keer naar binnen klokte.

'Die kinderen zijn wel vermoeiend, zeg,' bromde hij. 'Ik denk dat ik me de rest van dit bezoek maar beter kan verstoppen.'

Ze schonk nog wat water voor hem in en legde haar hand op zijn dij toen hij op de lege stoel links van haar ging zitten. Het was fijn om hem erbij te hebben, ze had geen idee hoe ze dit in haar eentje had moeten doen. Carla's opmerking had haar van haar stuk gebracht, maar toch begreep Lily haar wel. Ze wisten immers niets van haar. Zelf zou ze ook achterdochtig zijn geweest.

'Ik stel voor dat we nog een fles wijn opentrekken.' Matthew stond op, zwaaide naar een van zijn kinderen en riep iets in het Italiaans. 'Op die manier kan ik je nog even hier houden en kun je me over je grootmoeder en je vader vertellen. Ik wil alles weten.'

Antonio zat er ontspannen bij op zijn stoel, met zijn benen bij de enkels over elkaar geslagen, en Matthew leunde verwachtingsvol naar haar toe. Dus begon Lily te vertellen over haar oma, want als ze over haar vader begon, zou ze nooit meer kunnen ophouden. En naarmate de uren verstreken kreeg ze Matthew eindelijk zover dat hij meer blootgaf over Estee en hoe de adoptie tot stand was gekomen.

27

Het Comomeer, 1946

Estee werd wakker toen de zon door het raam van de hotelkamer naar binnen viel, en de geur van koffie zorgde ervoor dat ze haar hoofd van het kussen ophief. Met het laken tegen haar borst gedrukt ging ze rechtop zitten. Het katoen voelde onwennig aan tegen haar huid; normaal gesproken droeg ze in bed altijd een zijden nachthemd. De herinneringen aan de vorige avond kwamen weer naar boven en ze was blij dat ze even de tijd had om haar gedachten op een rijtje te zetten, want Felix zat met zijn rug naar haar toe aan het schrijftafeltje.

'Goedemorgen,' zei hij, zonder op te kijken.

'Goedemorgen,' reageerde ze, en ze wilde dat de koffie niet zo ver bij haar vandaan stond. Ze wist niet goed wat hij aan het doen was en strekte haar hals om het te kunnen zien.

Na een tijdje stond Felix op en liep met een dubbelgevouwen vel papier in zijn hand naar haar toe.

'Wat ben je vroeg op,' zei ze.

Hij ging naast haar op het bed zitten en drukte een kus op haar haar. 'Ik wil iets aan je geven.'

'Wat dan?' Estee pakte het vel papier aan, vouwde het open en las de woorden die hij zorgvuldig had opgeschreven.

'Dit is het recept van mijn hazelnoot-chocoladepasta,' legde hij uit. 'Ik heb hard gewerkt om het precies goed te krijgen en ik ben de enige die het kent. Tot nu toe bestond het alleen in mijn hoofd, maar ik wil het graag met je delen.'

Ze vouwde het papier weer dubbel. 'Wat wil je dat ik ermee doe?'

'Zie het als een belofte.' Hij pakte haar hand vast. 'Ik vertrouw dit aan je toe, omdat dit recept mijn manier is om zelf succesvol te kunnen worden. Mijn vader kan chocolade en gebakjes blijven maken, maar het recept voor deze pasta zal hij nooit te weten komen. Jij bent de enige met wie ik het ooit zal delen. Ik heb ook het recept opgeschreven voor mijn versie van saccottini al cioccolato, gevuld met mijn hazelnootpasta.'

Estee knikte, onder de indruk van het vertrouwen dat hij in haar stelde. 'Dus je gaat je familie echt de rug toekeren? En je verloofde?'

Hij bracht haar hand naar zijn lippen. 'Ja. Ik meende het toen ik zei dat ik voor jou bereid ben om alles op te geven. Alleen heb ik wel even de tijd nodig om wat zaken te regelen, dus ik hoop dat je op me wilt wachten.'

Estee was sprakeloos. Na wat er met zijn familie was gebeurd en nadat ze de nacht met elkaar hadden doorgebracht, was dit bijna niet te bevatten. 'Zal je familie vanochtend niet naar je op zoek gaan?' vroeg ze. 'Zal de familie van Emilie je niet verwachten?'

Felix boog zich naar haar toe en gaf haar een zoen. 'Laat dat maar aan mij over. Beloof me alleen dat je het recept op een veilige plek zult bewaren. Op mij na ben jij nu de enige persoon die het heeft. Als mij iets overkomt, mag je het aan niemand geven.'

'Dat beloof ik,' zei ze.

'Zul je op me wachten?' vroeg hij. 'Het kan wel een paar maanden duren om mezelf los te maken van mijn aanstaande schoonfamilie en het bedrijf, maar ik beloof dat ik terugkom naar Milaan, naar jou.'

'Ik moet toch repeteren en de rest van het seizoen afmaken,' zei Estee. 'Daar kan ik me zo lang wel mee bezighouden.'

'Mag ik je nog één ding vragen?'

Ze knikte. 'Natuurlijk. Wat je maar wilt.'

'Mag ik deze ring om je vinger schuiven?'

Ze schoot in de lach toen hij met een grijns op zijn gezicht de ring tevoorschijn haalde. Nadat ze haar vinger had uitgestoken, schoof hij de ring erom en bewonderde ze de enkele schitterende diamant in het licht. 'Zo kan ik hem niet dragen, niet tot je vrij bent om me een aanzoek te doen. We mogen die arme Emilie niet nog erger in verlegenheid brengen dan we al gedaan hebben.' Met een zucht deed ze de ring weer af. 'Maar ik zal hem om mijn hals dragen tot je bij me terug bent, als bewijs van onze liefde voor elkaar.'

'Ik begrijp het. En voor de goede orde, ik vind het vreselijk dat ik Emilie heb gekwetst. Ze had hier nooit bij betrokken mogen raken. Ik had de verloving al lang geleden moeten verbreken.' Hij nam de ring van haar aan en maakte het sluitinkje van haar halsketting open. Nadat hij de ring eraan had gehangen en haar de ketting weer had omgedaan, drukte hij fluisterzacht een zoen in haar nek.

Ze liet hem begaan en hield haar hoofd opzij toen hij een spoor van kusjes naar beneden trok. 'Je moet gaan,' fluisterde ze.

'Ik weet het, maar het maakt vast niet uit als ik nog een uurtje langer wegblijf.'

Estee moest er niet aan denken wat zijn familie over haar zou zeggen, wat ze zouden denken als ze hem gingen zoeken of hem op dit tijdstip uit haar kamer zagen komen, in dezelfde kleren als gisteren. Hoe langer hij haar zoende, inmiddels vlak boven haar decolleté, hoe moeilijker ze echter weerstand aan hem kon bieden.

'Als dit allemaal achter de rug is, trouwen we in besloten kring. Jij wordt de beroemde ballerina, ik de beroemde bakker. Heel Milaan zal ons kennen, misschien zelfs heel Italië.'

'Dat klinkt goed,' fluisterde ze, terwijl ze op haar rug ging liggen en hem met zich meetrok tussen de lakens. 'De bakker en de ballerina.'

'Beloof me dat je op me zult wachten. Hoelang het ook duurt voordat ik alles geregeld heb, ik kom naar je toe. Daar kun je van op aan.'

'Ik beloof het,' fluisterde ze terug.

Nadat Estee afscheid had genomen van Felix met een langgerekte zoen en de belofte op hem te wachten, voelde het alsof er een last van haar schouders was gevallen. Deze nacht met Felix had alles veranderd, net als de ring om haar hals. Instinctief tastte ze ernaar. Het gewicht stelde haar gerust, het herinnerde haar aan de beloftes die hij haar had gedaan.

Soms vroeg ze zich af of het altijd voorbestemd was geweest dat ze elkaar zouden ontmoeten, of hun levens altijd op ramkoers met elkaar hadden gelegen. Al die jaren dat ze naar hem had verlangd, had de afstand tussen hen onoverbrugbaar geleken.

De taxi deed er meer dan een uur over om bij haar appartement in Milaan te komen en het grootste deel van de rit bracht ze met haar hoofd tegen het raampje geleund door, terwijl de wereld aan haar voorbijtrok. Een tijdlang werd het landschap gedomineerd door wijngaarden, en langs de weg zag ze dat boeren enorme manden met perziken te koop aanboden. Het water liep haar in de mond.

Al snel lieten ze de weelderige natuur weer achter zich en waren ze terug in Milaan. Toen ze uitstapte en de chauffeur bedankte, voelde ze zich meteen thuis. De straatklinkers onder haar voeten, de geur van de stad en de geluiden van de mensen die hun eigen gang gingen… dit was al heel lang haar leven. Ze was nooit meer terug geweest in Piëmont, zelfs niet voor een vakantie, niet nadat ze was aangenomen op de dansacademie en bij haar tante was ingetrokken. Zodra ze het zich had kunnen veroorloven, was ze met Sophia op zichzelf gaan wonen.

Ze liep de trap op naar haar appartement, duwde de deur open en keek om zich heen. Alles was zo vertrouwd, maar toch voelde het niet meer hetzelfde sinds Sophia er niet meer was. De deur van de slaapkamer van haar vriendin hield ze normaal gesproken dicht, omdat ze niet geconfronteerd wilde worden met haar persoonlijke spulletjes, de geur van haar parfum of het bed waar ze zo vaak samen in hadden gelegen om over hun dromen en plannen voor de toekomst te praten. Sophia's familie was omgekomen in de oorlog, dus had Estee na haar overlijden alles moeten regelen.

Sinds Felix weer in haar leven was, had ze nauwelijks nog aan Sophia gedacht, en ze nam het zichzelf kwalijk dat ze haar vriendin zomaar uit haar hoofd had gezet. Jarenlang was Sophia alles voor haar geweest, maar soms was het nu eenmaal makkelijker om er niet meer aan te denken, om niet meer bezig te zijn met het verdriet.

Kon ik je maar over Felix vertellen. Kon ik je mijn ring maar laten zien!

Ze duwde de deur van Sophia's kamer open. De geur van haar parfum drong haar neusgaten binnen toen ze op het bed ging zitten, de ring van haar halsketting haalde en die voorzichtig om haar vinger schoof. 'Hij wil dat ik met hem trouw, Sophia,' verzuchtte ze terwijl ze naar de diamant staarde. 'Hij wil dat ik zijn vrouw word.'

Het voelde nog steeds onwerkelijk. Nadat ze nog een tijdje zo had gezeten, ging ze naar haar eigen kamer en haalde een mapje met belangrijke papieren uit de lade van haar nachtkastje. Haar paspoort zat erin, samen met de brief waarin stond dat ze officieel was aangenomen op de dansacademie en het programmaboekje van toen het theater was heropend. Ze stopte er het recept bij dat Felix haar gegeven had en schoof de lade weer dicht. Daarna keek ze nog eens naar de ring. Ze was echt van plan om die weer om haar nek te hangen, maar aangezien niemand haar hier kon zien, kon het vast geen kwaad als ze hem een avondje om haar vinger hield.

Wat zou Felix nu doen, vroeg ze zich af, terwijl ze iets comfortabelers aantrok en nog wat rekoefeningen deed voordat ze iets te eten zou maken. Morgen zou ze weer in de balletstudio staan en nadat ze een paar dagen weg was geweest, wilde ze geen gespannen en stijve indruk maken.

Ze legde haar hand op haar buik en bedacht dat ze beter niet zo veel had kunnen eten toen ze met Felix samen was… al had ze er geen moment spijt van.

28

Acht weken later

Estee rende het podium af. Tijdens het optreden had ze zichzelf kunnen inhouden, omdat ze weigerde onprofessioneel over te komen. Nu wilde ze echter alleen maar zo snel mogelijk naar haar kleedkamer.

Zelfs dat redde ze niet.

Ze klapte dubbel, griste een prullenmand bij een van de andere kamers weg en gooide haar complete maaginhoud eruit. Even bleef ze staan, nog steeds voorovergebogen, wanhopig proberend om zichzelf weer in de hand te krijgen. Uiteindelijk rechtte ze haar rug en liep met de prullenmand naar haar kleedkamer. Daar moest ze meteen weer overgeven. Ze proefde gal en haar huid voelde warm en klam aan. Zo beroerd had ze zich nog nooit gevoeld, en het werd met de dag erger. Deze week had ze elke avond rennend het podium moeten verlaten, en de week daarvoor was het niet veel beter geweest. Zelfs water leek ze nauwelijks binnen te kunnen houden.

'Gaat het, Estee?' Er werd zacht op de deur geklopt en een van de andere ballerina's stak haar hoofd naar binnen.

'Ja, het gaat wel, ik moet alleen even bijkomen.'

'Weet je zeker dat je niets ernstigs onder de leden hebt? Je bent nu al meer dan een week–'

'Het gaat prima,' beet Estee haar toe, zonder zich om te draaien. Met wit uitgeslagen knokkels klemde ze de prullenmand vast tot de deur eindelijk dichtging. Toen braakte ze nog eens, en nog eens. Toen ze eindelijk zeker wist dat er niets meer in haar maag zat, zette ze de prullenmand neer en liep op onvaste benen naar haar stoel, waar ze het glas water oppakte dat ze daar eerder had klaargezet. Met trillende handen nam ze een paar kleine slokjes.

Ze staarde in de spiegel en herkende zichzelf amper. Omdat ze zich zo lang had moeten inhouden en zich daarna zo ziek had gevoeld, zag ze er gespannen uit, met donkere kringen onder haar ogen. Van haar gebruikelijke levenslust was niets te zien. De afgelopen weken had ze nog meer van zichzelf gevergd dan anders. Ze had zich volledig op het dansen gestort om maar niet te hoeven denken aan Felix en hoelang het zou duren voordat hij terugkwam. Maar ze wist ook wel dat dat niet de reden was dat ze zich zo ellendig voelde.

Er werd weer op de deur geklopt, deze keer zachter, en in de spiegel zag ze dat haar visagiste binnenkwam. Jarenlang had ze haar eigen make-up verzorgd, maar inmiddels hadden zij en een aantal andere ervaren danseressen de luxe van een assistente, en ze was erg op Marta gesteld.

'Moest je weer overgeven?' Marta zette de prullenmand buiten de deur neer, liep naar Estee toe, legde haar handen op haar schouders en keek haar in de spiegel aan.

Estee knikte. 'Het gaat alweer. Als jij me nou gewoon even oplapt, dan–'

'Er wordt door de andere meisjes over je gepraat,' merkte Marta op. 'Je weet dat het soms net aasgieren zijn.'

Terwijl Estee haar rug rechtte, moest ze een nieuwe golf van misselijkheid onderdrukken. 'Niemand neemt mijn plek in,' zei ze. 'Het gaat prima met me, zoals altijd.'

Marta knikte en ging voor haar staan om haar gezicht te poederen, de donkere kringen onder haar ogen weg te werken en nieuwe felrode lippenstift aan te brengen.

Estee onderging het allemaal met een kaarsrechte rug, terwijl ze zich schrap zette voor het komende uur op het podium.

'Estee, zou het misschien kunnen dat je...' Marta deed een stap naar achteren en wierp een blik op de buik van Estee. '... zwanger bent?'

'Zwanger?' herhaalde Estee ademloos, terwijl ze Marta's blik volgde. Verschrikt legde ze haar hand tegen haar buik. Was ze daarom aangekomen, ondanks het vele overgeven? Had de kleermaakster daarom zachtjes gemopperd dat ze haar kostuum moest uitleggen? Ze had gedacht dat ze iets onder de leden had, of dat ze misschien iets verkeerds had gegeten.

'Mijn zus was ook zo misselijk toen ze in verwachting was, dus ik vroeg me gewoon af...'

Estee deed haar ogen dicht en greep de armleuningen van haar stoel vast. 'Nee, dat kan niet,' zei ze. 'Er is geen... Ik bedoel, ik kan niet...'

Snel leunde Marta naar voren om Estees ogen te betten. 'Niet huilen. Niemand kan je ervan weerhouden om dat podium op te gaan, weet je nog? Niet tijdens je laatste week.'

Met een knikje slikte Estee, in een poging het verpletterde gevoel dat Marta's opmerking teweeg had gebracht te verdringen. Hoe kon ze zo naïef zijn geweest? Waarom had ze niet doorgehad wat er aan de hand was? 'Alsjeblieft, Marta, je mag er niets over zeggen,' smeekte ze, terwijl ze haar pols beetpakte. 'Ik kan je toch wel vertrouwen?'

'Natuurlijk, Estee. Bij mij zijn je geheimen veilig.' Toen er een scherp signaal door de gang galmde, drukte ze een kus op Estees hoofd. 'Goed, het doek gaat zo op. Je ziet er beeldschoon uit, zoals altijd.'

Estee stond op en moest even de stoel vastgrijpen omdat de kamer om haar heen leek te tollen, maar ze herstelde zich snel en trok haar gezicht weer in de plooi.

Ik ben zwanger.

Die woorden echoden door haar hoofd terwijl ze de kleedkamer uit liep, zonder acht te slaan op het gefluister van de andere ballerina's.

Het zou niet lang meer duren voordat haar geheim uitlekte, maar niets kon haar ervan weerhouden om dit seizoen af te maken. Dit was haar droom, hiervoor was ze in de wieg gelegd, en zelfs een baby die voor de wereld verborgen moest blijven kon daar geen verandering in brengen.

Voorlopig niet, althans.

De enige aan wie ze het zou vertellen was Felix, maar zelfs dan alleen onder vier ogen. Als iemand erachter kwam, zou haar carrière voorbij zijn. Ze zou hem schrijven om te vragen of ze iets konden afspreken. Dan konden ze samen bedenken hoe ze dit moesten aanpakken.

Het publiek werd muisstil toen ze stond te wachten tot het doek weer opging. Zodra het orkest de muziek inzette, werd ze weer Estee de ballerina en was ze er alleen op gericht om te overleven tot het doek opnieuw viel.

Rusteloos ijsbeerde Estee door haar appartement. Felix was te laat.

Een week geleden had ze hem geschreven en gevraagd of hij voor de middag wilde komen. Maar behalve een brief die ze de week na hun verblijf in Como had ontvangen, had ze niets meer van hem gehoord. Vanavond was haar laatste voorstelling en ze had geen idee hoe het nu verder moest.

Ze legde haar hand tegen haar buik en voelde de lichte bolling die door haar ranke figuur amper nog te verhullen viel nu ze al tweeënhalve maand zwanger was.

Waar blijft hij?

Ze ging zitten en tuurde uit het raam naar beneden, naar elke man die voorbijliep. Maar hij was nergens te bekennen. Er borrelde angst in haar op, ook al wist ze dat die ongegrond was. Hij had haar gevraagd om te wachten, hij had gezegd dat hij niet wist hoelang het zou duren. Normaal gesproken zou ze zich geen zorgen hebben gemaakt, maar nu was er een baby op komst.

De baby.

Ze stond weer op en ijsbeerde verder, met een blik op de grote wandklok die langzaam de seconden van de middag wegtikte. Het had geen zin, hij kwam niet. Ze voelde dat er iets mis was, dat ze Felix' knappe gezicht die middag niet zou zien, dat hij niet breed glimlachend haar buik zou omvatten als hij tot de ontdekking kwam dat ze een kindje zouden krijgen.

Estee liep de keuken in en keek in het kastje. Ze wist dat ze iets te eten voor zichzelf zou moeten maken, maar ze kon zich er niet toe zetten. Bovendien was het al aan de late kant om nog iets te eten voordat ze het podium op moest. Vanavond was de slotavond, wat betekende dat ze nog één avond had om te bedenken wat ze ging doen. Hierna zou ze een poosje vrij zijn voordat de repetities voor het volgende seizoen begonnen, maar daarna zou ze iets moeten verzinnen om haar afwezigheid te verklaren. Als ze drie of vier maanden zwanger was, zou ze dat nooit voor de andere danseressen verborgen kunnen houden. Ze waren het immers gewend om elkaar elke dag vrijwel naakt te zien.

Uiteindelijk trok Estee een warme jas aan en maakte ze met opgeheven hoofd maar met tranen in haar ogen de vertrouwde wandeling naar La Scala. Aan de situatie met Felix kon ze niets veranderen. Misschien was er iets tussen gekomen of misschien was hij helemaal niet meer van plan om terug te komen, hoewel ze die gedachte onverdraaglijk vond. Felix hield van haar, dat wist ze, maar het was niets voor hem om niet te komen opdagen, zeker aangezien ze had geschreven hoe belangrijk het was dat hij naar haar toe zou komen.

Eenmaal in het theater liep ze meteen naar haar kleedkamer, waar ze haar spieren opwarmde voordat ze aan de repetitie begon. De avond ging in een waas aan haar voorbij, tot het eindelijk tijd was om zich na de voorstelling weer in haar kleedkamer terug te trekken. Gelukkig was ze sinds een paar dagen een stuk minder misselijk, maar ze was doodmoe en moest even tot zichzelf komen voordat ze samen met de andere meisjes het einde van het seizoen zou kunnen vieren. Soms had ze het gevoel dat de anderen stonden te popelen tot ze een fout maakte of geblesseerd raakte, omdat ze stuk voor stuk hogerop wilden komen en een grotere rol wilden bemachtigen. Op dit soort momenten waren ze echter als familie voor haar. Als er iets te vieren viel, moest ze daarbij zijn.

Haar kleedkamer stond vol met bloemen, nog meer dan anders omdat het hun laatste voorstelling was geweest. Eén bos in het bijzonder viel haar op. Het waren witte rozen met lange stelen en aan het boeket was een grote envelop bevestigd. Ze liep de kamer door en maakte de envelop open, terwijl ze de bloemen bewonderde. Er viel een stapeltje bankbiljetten uit dat op de grond belandde en ze bukte zich om ze op te rapen, stomverbaasd dat iemand haar geld had gestuurd.

Zodra ze naar de begeleidende brief keek, zonk de moed haar echter in de schoenen en ontsnapte haar een snik.

Lieve Estee,

Ik schrijf dit met een zwaar gemoed. Ondanks mijn belofte om mijn verloving te verbreken, ben ik tot het besef gekomen dat ik de belofte die ik Emilie en mijn familie heb gedaan in ere moet houden. Estee, ik zou willen dat het anders was geweest, dat ik mijn familie de rug kon toekeren en een nieuw leven met jou kon opbouwen, maar ik kan alles wat ik ooit heb gekend niet in de steek laten. Hoeveel ik ook van je hou, we kunnen gewoonweg niet samen zijn.

Ik zal je nooit, maar dan ook nooit vergeten en ik koester de tijd die we samen hebben doorgebracht. Neem alsjeblieft het bijgesloten geld van me aan, als mijn manier om te laten zien hoe erg het me spijt.

Liefs, Felix

'Nee!' schreeuwde ze. Ze verfrommelde de brief, smeet de prop door de kamer en liet zich op de grond zakken. Haar handen gingen naar haar buik en het geld glipte tussen haar vingers door en dwarrelde om haar heen neer.

In haar ogen welden tranen op en de woorden in zijn brief gingen keer op keer door haar hoofd. Hoe kon hij haar dit aandoen? Hoe kon hij zijn belofte aan háár verbreken?

In de gang hoorde ze mensen lachen en ze dwong zichzelf om op te staan, want ze wilde niet dat iemand haar zo in de put zou zien. In plaats daarvan wierp ze een blik in de spiegel, veegde snel haar tranen weg en trok haar kamerjas aan, die ze losjes dichtknoopte om de aandacht niet op haar middel te vestigen.

Felix komt niet. Hij heeft me in de steek gelaten.

Vanavond zou ze haar opwachting maken op het feest en met de andere dansers vieren dat ze een geslaagd seizoen achter de rug hadden. Daarna zou ze haar spullen pakken en weggaan uit Milaan. Ze zou de huur van haar appartement opzeggen en een reden bedenken waarom ze de komende maanden niet kon werken. Ze zou moeten doen alsof er zich ergens anders een kans had voorgedaan – in Londen, wellicht – zodat ze een geldige reden had om uit La Scala te vertrekken, maar wel de mogelijkheid openhield om het volgende seizoen weer terug te keren.

Londen.

Dat was de ideale plek: ver genoeg hiervandaan om in alle

rust te kunnen bedenken wat ze moest doen. Behalve haar eigen spaargeld had ze het geld uit de envelop. Dat zou ze wel moeten aannemen om te kunnen overleven, ook al had ze het liever direct teruggestuurd, samen met de ring om haar hals.

Haar vingers kropen ernaartoe, zoals elke dag sinds Felix haar de ring had gegeven, maar vandaag bood het haar geen troost. Het liefst had ze het ding van haar nek gerukt en door de kamer gesmeten, maar ze hield zich in. Ze had geen idee hoeveel geld ze nodig zou hebben om het hoofd boven water te kunnen houden. Trouwens, om vervelende vragen te vermijden zou ze ook moeten doen alsof ze getrouwd was, dus zou ze zijn ring wel moeten dragen.

Felix zou nooit te weten komen dat ze een kind hadden, en alle mensen in Milaan evenmin. Daar zou ze wel voor zorgen. Hij was weg en zou nooit meer bij haar terugkomen.

29

Heden

'Ik kan het nog steeds niet geloven.'

Lily lag in bed, weggekropen in het holletje van Antonio's arm, en speelde de afgelopen avond in gedachten steeds opnieuw af. Ze had er een heel nieuwe familie bij. Nadat ze was teruggekomen had ze geprobeerd haar moeder te bellen, maar ze had haar niet kunnen bereiken. Ze kon niet wachten om haar alles te vertellen. Maar hoe blij ze ook was, voor haar moeder lag dat anders. Dit was niet haar verleden, het was iets wat Lily verbond met haar familie van vaderskant. Hoe toegewijd haar moeder ook aan Lily's vader was geweest, zowel tijdens hun huwelijk als na zijn dood, deze link met het verleden behoorde alleen aan Lily toe.

Ze merkte pas dat haar per ongeluk een zucht was ontsnapt toen Antonio met zijn lippen langs haar haar streek.

'Wat is er?' vroeg hij.

'Niets,' antwoordde ze. 'Of eigenlijk alles.'

Hij grinnikte. 'Dat kan ik me voorstellen. Er gaat vast een heleboel door je heen.'

Ze kroop nog dichter tegen hem aan en wist nu al dat ze de slaap niet zou kunnen vatten. Antonio had de lamp naast het bed aan gelaten en ze staarde naar de schaduwen op het plafond. 'Ik moet de hele tijd aan Matthews moeder denken, mijn overgrootmoeder. Stel je eens voor dat jij je je hele leven moet afvragen wat er van je dochter geworden is. Dat je denkt dat je er verkeerd aan hebt gedaan om haar ter adoptie af te staan. Dat moet hartverscheurend zijn geweest.'

'Dat denk ik ook,' beaamde hij. 'Het is nogal wat. Ik ben benieuwd hoe het is afgelopen.'

'Ik ook.' Ze zuchtte en probeerde een comfortabele houding te vinden en haar hoofd leeg te maken.

'Je weet dat we morgen weer naar huis gaan, toch?' vroeg Antonio. 'Al kan ik me voorstellen dat je misschien nog een tijdje wilt blijven.'

Ze duwde zichzelf een beetje omhoog zodat ze zijn gezicht kon zien. Het leek wel of hij haar gedachten had gelezen. 'Waarom zeg je dat?'

'Ga me nou niet vertellen dat je er niet over hebt nagedacht,' zei hij, terwijl hij haar schouder streelde. 'Je hebt een hele familie waarvan je tot vandaag het bestaan niet eens kende, een familie die jou dolgraag beter wil leren kennen.' Hij glimlachte. 'En dan is het ook nog eens de familie van je vader. Dat doet vast wel iets met je.'

Ze ademde diep in en hield de lucht een tijdje vast voordat ze die langzaam liet ontsnappen. 'Het is heel raar, maar ik voel me ontzettend verbonden met hen allemaal,' zei ze. 'Ik weet dat het schatten van mensen zijn en dat ik hen waarschijnlijk hoe dan ook graag had gemogen, maar ik voel iets bijzonders wanneer ik bij hen ben. Misschien beeld ik het me in, maar het lijkt wel of ze me op een bepaalde manier aan mijn vader doen denken. Vooral Matthew.'

'Dan denk ik dat je besluit al vaststaat.' Antonio trok haar dichter tegen zich aan. 'Mijn vader begrijpt het wel, mocht je je daar zorgen over maken. Mijn ouders weten waarom je hiernaartoe bent gegaan en ik kan je verzekeren dat er voor hen niets boven familie gaat.'

Alleen moet ik zijn vader nog wel antwoord geven over de baan.

Antonio deed het licht uit, nam haar in zijn armen en drukte een kus op haar lippen. 'Ga slapen,' fluisterde hij. 'Morgen heb je nog alle tijd om erover na te denken.'

Ze zoende hem terug, dankbaar dat er iemand bij haar was nu ze steeds meer te weten kwam over een verleden waarvan ze zelf niet had geweten dat ze ernaar op zoek was.

Na een paar minuten begon Antonio al zwaarder te ademen en toen ze zeker wist dat hij sliep, maakte ze zich voorzichtig van hem los en glipte het bed uit. Op blote voeten liep ze naar de schrijftafel in de hoek van de kamer. Door het licht dat tussen de gordijnen door naar binnen viel kon ze net genoeg zien om nergens tegenaan te lopen. Zachtjes knipte ze het lampje aan. Tot haar opluchting zag ze dat Antonio rustig doorsliep, en ze ging zitten en pakte de nette stapel schrijfpapier en een pen.

Ze wilde inderdaad blijven, dat had Antonio goed ingeschat. Maar ze wilde ook een brief aan zijn vader schrijven. Die zou ze aan Antonio meegeven, met de vraag of hij hem bij thuiskomst ongelezen aan zijn vader wilde geven.

Haar gevoelens voor Antonio waren gecompliceerd. Ze was het niet gewend om zo'n hechte band met iemand te hebben, om zo veel voor iemand te voelen dat ze zich kon voorstellen dat ze een toekomst met hem zou opbouwen. Het enige waar ze wél zeker van was, was haar carrière. Dat was altijd al zo geweest, en dat betekende dat ze zijn familie een antwoord schuldig was op de vraag of ze voor hen wilde blijven werken.

Er ging een huivering door haar heen toen ze zich in haar pyjama over het papier boog, terwijl Antonio verder sliep.

'Goeiemorgen, schoonheid.'

'Hoe laat is het?' vroeg ze. Van nature was ze een ochtendmens en door haar werk was ze het gewend om elke ochtend vroeg op te staan, dus het kwam niet vaak voor dat ze uitsliep.

'Bijna tien uur.' Hij gaf haar een kop koffie. 'Hier ben je vast wel aan toe.'

Ze kreunde, pakte dankbaar de kop aan en ging zitten om een slokje te nemen. 'Dank je. Het is laat geworden, gisteravond.'

Het had lang geduurd voordat ze de juiste woorden had kunnen vinden.

Hij gebaarde naar de schrijftafel, waar de dichtgeplakte envelop met de naam van zijn vader erop lag. 'Wil je dat ik die aan hem geef?'

Voordat ze hem aankeek, nam ze nog een slokje. 'Ja. Je had gelijk, ik moet hier blijven. Dat voelt...'

'Alsof het zo hoort?'

Ze knikte, al stond ze nog steeds in tweestrijd. Aan de ene kant wilde ze dolgraag bij hem blijven en genieten van het gevoel dat hij haar gaf, aan de andere kant wilde ze meer te weten komen over die nieuwe familie van haar en een band met hen opbouwen. Ze was het haar oma toch verschuldigd om nieuwe herinneringen te maken met de mensen die hun hele leven hadden gehoopt haar te leren kennen? Trouwens, ze wist niet eens of Antonio na dit tripje nog wel iets met haar te maken zou willen hebben.

'Volg je hart, Lily.' Hij ging naast haar op het bed zitten en legde zijn hand tegen haar wang. 'Als je me nodig hebt, weet je me te vinden.'

Ze vond het vreselijk dat ze tranen in haar ogen kreeg en dat ze nu afscheid moesten nemen. Hun tijd samen had veel voor haar betekend, meer dan elke andere relatie die ze ooit met een man had gehad. 'Antonio...'

Glimlachend keek hij haar aan.

'Sinds mijn vader is overleden, heb ik continu geprobeerd ervoor te zorgen dat hij trots op me kon zijn, door zijn leven in zijn plaats te leiden.' Ze schraapte haar keel om haar emoties te onderdrukken. 'Volgens mij heb ik mezelf nooit echt afgevraagd wat ík wil, omdat ik bang was dat ik alle dingen waar we het voor zijn dood over hadden gehad niet zou kunnen waarmaken. Maar destijds was ik nog maar een tiener. Ik wist helemaal niet wat ik wilde.'

'Je hoeft niets uit te leggen, Lily,' zei Antonio. 'Je bent me geen verklaring schuldig.'

Toch voelde het zo.

'Ik denk gewoon dat het goed voor me is als ik hier nog een tijdje blijf. Misschien kan ik zelfs wel vrede hebben met de dood van mijn vader wanneer ik zijn familie beter leer kennen. Maar ik wil dat je weet dat ik je eeuwig dankbaar ben voor alles wat je voor me hebt gedaan. Dit had ik in mijn eentje niet gekund.'

'Volgens mij onderschat je jezelf,' mompelde hij, terwijl hij zijn hand liet zakken. 'Je had het zelf ook prima gered.'

'Toch ben ik blij dat ik niet alleen was,' fluisterde ze. Er dreigden haar nog meer tranen te ontsnappen. 'Ik heb me nog nooit zo gevoeld, daarom valt deze beslissing me ook zo zwaar.'

Hij knikte, en als ze zich niet vergiste, zag ze in zijn ogen ook tranen blinken. 'Ik vertrek na de lunch, maar jij hoeft morgenochtend pas uit te checken.' Hij haakte zijn vingers door de hare en keek haar aan. 'Voor wat het waard is, ik ga je missen, Lily.'

'Ik jou ook.'

Ze gaven elkaar een zoen; een warme, zachte zoen die naar meer smaakte.

'Was dit echt maar een vakantieliefde?' vroeg ze. 'Had het ooit meer kunnen worden tussen ons?'

'Als ik had geweten dat je misschien langer in Italië zou blijven, was ik niet met je naar bed gegaan,' gaf hij toe. 'Is dat een antwoord op je vraag?'

Dus hij had gelogen, na hun eerste nacht samen. Niet dat ze hem dat kwalijk kon nemen; ze had hem nogal voor het blok gezet met haar mededeling dat ze misschien langer zou blijven en hij had haar natuurlijk niet willen kwetsen.

'Hoe denk je daar nu over?' vroeg ze. 'Nu we meer tijd met elkaar hebben doorgebracht?'

'Zullen we voorlopig gewoon afscheid nemen?' vroeg hij. 'Ik

zou liegen als ik zei dat ik niet meer tijd met je zou willen doorbrengen.'

'Prima,' zei ze. 'Als het voorbestemd is dat onze paden elkaar weer kruisen, dan gebeurt dat vanzelf.'

Hij stond op en trok haar overeind, in zijn armen.

Ze snoof zijn geur op, genoot van zijn krachtige omhelzing en besefte hoe makkelijk het zou zijn om met hem mee te gaan. Maar ze moest dit voor zichzelf doen en erachter komen wie ze was, voor ze kon bepalen of er tussen hen sprake kon zijn van meer dan alleen vriendschap.

Ik ben verliefd op hem.

Dat wist ze zeker, en ze vroeg zich af of hij dat ook wist.

'Een paar jaar geleden heb ik een verkeerde beslissing genomen,' mompelde hij, met zijn armen nog steeds om haar heen. 'Ik vroeg een vrouw ten huwelijk omdat ik dacht dat ik van haar hield, maar als ik eerlijk tegen mezelf was geweest, had ik geweten dat het niet goed zat. We waren te verschillend, we wilden heel andere dingen in het leven. Als ik dat voor ons huwelijk had ingezien, had dat ons allebei een hoop verdriet kunnen besparen. Dan was ik nu geen gebroken mens geweest.'

Ze reageerde niet, dat was niet nodig. Voor haar was alles veranderd door haar tijd met hem, ook al had ze geen flauw idee hoe het verder zou gaan, óf het nog verder zou gaan. Maar ze wist waar ze hem kon vinden en deze keer zou ze niet toelaten dat haar angst haar gevoelens in de weg stond. Ongeacht of dit maar iets tijdelijks was, of iets voor een leven lang.

Ze leunde achterover in zijn armen toen zijn mond de hare vond, hartstochtelijker dan voorheen, met iets dringends wat er eerst niet was geweest. En ze vroeg zich af of het echt mogelijk was om in een paar weken tijd hopeloos verliefd te worden.

30

Londen, 1947

Langzaam liep Estee naar de voordeur van het keurige, ingetogen huis. Ze was er al heel vaak langsgelopen, maar nu ze bijna acht maanden zwanger was, wist ze dat het hoog tijd werd om aan te kloppen.

De afgelopen vier maanden waren best aangenaam geweest, maar wel een beetje eenzaam, zeker voor iemand die het gewend was om elke dag tijdens de repetities omringd te worden door andere mensen. Toch had ze een leventje opgebouwd in Londen en viel het haar best mee. Alleen was haar buik inmiddels wel erg dik en had ze vaak last van haar rug. Ze wist dat het tijd werd om de knoop door te hakken, hoe graag ze dat ook voor zich uit wilde schuiven.

Zoals zo vaak tegenwoordig wreef ze zacht over haar buik. Bij de gedachte dat ze afstand zou moeten doen van haar ongeboren kindje voelde ze zich leeg vanbinnen, maar tijdens haar maanden in Londen had ze wel ingezien hoe moeilijk het zou zijn om in haar eentje een kind groot te brengen.

Dus liep ze door het tuinhekje en langs een eenvoudig bordje met HOPE'S HOUSE erop naar de voordeur. Ze maakte aanstalten om op het glanzend rode hout te kloppen, maar iets hield haar tegen. Haar kindje schopte, en daardoor begon ze meteen weer te twijfelen. Maar ook al zag ze helemaal voor zich dat ze haar zoon of dochter zachtjes fluisterend in slaap zou wiegen, ze had ook een ander beeld voor ogen. Londen was een prachtige stad. Ze had het hier goed en kon zich zelfs voorstellen dat ze hier na de bevalling een nieuw leven zou opbouwen, dat ze zich misschien zou aansluiten bij The Royal Ballet. Maar ze had ook vrouwen op straat om geld zien bedelen, met onverzorgde kinderen die zich tussen de vuile rokken van hun moeder verstopten. Aan hun ingevallen wangen en de wanhopige manier waarop ze een kopje ophielden voor wat kleingeld, was duidelijk te zien hoe zwaar ze het hadden. Om nog maar te zwijgen van de vrouwen die 's avonds tevoorschijn kwamen om in ruil voor een paar pond vreemde mannen te behagen. Estee wist zeker dat ze dat alleen deden om hun gezin te eten te kunnen geven.

Ze ging nog liever dood dan dat ze haar kind in honger zou laten opgroeien, of met een moeder die genoodzaakt was om te bedelen of haar lichaam te verkopen.

Voordat ze de kans had gekregen om aan te kloppen, werd de deur al opengedaan door een vrouw met donkere, met grijs doorspekte haren. Na één blik op haar barstte Estee al bijna in tranen uit. Het gezicht van de vrouw straalde een en al vriendelijkheid uit, ook al leek ze niet veel om haar uiterlijk te geven. Ze had haar haar in een knotje vastgezet en droeg een katoenen jurk en schort in een doffe blauwe kleur.

'Ik ben Hope,' zei de vrouw. Toen Estee haar hand uitstak, nam Hope die tussen haar beide handen.

Dat gaf Estee zo'n warm gevoel vanbinnen dat het nu pas tot haar doordrong hoelang ze niet meer was aangeraakt. 'Ik... Ik...' stamelde ze.

'Zeg maar niets.' Hope deed een stap naar achteren en gebaarde dat ze mocht binnenkomen. 'Ik zie al waarom je hier bent, en ik weet ook waarom je zo lang aarzelde om aan te kloppen.'

Estee wist er een glimlachje uit te persen. 'Het is een moeilijke beslissing.'

'Dat weet ik.' Hope glimlachte terug. 'Maar dat je hier bent en kijkt hoe het binnen is, wil niet zeggen dat je ergens toe verplicht bent. Zelfs al blijf je hier een maand of beval je hier, dan nog zal niemand je ergens toe dwingen.'

Estee keek de andere vrouw onderzoekend aan en had meteen het gevoel dat ze haar kon vertrouwen. De afgelopen tijd was ze hier al heel vaak langsgelopen zonder naar binnen te gaan, voornamelijk omdat ze nog steeds niet zeker wist wat ze wilde. Maar als ze nu nog niets hoefde te beslissen…

'Kom, dan drinken we een kop thee en kun je me precies vertellen hoe je hier terecht bent gekomen. Elk meisje dat hier binnenkomt heeft haar eigen verhaal, maar jullie kunnen allemaal mijn hulp goed gebruiken.'

Estee liep achter haar aan door een hal waarvan de muren waren behangen met schilderijen, naar een lichte keuken. In het midden stond een grote tafel en aan de muur achterin hingen potten en pannen. Het vertrek ademde een huiselijke sfeer die Estee geruststellend vond. Dit was het soort huis waarvan ze altijd gedroomd had, al had het in haar dromen nooit in Engeland gestaan.

'Zo, ik zet de ketel even op. Maak jij het je maar gemakkelijk.' Glimlachend trok Hope een stoel voor haar naar achteren en liep naar het fornuis. 'Op het moment verblijven hier al een aantal meisjes, en je mag je gerust aan hen voorstellen als je wilt. Stel ook gerust alle vragen die er in je opkomen.'

Estee ging zitten en keek naar Hope. Ze zat inderdaad vol met vragen, maar om de een of andere reden kwam er niet één over haar lippen.

'Je hebt een zwaar accent. Waar kom je vandaan?' vroeg Hope. 'En hoe heet je eigenlijk?'

'Estee.' Ze schraapte haar keel. 'Ik kom uit Italië. De laatste jaren heb ik in Milaan gewoond.'

'Ah, Milaan. Een prachtige stad.'

Ze was dankbaar dat Hope niet vroeg waarom ze was vertrokken, maar dat liet zich dan ook makkelijk raden. Waarschijnlijk waren alle vrouwen in Hope's House ongetrouwd en op zoek naar een veilig heenkomen. De reden was van ondergeschikt belang.

'Ben je al bij een dokter geweest sinds je in Londen bent?' Hope droeg twee dampende mokken naar de tafel, liep terug voor de suiker en melk en ging tegenover haar zitten.

'Eh... nee, nog niet.' Estee pakte de mok en warmde haar vingers eraan. In Italië had ze nooit theegedronken, omdat ze nou eenmaal koffie gewend was, maar inmiddels was het een gewoonte geworden.

'Ik werk al jarenlang als vroedvrouw en heb mijn leven eraan gewijd om kindjes ter wereld te brengen en vrouwen te verzorgen, maar toch is het goed om je door een dokter te laten nakijken,' merkte Hope op. 'Dat kan ik voor je regelen. Er is een vriendelijke arts die hier zo nu en dan komt om de meisjes te onderzoeken. En ik heb hier alles wat een zwangere vrouw nodig heeft.'

'Waarom?' flapte Estee eruit. 'Waarom ben je zo vriendelijk voor al die vrouwen?'

Hope slaakte een zucht, alsof die vraag haar al talloze malen gesteld was. 'Omdat iedere zwangere vrouw het verdient dat er voor haar gezorgd wordt, ongeacht de omstandigheden. Net zoals geen enkele vrouw gedwongen mag worden om haar kindje af te staan.'

Estee knikte en probeerde haar emoties weg te slikken met een slok thee.

De andere vrouw leunde over de tafel heen en raakte haar hand aan. 'Hier ben je veilig, Estee. Of je nu meteen wilt blijven of pas wilt terugkomen als de bevalling dichterbij komt, je bent altijd welkom. Onder mijn dak wordt er niet geoordeeld en zelfs al beval je hier en besluit je het kindje niet ter adoptie af te staan, dan nog heb ik daar alle begrip voor. Ik zal je nooit ergens toe dwingen.' Hope keek haar doordringend aan. 'Je kunt me vertrouwen.'

De woorden bleven bijna in haar keel steken, maar Hopes vriendelijke blik gaf haar moed. 'Regel jij de adoptie?'

'Ja,' zei ze. 'De meeste vrouwen komen bij mij omdat het er hier anders aan toegaat dan op de meeste plekken. De vrouwen kiezen er zelf voor om hier te komen, terwijl het elders vaak zo is dat ze zijn weggestuurd door hun familie en pas terug mogen komen nadat ze hun kind hebben afgestaan.'

'Meestal zijn mensen niet zo vriendelijk voor vrouwen die in verwachting zijn van een buitenechtelijk kind.'

'We hebben allemaal zo onze redenen voor wat we doen,' zei Hope. 'Laten we het er maar op houden dat ik altijd anderen heb willen helpen. Toen ik een erfenis ontving van mijn oom, heb ik besloten zijn geld in een goed doel te steken.'

Daaruit begreep Estee dat ze voorlopig verder niets over Hope te weten zou komen, maar zelfs zonder haar hele verhaal te kennen mocht ze haar graag. En als de beslissing uiteindelijk echt aan Estee zelf was, zag ze geen reden waarom ze niet terug zou komen.

'Zal ik je een rondleiding geven?' stelde Hope voor. 'Of als je liever eerst wilt vertellen hoe je hier terecht bent gekomen, bied ik je graag een luisterend oor. Zonder te oordelen, uiteraard.'

'Het komt erop neer dat de man van wie ik hield zijn familie boven mij heeft verkozen.' Estee probeerde niet verbitterd te klinken. 'Waarschijnlijk heb ik nog geluk gehad dat ik genoeg geld heb om het even uit te zingen. Maar het idee dat ik dit kind in mijn eentje zou moeten grootbrengen...' Ze streek liefdevol met haar hand over haar ronde buik, iets waar ze zichzelf wel vaker op betrapte. Haar blik viel op de ring om haar vinger, een eenvoudige gouden band die ze had gekocht om vervelende vragen te vermijden toen ze haar appartement huurde. Het was makkelijker als mensen dachten dat ze weduwe was of misschien wachtte tot haar man terug zou komen, maar ze had het niet aangekund om de diamanten ring van Felix te dragen.

‘Kom mee.’ Hope stond op en stak Estee haar hand toe.

Die liet zich overeind helpen en voelde weer die zeurende pijn in haar onderrug die ze de laatste weken wel vaker had.

‘Ik zal je rondleiden, dan kun je daarna bedenken of je nog een keer terug wilt komen.’

Ze deden het rustig aan en Hope liet haar eerst het huis zien en daarna de tuin, die door een groene haag werd afgeschermd voor nieuwsgierige blikken. Her en der stonden ook plantenbakken met bloemen erin, waardoor dit een ideaal plekje leek om ’s middags met een boek in de zon te zitten of het uitzicht te bewonderen.

Een jonge vrouw, veel jonger dan Estee, keek vanachter een raam op de bovenste verdieping naar hen en stak haar hand op.

Estee zwaaide terug, maar Hope voorkwam met een zachte hand op haar arm dat ze de andere ramen afspeurde naar nog meer zwangere vrouwen.

‘Wat vind je ervan?’ vroeg Hope.

‘Ik zou hier wel willen blijven,’ zei Estee tot haar eigen verbazing.

‘Blijf dan,’ zei Hope. ‘Zo eenvoudig kan het zijn.’

‘Mag ik over een paar dagen terugkomen? Het klinkt misschien raar, maar ik wil nog wat tijd voor mezelf hebben, om de stad te bekijken en erover na te denken wat ik wil als de baby er eenmaal is.’

‘Kom maar terug wanneer het voor jou goed voelt,’ zei Hope. ‘Ik ga nergens heen en er is altijd een kamer voor je vrij.’

Estee glimlachte en voelde nu al een band met deze vrouw, die een uur geleden nog een volslagen vreemde voor haar was geweest.

‘Als je terugkomt, maken we een afspraak met de dokter en praten we verder over de eventuele adoptie,’ zei Hope. ‘En dan nog iets. Ik begin er altijd op tijd over, zodat je er nog over na kunt denken.’

Vragend trok Estee haar wenkbrauwen op. 'Wat dan?'

'Als je besluit om mij een adoptiegezin te laten zoeken, is het misschien prettig om iets achter te laten. Iets persoonlijks van jou, voor je kindje.'

'Ik begrijp niet helemaal wat je bedoelt.'

Hope liep naar binnen en Estee ging nieuwsgierig achter haar aan. 'Ik heb kleine kistjes laten maken,' vertelde Hope, terwijl ze er een van de schoorsteenmantel pakte en aan Estee gaf. 'Je kunt er iets in stoppen, of misschien meerdere voorwerpen, voor het geval dat je kindje ooit naar je op zoek gaat. Sommige gezinnen zullen de adoptie geheimhouden, maar andere zullen op een dag aan hun zoon of dochter vertellen dat die geadopteerd is. Daarom wil ik je vragen een aanwijzing achter te laten, iets wat verband houdt met de afkomst van het kind, want wie weet gaat je kind op een dag wel naar je op zoek. Als ik er dan niet meer ben, kan misschien niemand hem of haar daarbij helpen. Ik voorzie elk kistje van een naam, zodra de geboorteakte is getekend.'

Estee gaf het kistje terug en vroeg zich nu al af wat ze voor haar kindje kon achterlaten. Onwillekeurig raakte ze de diamanten ring om haar hals aan. Voordat ze uit Italië was vertrokken had ze die weer aan haar kettinkje gehangen, eerder veiligheidshalve dan om sentimentele redenen. Het was haar bedoeling geweest om hem in Londen te verkopen, maar om de een of andere reden had ze zichzelf daar niet toe kunnen zetten.

De ring was niet geschikt om in het kistje te stoppen, er was immers niets uit af te leiden. Ze vroeg zich af wat ze dan wel kon achterlaten, zodat haar kind op een dag misschien bij haar terug zou komen. Ze dacht aan het recept dat Felix haar had gegeven. Dat had ze per ongeluk meegenomen naar Londen, simpelweg omdat het in een envelop met haar belangrijke papieren had gezeten. Alleen wist ze na wat Felix haar had aangedaan niet zeker of ze wel iets wilde achterlaten wat naar hem verwees.

'Je hebt nog een paar weken om erover na te denken, Estee,' stelde Hope haar gerust. 'Probeer de komende dagen maar te genieten, dan maak ik je kamer alvast in orde voor als je terugkomt.'

'Dank je wel.' In een opwelling omhelsde Estee de andere vrouw. Toen ze tranen in Hopes ogen zag blinken, kon ze haar eigen tranen ook maar met moeite bedwingen. Ze besefte maar al te goed hoeveel geluk ze had met iemand als Hope, iemand die zich over haar wilde ontfermen nu ze op het punt stond te bevallen, maar het maakte de beslissing er niet makkelijker op.

31

Zes weken later

'Dag, lief meisje van me,' fluisterde Estee. Haar haar plakte tegen haar voorhoofd, haar huid was nog nat van het zweet door de bevalling.

Het gezichtje van de baby was helemaal verfrommeld en haar vuistje stak uit het zachte roze dekentje waarin ze gewikkeld was. Estee leunde naar voren om haar piepkleine vingertjes te kunnen kussen, om haar aanblik in zich op te nemen, haar geur op te snuiven. Een paar dagen geleden had ze zich voorgenomen dat ze niet zou huilen, niet voordat het achter de rug was. Ze wilde het beste maken van de kostbare momenten met haar dochter, om haar een gelukkige, positieve start te geven, zonder moeder die al om haar huilde voordat ze weg was.

Toen het meisje haar ogen opendeed en haar aanstaarde, brak Estee bijna alsnog. Er ontsnapte haar een snik, maar ze slikte moeizaam. 'Mijn mooie meisje,' zei ze zacht. 'Moet je nou eens zien. Kijk nou toch hoe sterk je bent.'

Haar kindje strekte haar armpjes en beentjes en liet een hikkend geluidje horen. Instinctief wist Estee wat ze moest doen. Hope had haar alleen gelaten, met de belofte om over een uur terug te komen zodat ze in alle rust afscheid kon nemen. Volgens Hope wilden sommige moeders hun kindje liever niet zien, wilden andere moeders hun kindje nog even vasthouden en konden weer andere moeders bij nader inzien toch geen afstand doen van hun kindje. Maar Estee wist wat haar te doen stond. Hope had een lief gezin voor haar dochtertje gevonden en Estee wist dat ze bij hen het beste af was. Maar dat wilde niet zeggen dat ze niet eventjes haar moeder mocht zijn, nu haar dochter haar nodig had. Nu ze nog in haar armen lag.

Dus liet Estee haar nachtpon van haar schouder zakken en legde ze de baby aan haar borst. Hoewel het moeizaam ging, leek het meisje te weten wat ze moest doen. Toen Estee haar tegen zich aan hield, vond haar mondje zijn weg naar haar borst, al waren er nog flink wat pogingen nodig voordat ze aanhapte.

Er werd zacht geklopt en toen Estee opkeek kwam Hope binnen en deed de deur achter zich dicht. Even leek ze verbouwereerd, maar al snel verspreidde er zich een glimlach over haar gezicht. 'Je bent een natuurtalent,' merkte ze op, terwijl ze naast Estee kwam staan en de baby in een iets andere positie legde. 'Doet het pijn?'

'Een beetje,' gaf Estee toe.

'Tja, het zal nog veel pijnlijker worden als je stuwing krijgt,' zei Hope. 'Ik had misschien tegen je moeten zeggen dat je haar beter geen borstvoeding kunt geven, maar ik heb zo'n vermoeden dat je toch niet naar me geluisterd had.'

Estee keek omlaag, naar het hoofdje van haar dochter. 'Ze is zo mooi. Ik kan mijn ogen niet van haar afhouden.'

Met een zucht ging Hope naast haar zitten en keek haar aan. 'Ik weet dat ik het je al eerder heb gevraagd, maar nu ik je zo zie...' Ze aarzelde.

'Mijn besluit staat vast,' zei Estee resoluut, voordat Hope het nog een keer kon vragen. 'Ik heb alleen even de tijd nodig. Ik wil gewoon dat mijn dochter weet dat er van haar gehouden werd, vanaf het moment dat ze op de wereld kwam.'

Hope knikte. 'Zal ik haar ouders vragen om later terug te komen?'

'Zijn ze er dan al?'

'Ja, maar het kan geen kwaad om ze nog een paar uur te laten wachten, of zelfs een dag.' Hope haalde haar schouders op. 'Laat dat maar aan mij over.'

'Een paar uurtjes nog,' hoorde Estee zichzelf zeggen. 'Ik wil haar nog een tijdje vasthouden en haar de borst geven.'

Hope stond op en streelde Estee even over haar haar voordat ze de kamer uit liep.

Zachtjes begon Estee te zingen. Ze zong voor haar meisje, dat knokte voor haar eerste maaltijd, haar hongerige kindje dat zo volmaakt was dat haar hart bijna brak. Om alles wat ze had kunnen hebben, alles wat ze verloren had.

Nu kwamen de tranen dan toch. Ze drupten op het dekentje van de baby, maar ze bleef zingen en dwong zichzelf om te glimlachen terwijl ze naar haar kindje keek en met de seconde meer van haar ging houden.

Felix had haar dit leventje geschonken, maar door hem moest ze haar dochtertje ook weer afstaan.

Snel zette ze hem uit haar hoofd en richtte zich weer op haar kindje. Hoewel ze uitgeput was door de bevalling, weigerde ze haar ogen ook maar even dicht te doen. Ze had maar een paar uur de tijd om elk detail van haar dochter in zich op te nemen en wilde er geen moment van missen.

Vier uur later ging de deur weer open. Estee bleef naar haar kindje staren, maar aan de zachte voetstappen hoorde ze dat Hope terug was.

Hope had tranen in haar ogen, maar geen van beide vrouwen zei iets toen Estee nog een laatste kus op het hoofd van haar dochtertje drukte en Hope haar van haar overnam.

'Ik hou van je,' fluisterde Estee terwijl Hope bleef staan en haar aankeek, tot Estee de moed vond om te knikken en weg te kijken. Ze begroef haar gezicht in haar kussen en snikte het uit toen haar dochter bij haar werd weggenomen, de deur zachtjes dichtging en Hopes voetstappen wegstierven. Het liefst wilde ze haar achternarennen en haar dochter weer terugpakken, schreeuwen dat ze het niet wilde doorzetten. In plaats daarvan rukte ze de ring van haar hals en smeet hem door de kamer. '*Bastardo*!' schreeuwde ze, terwijl ze zich snikkend vastklampte aan de vochtige lakens onder haar. '*Fottuto bastardo!*'

Jij hebt me dit aangedaan, Felix. En dat zal ik je nooit, maar dan ook nooit vergeven.

Estee krulde zich op en haar hele lichaam deed pijn toen ze haar kussen omklemde en huilde om het kind dat ze nooit meer zou vasthouden, om de man van wie ze met hart en ziel had gehouden, om haar dromen die nu nooit meer werkelijkheid zouden worden.

Eerst was ze Sophia kwijtgeraakt, daarna Felix en nu haar dochter. Ze had gedacht dat ze het verlies van Sophia nooit te boven zou komen, en toen ze Felix ook nog had verloren, was er een stukje van haar hart kapotgegaan dat nooit meer zou herstellen. Maar het verlies van haar dochter, dat was een verhaal apart. Dit had haar een stukje van haar ziel gekost en dat zou ze nooit kunnen vergeten. Of vergeven.

Ze zou altijd om haar blijven treuren.

32

Heden

Nu Antonio weg was, voelde Lily zich eenzamer dan ze zich in lange tijd had gevoeld. Tot voor kort was ze het gewend geweest om er alleen voor te staan; als enig kind was ze onafhankelijk en had ze geen moeite met alleen zijn. Maar dat was voordat ze Antonio had leren kennen. Hij had een plekje in haar leven ingenomen waarvan ze niet eens had geweten dat het vrij was. Na haar aankomst in Italië had ze de muur om zich heen per ongeluk laten zakken.

Op dit moment stond ze midden in een soort cottage op Matthews uitgestrekte landgoed en werd ze zich opeens bewust van de stilte. Hoewel ze zich eenzaam voelde, was ze in feite niet meer zo alleen als ze al die tijd sinds de dood van haar vader was geweest. Hier had ze oudooms en -tantes, neven en nichten, achterneven en achternichten. Dat had ze nooit durven dromen in Londen, als enig kind met nog maar één ouder. Het voelde onwerkelijk, alsof ze in het leven van iemand anders was gestapt.

Ze liep naar het raam en staarde naar buiten. Normaal gesproken zag ze alleen wijnstokken wanneer ze op een nieuwe plek was gaan wonen en uit het raam keek, maar hier zag ze alleen hazelaars, zover het oog reikte. Ze trok haar schoenen aan en ging naar buiten om een wandeling te maken. Uit het niets dook de hond van Matthew op, en ze bukte zich om hem een aai te geven. Het was een soort spaniël, ze wist niet precies wat voor soort, maar het was fijn om een beetje gezelschap te hebben. Zelf had ze al jaren geen hond meer; hun terriër was gestorven toen zij op de universiteit zat. Pas toen ze haar gezicht in de zachte vacht van de hond drukte, besefte ze hoe erg ze het had gemist om dieren om zich heen te hebben. 'Hé daar,' zei ze, terwijl de hond van de aandacht genoot en probeerde haar in haar gezicht te likken. 'Wat doe jij hier? Mag je wel zomaar zelf op avontuur uit gaan?'

De hond kwispelde en liep weg, duidelijk ergens naar op zoek.

Lily liep achter hem aan, blij met zijn gezelschap en de afleiding. Na een paar minuten hoorde ze iemand fluiten en bleef ze staan, ook al deed de hond alsof hij niks hoorde, zelfs toen het gefluit overging in geroep.

'Hier is-ie!' riep Lily terug.

Na nog een paar keer over en weer roepen dook Matthew tussen de bomen op. 'Het lijkt wel of ik mijn halve leven achter die hond aanzit,' mopperde hij, zowel tegen de hond als tegen haar. Wederom was zij de enige die de moeite nam om te luisteren; de hond sloeg totaal geen acht op zijn baasje.

'Is hij op zoek naar truffels?' vroeg Lily, geamuseerd omdat haar oudoom zo nijdig was.

'Vandaag niet, het is er het seizoen niet voor. Maar hij heeft wel een uitstekende neus en weet bijna alle truffels op te sporen. Daarom denkt hij nu dat hij hier de dienst uitmaakt.'

Ze lachte toen de hond langs haar heen liep, zich niet bewust van het feit dat zijn baasje naar hem op zoek was geweest. Of misschien boeide het hem gewoon niet.

'Telkens als hij er een vindt, krijgt hij een stukje lendenbiefstuk. In het seizoen komen alle restauranthouders naar onze oogst kijken en kunnen ze er maar niet over uit hoe slim hij is. Daardoor voelt hij zich nu heel wat.'

Ze schoten allebei in de lach en liepen langzaam achter de hond aan.

‘Is Antonio gisteren vertrokken?’ vroeg Matthew.

‘Ja. Al had ik nooit verwacht dat ik niet met hem mee terug zou gaan.’

Matthew leek in gedachten verzonken en ze wachtte tot hij iets zou zeggen. Het verbaasde haar hoezeer ze zich bij hem op haar gemak voelde. Ze wilde graag geloven dat dat kwam doordat hij haar aan haar vader deed denken, maar dat was wel erg vergezocht. Toch was ze ervan overtuigd dat ze een band met elkaar hadden die alleen familieleden onderling konden hebben. Ze kenden elkaar misschien niet, maar waren wel elkaars vlees en bloed.

‘Ik ben blij dat je gebleven bent,’ merkte hij op. ‘We hebben heel veel in te halen.’

Ze liepen dicht naast elkaar verder, zonder elkaar aan te raken, en ze praatten over haar ouders, over zijn kinderen, over dit landgoed waar hij zo van hield.

‘Jij praat over truffels zoals ik over wijn praat,’ merkte Lily op toen hij haar de hazelaars had laten zien en breed naar haar glimlachte. ‘Ik heb altijd gezegd dat wijn mijn enige ware liefde is, en dan bedoel ik niet alleen het eindproduct. Ik hou van alles, van de druiven tot aan de oogst en de mensen met wie ik samenwerk.’

‘Je hebt gelijk,’ zei hij, en ze wandelden weer in de richting van zijn huis. ‘Zo ben ik ook. Ik vind het heerlijk om het hele jaar door voor het land te zorgen, ik geniet van de aanloop naar de oogst en alles eromheen. Dit is al jarenlang mijn passie, maar ik doe het nog net zo graag als toen deze bomen net geplant waren.’ Ze liepen de boomgaard uit, de zon weer in, en hij keek met een zucht achterom. ‘Het heeft ons bloed, zweet en tranen gekost, maar er is ook heel veel uit voortgekomen.’

‘Sinds ik hier ben, twijfel ik overal aan,’ gaf ze toe, openhartiger dan ze de afgelopen jaren zelfs tegenover haar eigen moeder was geweest. ‘Soms vraag ik me af waarom ik zo hard heb geprobeerd om in de voetsporen van mijn vader te treden, om de herinnering aan hem levend te houden en de dingen te doen waarover we het samen gehad hebben, de dingen die ik hem beloofd heb...' Ze schudde haar hoofd, want ze was het niet gewend om zo onzeker te zijn. 'Toen ik klaar was met school, wist ik precies wie en wat ik wilde worden. Mijn hele leven was al uitgestippeld en ik hoefde alleen maar een lijstje af te werken.'

'Heb je nog steeds een passie voor wijn maken?' vroeg hij. 'Gaat je hart er nog steeds sneller van kloppen, doe je het nog steeds met liefde?'

'Ja.' Het woord kwam als vanzelf over haar lippen. 'Ja, dat is wel zo.'

'Je kunt ook je eigen dromen najagen en toch de nagedachtenis aan je vader in ere houden, Lily,' zei hij met een meelevende blik in zijn ogen. 'Mocht het leven je een andere richting op duwen, vertrouw dan op je intuïtie. Voor zover ik kan inschatten heb je tot nu toe steeds de juiste keuzes gemaakt.'

De hond kwam weer vrolijk kwispelend naar hen toe en ze bukte zich om hem te aaien.

'Vertel eens waar je mee zit. Wat zou je willen doen, wat staat je in de weg om dat lijstje van je af te werken?' Matthew liet zich naast haar op zijn hurken zakken en gaf de hond ook een aai.

'Ik wil in Italië blijven,' flapte ze eruit, zo snel dat ze het amper kon geloven. 'Ik voel me hier thuis, ik voel een band met dit land die ik nooit eerder heb ervaren, en ik wil blijven.'

Ziezo, het hoge woord is eruit. Ik heb het eindelijk toegegeven.

'Doe dat dan,' zei hij. 'Ga op je intuïtie af. Je bent een succesvolle, intelligente vrouw, Lily. Als je in Italië wilt blijven, moet je dat gewoon doen.'

'Ik zou hier maar één seizoen blijven, om zo veel mogelijk te leren voordat ik weer terug zou gaan naar Engeland. Alles wat ik heb geleerd in de jaren die ik in Nieuw-Zeeland heb doorgebracht, was bedoeld om onze eigen druiven te verbouwen en thuis in Engeland onze eigen mousserende wijn te produceren.'

Matthew legde voorzichtig zijn hand op haar arm. 'Je vader is er niet meer, Lily,' zei hij zacht. 'Die droom was van jullie samen, maar je vader zou je daar nooit aan houden, niet nu hij er niet meer is. Hij zou willen dat je je eigen dromen achternaging. Misschien wordt het eens tijd dat je gaat nadenken over wat jij nou eigenlijk wilt.'

Ze begon te huilen en hij hield haar handen vast, terwijl zij iets losliet waar ze zich veel te lang aan had vastgeklampt.

Hij is er niet meer. Wat ik ook doe, hoe hard ik me ook aan die dromen vastklamp, niets kan hem nog terughalen.

'Lily, ik weet dat we elkaar nog maar net kennen en dat we niet veel meer dan vreemden voor elkaar zijn, maar ik ben zelf ook vader. Ik wil dat mijn kinderen gelukkig zijn, dat ze een eigen leven opbouwen en dat ze trots zijn op alles wat ze hebben bereikt.' Zijn stem klonk verstikt door zijn eigen emoties. 'Je moet jezelf de kans geven om fouten te maken, om verliefd te worden, om te accepteren dat het leven soms anders loopt dan je gepland had. Als je vader er nog was, zou hij altijd achter je staan, wat je ook deed.'

Ze knikte en trok één hand terug om haar tranen weg te kunnen vegen.

'Trouwens, mijn liefde voor truffels? Zonder Rafaella zou die niets voorstellen,' vervolgde hij. 'Een mens kan van alles bereiken, maar niets maakt je zo gelukkig als de liefde van een ander mens. Je kunt wel een tijdje zonder, jarenlang zelfs, maar uiteindelijk hebben we allemaal iemand nodig.'

Verbaasd keek ze hem aan. Door de manier waarop hij naar haar keek, wist ze dat hij het over Antonio had. En dat terwijl ze nog niet eens aan zichzelf had toegegeven wat ze voor hem voelde en hoe groot zijn invloed was op de beslissingen die ze wilde maken. 'Ik heb altijd geprobeerd om niet alleen loyaal te zijn aan mijn vader en de dromen die we samen hadden, maar ook om me nooit te laten afleiden door mijn gevoelens voor andere mensen,' gaf ze toe. 'Ik wilde me door niets of niemand van mijn stuk laten brengen.'

'Mijn vader is de liefde van zijn leven bijna voorgoed kwijtgeraakt, Lily, maar hij heeft een manier gevonden om wat hij graag deed te combineren met degene van wie hij hield. Ik zie niet in waarom jij dat niet zou kunnen.' Hij gaf haar een vaderlijk klopje op haar schouder. 'Stel je eens voor hoe zijn leven eruit had gezien als hij niet voor haar had gevochten. Als hij zijn hart niet had gevolgd.'

'Maar stel nou dat dit geen liefde is? Stel dat het niets wordt?' Ze deed haar ogen dicht.

Stel dat Antonio mij niet wil?

Hij glimlachte vriendelijk. 'Soms moet je het er gewoon op wagen. Weet je wat het ergste is wat er kan gebeuren?'

Met ingehouden adem wachtte ze af.

'Dat je hart gebroken wordt. Je talent voor wijn maken raak je nooit kwijt, Lily. Dat kan niemand van je afnemen,' zei hij zacht. 'Maar wat is het nut van een succesvol leven als je geen partner hebt met wie je daarvan kunt genieten?'

'Vind je dat niet een beetje ouderwets?'

'Ouderwets? Nou ja, misschien ook wel,' zei hij schouderophalend. 'Maar volgens mij raken liefde en verbondenheid nooit uit de mode.'

Hij keek haar een hele tijd aan, tot ze knikte. Hij had gelijk. Haar overgrootouders hadden keihard moeten vechten en alles moeten opgeven om bij elkaar te kunnen zijn. En hier zat zij dan, te bang om ook maar iets op te geven.

'Denk je dat je ouders weleens spijt hebben gehad van wat ze hebben gedaan?' vroeg ze. 'Zou je vader weleens hebben gewenst dat hij zijn familie niet de rug had toegekeerd?' Ze wist nog steeds niet hoe die twee weer bij elkaar waren gekomen.

'Volgens mij heeft hij daar niet eens over nagedacht,' zei Matthew zonder aarzelen. 'Hij heeft een leven opgebouwd met mijn moeder, zelf een gezin gesticht, en hij zei altijd dat hij alles zou opgeven, al zijn succes, in ruil voor zijn vrouw en zijn gezin. Wij waren voor hem het allerbelangrijkste.'

De hond sprong tegen haar op en besmeurde haar met zijn vuile poten, maar ze had het hart niet om hem weg te duwen, want ze kon wel een knuffel gebruiken.

'Blijf nog een tijdje bij ons, Lily,' zei Matthew. 'Ontspan je, neem de tijd om na te denken over wat je echt wilt. Misschien heb je het gewoon nodig om je een paar weken schuil te houden voor de rest van de wereld.'

In Italië. Heerlijk in het zonnetje, genieten van het eten dat Rafaella me voorzet, samen met Matthew en zijn familie, en meer te weten komen over truffels. Ik had het slechter kunnen treffen.

'Dat zal ik doen, beloofd. Als ik er over een maand nog zo over denk, neem ik een besluit. Ik zal dapper zijn.'

'Kom, dan gaan we lunchen. Rafaella kijkt ernaar uit om je te zien. Nu onze dochter het huis uit is, ben jij het beste wat haar had kunnen overkomen.'

33

Venetië, Italië, 1948

Estee bewoog zich sierlijk als altijd over het podium, maar genoot niet langer van wat ze deed. Niemand leek het te merken; na elk optreden kreeg ze een daverend applaus, ook al was het publiek lang niet zo groot als in La Scala. Na afloop kon ze haar eigen aanblik in de spiegel nauwelijks verdragen. Haar kleedkamer gebruikte ze vooral om zich om te kleden, niet om zich mooi te maken. De blik in haar ogen was te verdrietig, te gekweld, om er lang bij stil te willen staan.

Ze schuifelde langs de rest van het balletgezelschap heen, zonder acht te slaan op de meisjes die voor haar uiteen weken om haar de ruimte te geven. Ze stonden allemaal te praten en te lachen en bruisten na het optreden van de energie, terwijl zij zich juist uitgeput voelde.

'Estee!' riep een van hen dapper.

Ze bleef staan en draaide haar hoofd iets opzij, zonder echt om te kijken.

'We gaan vanavond met zijn allen iets drinken. Heb je zin om mee te gaan?'

'Vanavond niet.' Ze schraapte haar keel. 'Misschien een andere keer.' De volgende keer zou het echter niet anders gaan; ze sloeg hun aanbod altijd af. Ze wist hoe de andere meisjes over haar dachten. Ze hadden het idee dat ze zich boven hen verheven voelde, dat ze niets met hen te maken wilde hebben, maar dat zagen ze helemaal verkeerd.

Na een poosje was Estee uit Hope's House vertrokken en had

ze weer een eigen appartement gehuurd. Langzamerhand was ze weer gaan oefenen en dansen om in vorm te raken. Al snel had ze aan de slag gekund bij The Royal Ballet, maar na één seizoen had ze al besloten om terug te gaan naar Italië, naar Venetië. Dat lag dicht genoeg bij Milaan om zich er thuis te kunnen voelen, hoewel ze nooit meer een voet in La Scala had durven zetten. Daar lagen herinneringen die ze niet wilde oprakelen en ze was nog steeds bang om Felix' familie tegen te komen na een voorstelling.

Ze liep haar kleedkamer in, deed de deur dicht en ging er met haar rug tegenaan geleund staan om op adem te komen. Vaak hield ze zonder het zelf te beseffen haar adem in en merkte ze pas wanneer ze alleen was dat ze zich benauwd voelde.

Ze kleedde zich uit, hing haar kostuum op en trok haar eigen kleren aan. Naar haar lichaam durfde ze niet te kijken, want ze vond het vreselijk dat het weer zo snel de oude was geworden na de geboorte van haar dochter. Hoewel ze hard had gewerkt om weer sterk en fit te worden, om haar ranke figuurtje terug te krijgen zodat ze zich weer op ballet kon storten, stoorde het haar dat ze alle rondingen kwijt was die haar deden denken aan haar kind, aan wat haar lichaam te verduren had gehad.

Hoewel ze liever niet te lang in haar kleedkamer bleef, wachtte ze wel tot de geluiden in de gang waren weggestorven en de meeste andere meisjes zich in hun gezamenlijke kleedkamers hadden teruggetrokken. Toen repte ze zich naar buiten, met hangend hoofd en haar tas over haar schouder gezwaaid. Ze keek op en glimlachte naar een paar ballerina's, wensend dat ze de energie of de wil had om te blijven staan en een praatje te maken, om toch in te gaan op hun uitnodiging en tot diep in de nacht met hen te drinken en sigaretten te roken. Ergens vroeg ze zich af of dat zou helpen, of ze alles zou kunnen vergeten als ze tot laat opbleef en haar zorgen verdronk, maar het grootste gedeelte van de tijd voelde het alsof er een donderwolk boven haar hoofd hing die ze maar niet kon afschudden.

'Estee?' Er stapte een man uit de schaduwen tevoorschijn. 'Estee, ben jij het?'

Geschrokken deinsde ze terug en klemde haar tas tegen zich aan. Hoewel ze het gewend was om bloemen te krijgen van bewonderaars die graag met haar uit wilden, was het heel iets anders om op straat nageroepen te worden.

'Estee!'

Nee. Dat kon niet waar zijn.

Felix?

Ze schudde haar hoofd. Haar geest haalde gewoon een trucje met haar uit, net als al die keren dat ze op straat het gezicht van haar dochtertje in een kinderwagen zag, waardoor haar hart telkens opnieuw brak.

'Laat me met rust,' zei ze ferm. 'Dit is de artiesteningang.'

'Estee.' De stem kwam dichterbij.

'Estee, valt die man je lastig?' Mario, de mannelijke hoofdrolspeler, kwam naar buiten.

Dankbaar deed ze een stap naar hem toe en haakte haar arm door de zijne. Ze kon niet naar de vreemdeling kijken, ze mocht niet toestaan dat haar fantasie met haar op de loop ging. Het was gewoon een man die een oogje op haar had en haar naam in het programmaboekje had zien staan, meer niet.

'Ik loop wel met je mee naar huis,' bood Mario aan.

Ze kroop dicht tegen hem aan, nog steeds te bang om te kijken.

'Estee!' De man rende achter hen aan en zorgde er met zijn snelle voetstappen voor dat ze Mario nog steviger vastpakte. Vlug liepen ze verder. 'Estee, ik ben het, Felix. Wacht nou, alsjeblieft!'

Haar voeten gleden weg op de straatklinkers toen Mario probeerde haar mee te trekken. Ze deed haar ogen dicht en hoorde een luid gebrul in haar oren dat haar aan de zee deed denken, maar dat waarschijnlijk afkomstig was van haar eigen bonkende hart. Ze draaide zich om, met haar rug naar Mario toe, en keek naar de donkere kringen onder de ogen van de man, zijn onverzorgde baard, zijn gekwelde blik.

Hij was het.

'Felix?' fluisterde ze ongelovig.

'Estee.' Hij stak zijn hand uit, liet zich op zijn knieën vallen en keek haar met tranen in zijn ogen aan. 'Ik heb je maandenlang gezocht. Dit hele afgelopen jaar heb ik–'

'Ken je hem?' vroeg Mario, die nog steeds beschermend aan haar zijde stond.

Estee knikte en liet haar adem ontsnappen terwijl ze haar ogen dichtdeed en probeerde zich te verzoenen met het idee dat de man die haar hart had gebroken op zijn knieën voor haar zat. 'Ja. Nu zie ik het pas, ik ken hem van vroeger. Je kunt wel gaan.'

Dit is de man die me een dochter heeft geschonken en in één moeite door mijn leven heeft geruïneerd.

'Weet je zeker dat ik niet moet blijven?'

Hoofdschuddend draaide ze zich naar Mario toe, eindelijk in staat om haar ogen van Felix los te rukken. 'Dank je, maar ik red me wel. Hij is niet gevaarlijk.'

Maar ik misschien wel. Ik zou hem wel met blote handen kunnen wurgen om wat hij me heeft aangedaan.

Mario liep bij haar vandaan, maar aan de frons in zijn voorhoofd te zien voelde hij zich daar niet prettig bij. Hij was de enige andere danser die zelden met de anderen uitging en liever direct na de voorstelling vertrok. Waarschijnlijk konden ze het daarom zo goed met elkaar vinden.

'Sta op,' zei Estee tegen Felix, die nog steeds op zijn knieën zat.

Dat deed hij, maar toen hij zijn hand naar haar uitstak, trok ze haar handen met een ruk terug. 'Estee, ik–'

'Ik heb je niks te zeggen.' Ze sloeg haar armen over elkaar en weigerde toe te geven aan het verdriet dat door haar heen kolkte nu ze hem weer zag. 'Wat doe je hier? Het is voorbij tussen ons.'

'Laat me het nou uitleggen-'

'Wat je ook te zeggen hebt, ik hoef het niet te horen.' Haar handen begonnen hevig te trillen en haar stem sloeg over. 'Het lijkt me beter als je nu weggaat en nooit meer terugkomt, Felix.'

'Estee, alsjeblieft-'

'Blijf uit mijn buurt. Hoor je me, Felix? Ik wil je nooit meer zien!' Ze draaide zich om en liep weg, met haar armen nog steeds over elkaar geslagen om haar trillende handen te verbergen. Weg bij de man die haar leven had geruïneerd en die al veel te lang haar gedachten beheerste.

Klop, klop, klop.

Estee lag opgekruld op de bank, met het kussen dicht tegen haar borst gedrukt. Er prikten tranen in haar ogen en daar verachtte ze zichzelf om. Ze wilde geen traan meer laten om Felix Barbieri en was al helemaal niet van plan om de deur voor hem open te doen.

'Estee, alsjeblieft,' smeekte hij, en hij klopte weer.

Het bleef even stil en ze kreeg al hoop dat hij eindelijk was vertrokken, maar toen werd er weer geklopt. Deze keer werd het geluid gevolgd door een kreet van een van de buren die duidelijk niet te spreken was over al dat lawaai zo laat op de avond.

Dat was de enige reden dat ze zich uiteindelijk van de bank sleepte om de deur open te doen. 'Ik zei toch dat ik niet wil horen wat je te zeggen hebt,' beet ze hem toe. 'Ga weg.'

Zijn gezicht betrok, maar hij stak koppig zijn voet tussen de deur.

'Felix, laat me nou!' riep ze.

'Nee,' zei hij. 'Ik ga niet weg voordat je naar me geluisterd hebt.'

Nijdig keek ze hem aan. 'Waar is je vrouw? Of weet ze soms niet dat je hier bent?'

Hij schudde zijn hoofd, haalde zijn voet tussen de deur vandaan en keek haar aan. 'Estee, ik heb geen vrouw. En voordat je de deur voor mijn neus dichtslaat, moet je weten dat ik die brief niet geschreven heb.' Hij sprak gehaast, alsof hij verwachtte dat ze hem alsnog buiten zou sluiten. 'Sindsdien heb ik elke dag naar je gezocht, maar je leek van de aardbodem verdwenen.'

Haar hart begon sneller te slaan. 'Wat? Maar je zei... Er stond in die brief...'

'Die brief heeft mijn moeder je gestuurd, Estee.' Hij haalde zijn handen door zijn haar en bleef haar aanstaren terwijl hij een stap naar haar toe deed. 'Ik ben je komen opzoeken, maar je was er niet en toen kwam ik er pas achter wat mijn moeder gedaan had. Ze had verwacht dat ik alsnog met Emilie zou trouwen, dat ik me erbij neer zou leggen dat je verdwenen was. Pas toen ik bleef weigeren, kwam ze met de smerige waarheid op de proppen.'

Estee staarde hem aan en liet zijn woorden op zich inwerken. Ze voelde alle kleur uit haar gezicht wegtrekken en kreeg het ijskoud, terwijl er in haar binnenste een woede opstak waardoor ze amper op haar benen kon blijven staan.

Al die maanden, en die brief was niet eens van hem geweest? Waarom had ze zich nooit afgevraagd of hij die brief wel zelf had geschreven? Hoe kon ze daar blind op hebben vertrouwd? 'Je... Je bent me komen zoeken?' fluisterde ze.

'Natuurlijk, Estee. Hoe kon je nou denken dat ik dat niet zou doen?' De tranen sprongen hem in de ogen. 'Ik heb alles opgegeven voor jou, precies zoals ik had gezegd, maar toen ik naar je toe kwam, was je er niet meer.'

Bij het horen van die woorden klapte ze dubbel. Het verdriet werd haar te veel, het verlies nam een hap uit haar die nooit meer zou herstellen. Er ontsnapte haar een snik die eerder van een dier afkomstig leek te zijn.

'Het spijt me zo, Estee. Ik...' Felix sloeg zijn armen om haar heen.

Ze liet zich door hem vasthouden, ze liet zich door hem troosten nu haar lichaam leek te versplinteren van verdriet. 'Ik ben er nu en ik beloof dat ik nooit bij je wegga. Ik laat je nooit meer alleen.' Hij fluisterde het in haar haar, met zijn lippen tegen haar aan en zijn armen om haar heen.

'Het is te laat,' snikte ze.

'Nee, het is niet te laat.' Hij klonk heel zeker van zijn zaak.

Haar hele lichaam begon te trillen terwijl ze hem wegduwde en hem aankeek. Het voelde alsof haar hart opnieuw brak.

'Je bent toch niet getrouwd, hè?' Zijn blik dwaalde naar haar hand. 'Zeg alsjeblieft–'

'Ik was zwanger, Felix.' Snikkend staarde ze hem aan en haar maag verkrampte, alsof ze elk moment zou moeten overgeven. 'Ik heb een kind gekregen, onze dochter. Ik stond er alleen voor, ik had geen keus, ik...'

'Hebben we een dochter?' Zijn ogen werden groot en hij grijnsde zo breed dat het voelde alsof er een mes in haar hart werd gestoken en omgedraaid.

Waarom moet mij dit nou overkomen?

'Het spijt me heel erg, Felix,' zei ze huilend. 'Het spijt me zo. Als ik het had geweten, had ik–'

'Estee,' fluisterde hij, en hij nam haar gezicht tussen zijn handen. 'Je hoeft je nergens voor te verontschuldigen. Waarom huil je? Dit is geweldig nieuws. Waarom–'

'Omdat ze er niet meer is.' Ze leunde met haar wang tegen zijn hand en sloeg langzaam haar ogen naar hem op. 'Ik had geen keus. Ik zag geen andere mogelijkheid.'

Felix verstijfde, alsof het eindelijk tot hem doordrong wat ze probeerde te zeggen. Ze wilde haar wang weer tegen zijn handpalm drukken, maar hij liet zijn handen zakken en staarde haar met grote ogen aan. 'Onze dochter,' zei hij langzaam. 'Waar is ze, Estee?'

'Je moet begrijpen dat ik geen keus had,' smeekte ze. 'Ze was volmaakt, maar ik stond er alleen voor en...' Ze wendde haar blik af, maar keek hem vervolgens weer aan en zag dat zijn blik strak op haar gericht was. 'Ik ben bevallen in een tehuis voor ongehuwde moeders,' wist ze met moeite uit te brengen. 'Daar hebben ze de adoptie voor me geregeld. Ik was er kapot van.'

Felix zakte door zijn knieën, als een machtige boom die werd geveld. Ze zag hem instorten en zijn hart breken, net zoals het hare maanden geleden gebroken was. Al snel kon ze het niet meer aanzien en stak ze haar hand naar hem uit. Ze had Felix de schuld gegeven van heel veel dingen, van álles. Maar nu ze hem zo zag, was het duidelijk dat hij er net zo kapot van was als zij.

'Felix...' Ze pakte zijn handen vast en probeerde hem overeind te helpen. 'Alsjeblieft, kom binnen.'

Langzaam stond hij op en liet zich door haar meevoeren.

Hoelang was het geleden dat ze iemand zo had aangeraakt, dat ze zo dicht bij iemand was geweest, behalve op het podium?

Sinds Hope me vasthield toen ik moest huilen. Sinds ze me troostte zoals een moeder haar kind zou troosten in de dagen na de geboorte. Sinds ik rouwde om het verlies van mijn dochter.

'Estee,' zei Felix na een poosje, terwijl ze midden in haar appartement stonden. 'Als je wilt dat ik wegga, als je me nooit meer wilt zien–'

'Ik wil niet dat je weggaat,' fluisterde ze dapper. Ze wist dat het nu zijn beurt was om te rouwen. Even omhelsde ze hem stevig, daarna gebaarde ze dat hij op de bank moest gaan zitten. Ze overwoog koffie te zetten, maar bedacht zich en zocht de fles wijn op die ze had bewaard voor een speciale gelegenheid. Nadat ze twee glazen van de fluwelige rode pinot voor hen ingeschonken had, draaide ze zich met een diepe zucht naar Felix toe en gaf hem een glas.

Ze ging tegenover hem op een stoel zitten, met haar benen onder zich gevouwen, en nipte nerveus van haar wijn. 'Weet je, ik heb er heel vaak over nagedacht wat ik tegen je zou zeggen als ik je ooit nog eens zou zien,' gaf ze toe. 'Maar nu je hier bent, kan ik niet goed onder woorden brengen wat ik voel. Ik heb jou dit al die tijd kwalijk genomen, omdat ik niet wist hoe het echt zat.'

'Denk je dat je me ooit kunt vergeven?' vroeg Felix.

Nu ze dichter bij elkaar zaten, in het licht van de lampen, zag ze hoe bloeddoorlopen zijn ogen waren en hoe lang zijn haar was. Om zijn ogen zag ze rimpeltjes die haar nooit eerder waren opgevallen. 'Het lijkt erop dat we allebei slachtoffers zijn,' zei ze, waarna ze nog een slokje wijn nam. 'Je ouders hadden me nooit geaccepteerd. Op die dag in Como hadden we al kunnen weten dat het nooit iets zou worden. Dat onze relatie gedoemd was te mislukken en dat je moeder er alles aan zou doen om ons uit elkaar te drijven.'

Felix haalde een fluwelen doosje uit zijn jaszak en haar hart sloeg over bij de herinnering aan de laatste keer dat ze zo'n doosje had gezien. 'Deze draag ik al bij me sinds de dag dat ik je ging zoeken.' Zonder het doosje open te maken gaf hij het aan haar. 'Toen ik wegging uit Piëmont, had ik alles gepland. Ik wilde je officieel ten huwelijk vragen, in Milaan. Ik wilde tegen je zeggen dat de rest er allemaal niet toe deed, als wij maar bij elkaar konden zijn.'

Haar ogen vulden zich met tranen toen ze het doosje openmaakte en naar de twee eenvoudige gouden ringen staarde. De ene was smal en duidelijk voor haar vinger gemaakt, de andere breder en zwaarder.

'Ik heb heel Italië naar je afgezocht, Estee. Ik heb contact opgenomen met elk balletgezelschap, elk theater, maar je was spoorloos verdwenen. Toch heb ik het nooit opgegeven. Dat kon ik niet.'

'Toen ik die brief kreeg, wist ik dat ik weg moest. Ik moest er niet aan denken dat ik je misschien nog eens zou tegenkomen samen met Emilie, met jullie kinderen erbij. Ik vond het vreselijk dat je familie zo over me dacht en als ik mijn carrière wilde redden, mocht niemand me zwanger zien.'

Ze staarden elkaar aan, zij met de ringen in haar ene hand en het glas wijn in de andere.

'Kun je me ooit nog vergeven, na alles wat er gebeurd is? Na alle ellende die mijn familie heeft veroorzaakt?'

Estee wist niet wat ze moest zeggen, maar ze wist wel dat Felix net zo veel verdriet had als zij. Ze zette haar glas neer, stond op en kroop bij hem op schoot, met haar armen om zijn nek en haar wang tegen zijn hart. Ze voelde zijn armen om haar heen en bleef zo zitten, luisterend naar het gestage kloppen van zijn hart, zich koesterend in de warmte van zijn omhelzing.

'Mijn familie maakt geen deel meer uit van mijn leven, Estee,' fluisterde hij. 'Ik heb hun de rug toegekeerd en mijn recept meegenomen. We kunnen samen een leven opbouwen, we kunnen...' Hij aarzelde, alsof hij niet goed wist of hij verder moest gaan. 'We kunnen een gezin stichten.'

Beverig liet ze haar adem ontsnappen, maar ze kon hem niet aankijken omdat ze wist dat haar emoties anders de overhand zouden krijgen.

Een gezin dat het altijd zonder de eerstgeboren dochter zal moeten stellen.

'Als je me nog wilt, kunnen we hier trouwen, in Venetië. Als het je ooit lukt om me te vergeven voor wat je hebt moeten doorstaan...'

Ze knikte. 'Ja,' fluisterde ze.

'Wil je met me trouwen?'

Ze dwong zichzelf naar hem op te kijken. 'Ik ben een gebroken vrouw, Felix. Een stukje van mij is doodgegaan toen ik onze dochter afstond, en je moet begrijpen dat ik niet meer de vrouw ben van wie je afscheid hebt genomen in Como. Ik zal nooit meer de oude worden. Dat ik haar heb afgestaan, zal me de rest van mijn leven blijven achtervolgen.'

'We vinden haar wel, Estee,' mompelde Felix. 'Ik beloof je dat we haar zullen vinden. Dit vergeef ik mezelf nooit. Het is mijn schuld wat er gebeurd is, dat je in die situatie verzeild bent geraakt. Jij hebt niets verkeerds gedaan. Mijn familie heeft je dit aangedaan en ik zal tot mijn laatste snik vechten voor jou en onze dochter. Dat beloof ik.'

In een opwelling zoende Estee hem. 'Ik ben altijd van je blijven houden, zelfs toen ik jou de schuld gaf van dit alles.'

Ze bleven elkaar een hele tijd aanstaren, totdat Felix zijn lippen op haar voorhoofd drukte en ze nog verder wegsmolt in zijn armen. Het was waar: zelfs toen ze hem huilend had vervloekt en hem als de grote schuldige had gezien, had ze diep vanbinnen nog van hem gehouden en had ze nog steeds gewenst dat hij deel zou uitmaken van haar leven.

'Vertel eens over haar.' Zacht streelde hij over haar rug. 'Ik wil alles weten.'

'Ze was volmaakt.' Tot haar eigen verbazing kwamen de woorden met het grootste gemak over haar lippen. 'Ze had een bos donker haar en een heel mooi mondje. Voor mij vertegenwoordigde ze al het goede in de wereld, zo puur was ze. Toen ik haar vasthield, voelde ik een liefde die ik nooit eerder gevoeld had.'

Zo bleven ze nog een hele poos zitten, hij met zijn armen om haar heen terwijl ze fluisterden over hun dochter en om haar huilden, tot de duisternis buiten plaatsmaakte voor warm, helder licht.

‘We vinden haar wel, Estee,’ fluisterde hij. ‘Dat beloof ik je.’

En zo niet, dan vindt ze ons misschien op een dag wel.

Opeens werden haar oogleden zwaar, de vermoeidheid werd haar eindelijk de baas. Morgen zou ze Felix vertellen over het kistje dat ze had achtergelaten. Misschien zou hun dochter op een dag naar Italië komen om hen te zoeken, gewapend met het recept en het programma van La Scala uit 1946 die Estee in het kistje had gestopt. Dan zouden ze eindelijk weer samen zijn.

34

Heden

'Je bent er weer,' zei Antonio.

Met ingehouden adem bleef Lily een eindje bij hem vandaan staan. Zijn donkere ogen waren op haar gericht en even kon ze zijn blik niet goed peilen en wist ze niet goed wat ze moest zeggen.

'Ben je teruggekomen voor het werk, of...'

Toen ze de hoop in zijn blik herkende, de manier waarop zijn stem de hoogte in ging, aarzelde ze geen moment. Ze rende naar hem toe en vloog hem in de armen. Zijn lippen streken langs haar haar en ze klemde hem stevig vast. 'Voor allebei,' zei ze, achteroverleunend in zijn armen. 'Ik heb geen idee of dit iets kan worden, of er überhaupt wel iets tussen ons is, maar niemand heeft ooit zo naar me gekeken als jij. Als dit maar tijdelijk is, dan is dat maar zo.' Ze lachte. 'Ik weet niet eens of jij het wel ziet zitten, of je me nog wel wilt zien...'

Lachend zoende hij haar. 'Ik zie het zeker zitten,' mompelde hij. 'Heel erg, zelfs.'

'De afgelopen weken heb ik veel tijd gehad om na te denken.' Ze keek hem aan. 'Ik ben altijd heel erg op de toekomst gericht geweest, maar dat wil ik niet meer. Ik wil gewoon openstaan voor wat het leven voor me in petto heeft.'

Zacht legde hij zijn vingers tegen haar wang en zei met schorre stem: 'Ik ben heel blij je weer te zien, Lily.'

Ze glimlachte naar hem, zonder te proberen te verbloemen hoe intens blij ze van hem werd. 'Het is ook fijn om jou weer te zien.'

Zo bleven ze even staan, tot hij een kus op haar mond drukte; een kus die haar duidelijk maakte dat ze de juiste beslissing had genomen. Als Antonio naar haar keek, leek hij haar echt te zien en door de manier waarop hij haar aanraakte voelde ze zich mooier en energieker dan ooit tevoren.

'Ik verwacht niets van je, Antonio,' zei ze, terwijl ze haar vingers over zijn brede schouders langs zijn armen liet glijden. 'Maar wat er ook is tussen ons, ik denk dat het de moeite waard is om er tijd in te steken, om te kijken of het iets bijzonders is.'

'Ah, Lily, dat is nou precies mijn sterkste kant,' zei hij plagerig. 'Je weet toch dat ik wijnbouwer ben? Ik ben er heel goed in om bijzondere dingen onder lastige omstandigheden te laten uitgroeien tot iets spectaculairs, zelfs wanneer ik in eerste instantie niet goed weet of het iets wordt.'

Ze schoten allebei in de lach en ze liepen gearmd naar het huis. Dat was net zo mooi als ze zich herinnerde, groot maar niet streng, indrukwekkend in al zijn bescheidenheid.

'Ik moet nog met je vader praten,' zei ze. 'Is hij thuis?'

'Jazeker. Ik denk dat hij erg blij zal zijn om je te zien. Iedereen heeft je gemist.'

'Je familie heeft het onmogelijk gemaakt om niet terug te komen,' merkte ze op. 'Ik heb in alle hoeken van de wereld gewerkt, maar de manier waarop ik hier ontvangen ben...'

'Wacht eens even.' Hij probeerde ontzet te kijken, maar kon zijn lachen niet inhouden. 'Ik dacht dat je vanwege mij was teruggekomen.'

Ze gaf hem een duw, maar hij trok haar snel weer tegen zich aan. 'Voor mij zijn je familie en jij onlosmakelijk met elkaar verbonden.'

'Had ik dat nou ook maar ingezien voordat ik trouwde,' zei hij spottend.

Ze nestelde haar hoofd tegen het plekje onder zijn schouder, maar daar kreeg ze niet lang de tijd voor. Al na een paar tellen verscheen zijn moeder in de deuropening en spreidde haar armen toen ze Lily zag. Bij het zien van de oprechte blijdschap op haar gezicht kreeg Lily tranen in haar ogen. Ze hoopte maar dat ze zelf ook uitstraalde hoe blij ze was om weer bij deze familie te zijn.

'Lily!' riep Francesca. 'Wat fijn dat je weer thuis bent.'

Thuis.

Lily schoot in de lach, maar er ontsnapten haar al snel een paar tranen die ze wegveegde toen Francesca zich naar haar toe repte en haar stevig omhelsde. Het voelde inderdaad, tot in het diepst van haar hart, alsof ze thuis was, alsof er nu een stukje Italië in haar zat en nooit meer zou weggaan. Jarenlang had ze het gevoel gehad dat er iets ontbrak in haar leven, en nu vroeg ze zich af of dat het stukje van haar afkomst was, van de familie van haar vader.

Jij wist altijd al dat ik naar Italië moest gaan, papa. Je zei altijd dat ik dat moest doen, ook al wisten we geen van beiden waarom.

'Ik vind het echt fijn om terug te zijn,' zei Lily.

Voorzichtig streek de oudere vrouw de tranen van Lily's wangen. 'Je hoort hier thuis, Lily,' zei ze ernstig. 'Ik wist het zodra ik je in de wijngaard zag lopen met mijn man, en het werd nog eens bevestigd toen ik je in de armen van mijn zoon zag.'

'Dank je wel,' fluisterde Lily. Ze vertrouwde haar eigen stem niet genoeg om nog meer te zeggen. Op de een of andere manier had ze er twee families bij gekregen, in plaats van één.

'Antonio, ga eens tegen je vader zeggen dat Lily terug is.' Met gefronst voorhoofd keek Francesca haar aan. 'Je blijft toch wel?'

'Ja,' antwoordde ze. 'Ja, absoluut. Maar dat weet Roberto al. In mijn brief heb ik hem geschreven dat ik de baan aanneem.

Ik wist alleen nog niet of ik…' Ze keek naar Antonio en voelde haar wangen warm worden.

'Je wist niet of je ook terug zou komen bij mijn zoon,' maakte Francesca haar zin af.

'Dus hij wist het de hele tijd al?' Antonio stak zijn handen in de lucht. 'Santa Maria. Al die tijd had hij het me gewoon kunnen vertellen? Ik hád het niet meer, omdat ik me de hele tijd afvroeg of je nog terug zou komen!'

'Bedankt dat je de brief niet hebt opengemaakt,' zei Lily.

'Goed, dit moeten we vieren.' Francesca haakte haar ene arm door die van Lily en haar andere door die van Antonio. 'Ant, ik vind dat we een van onze oude kwaliteitswijnen moeten opentrekken. Onze nieuwe assistent-wijnmaker is er weer!'

'Ik heb dit gemist,' verzuchtte Lily.

Alle anderen waren zachtjesaan vertrokken – vrienden van de familie die waren uitgenodigd voor het diner, Roberto en Francesca die waren gaan slapen en uiteindelijk Antonio's zus, die Lily een kus op haar hoofd had gegeven en haar nog een paar bemoedigende woorden had ingefluisterd waardoor Lily weer tranen in haar ogen had gekregen.

De avond had zijn sporen nagelaten: er brandden nog kaarsen, de stoelen waren blijven staan op de plek waar de mensen eruit waren opgestaan, de tafel stond vol met lege wijnflessen. Maar nu het tegen middernacht liep, was het stil, werd de wind iets koeler en waren alleen zij en Antonio nog over.

'Kom eens hier.' Hij schoof zijn stoel naar achteren.

Ze stond op en ging bij hem op schoot zitten. 'Dit heb ik ook gemist.'

'Dan ben je niet de enige.' Hij streelde haar haar, en ze nestelde zich met haar hoofd onder zijn kin en luisterde naar zijn ademhaling. 'Je zult het hier geweldig vinden, Lily,' fluisterde hij. 'Elk seizoen, elk jaar is deze plek–'

'Ik weet het,' verzuchtte ze. 'Ik kan me nu al niet meer voorstellen dat ik ooit nog wegga. Ik zou nergens liever willen zijn dan hier.' Ze leunde een beetje achterover om de donkere sterrenhemel te bewonderen. Toen Antonio een kus op haar wang gaf, keek ze hem ernstig aan. 'Ik moet je nog iets vertellen.'

Hij kreunde. 'Kom maar op.'

'Mijn moeder wil met je kennismaken. Sterker nog, ze komt volgende week op bezoek.'

'Geen probleem,' zei hij lachend. 'Moeders zijn dol op me.'

Zachtjes porde ze tegen zijn arm. 'Moeders? Hoeveel zijn er dan wel niet geweest?' Toen hij zijn mond opendeed, zei ze snel: 'Nee, geef maar geen antwoord!'

Ze schoten allebei in de lach en ze kroop weer dicht tegen hem aan.

'Wat heb je tegen haar gezegd?' wilde hij weten. 'Over mij?'

Ze glimlachte. 'Ik hoefde niets te zeggen. Zodra ik vertelde dat ik een vriend heb, ging ze al een ticket boeken. Ze zat er al jaren op te wachten om die woorden te horen.'

'Naar bed?' vroeg Antonio met een veelbetekenende grijns.

Als een kat rekte ze zich uit op zijn schoot. 'Naar bed,' zei ze, en ze stond op.

Antonio pakte haar hand en trok haar met zich mee. Toen hij naar haar omkeek, daalden de vlinders in haar buik langzaam neer.

Zo heeft nog nooit een man naar me gekeken.

Dat had ze zichzelf ook steeds voorgehouden toen ze niet bij elkaar waren, maar toch was ze gaan twijfelen of ze zich die hartstochtelijke, intense blik van hem maar had ingebeeld.

Italië had haar leven veranderd. Hier was ze terechtgekomen bij een familie waarvan ze het bestaan nooit had gekend en bij een man die haar kijk op de liefde had veranderd. Het enige wat nog ontbrak was haar vader, maar dankzij de familie Martinelli had ze nu een manier om hem dicht bij zich te houden. Daar was ze hun eeuwig dankbaar voor.

'Lily?' Antonio bracht haar hand naar zijn mond en drukte een kus op haar knokkels.

Ze glimlachte en liet zich naar hem toe trekken. 'Naar bed,' zei ze nogmaals.

Zonder aarzelen tilde Antonio haar op en droeg haar naar haar kamer.

Epiloog

Londen, 1955

Estee liep met haar zoontje aan haar ene hand door de London Zoo, en hield met haar andere hand die van haar man vast. Met bonkend hart en een gejaagde ademhaling haastte ze zich naar het apenverblijf. Voor de dieren had ze amper oog, maar dat lag niet aan de dierentuin. Onder andere omstandigheden had ze ongetwijfeld van dit uitje genoten.

Felix keek haar aan en gaf een kneepje in haar hand, terwijl ze hun zoontje meetrok. Gelukkig huppelde hun dochtertje vrolijk voor hen uit, omdat ze graag de aapjes wilde zien.

Daar is ze.

Estee voelde haar hart nog wilder bonken en was even bang dat haar benen haar niet meer zouden kunnen dragen.

De herinneringen overspoelden haar en bezorgden haar knikkende knieën. Hoe ze haar pasgeboren dochtertje in haar armen had gehouden, haar vochtige hoofdje had gekust, voor het eerst een zoen op haar lipjes had gedrukt, haar de borst had gegeven.

Fluisterend afscheid had genomen.

Zonder Felix had ze dit nooit gekund. Zonder hem was ze nooit dapper genoeg geweest om na al die tijd stiekem naar haar op zoek te gaan. Maar hij was stug inlichtingen blijven inwinnen en had een advocaat en een privédetective in Londen in de arm genomen die op de een of andere manier de adoptiepapieren van hun kind hadden bemachtigd en hun de benodigde informatie hadden gegeven.

Toen ze dichterbij kwamen, bleef hij haar hand stevig vasthouden. Hun kinderen werden gelukkig afgeleid door de aapjes die speels van tak naar tak slingerden, maar Estee kon niet eens het bordje lezen waarop stond wat voor aapjes het waren. Ze had alleen maar oog voor het meisje dat bij haar vader op zijn schouders zat.

De vrouw, de moeder, keek lachend omhoog naar haar dochtertje. Haar haar was net zo blond als dat van het kind donker was. Estee kon haar ogen niet van haar afhouden. Haar lakschoentjes, haar mooie roze enkelsokjes, het jurkje waar piepkleine bloemetjes op waren geborduurd, een priegelwerkje dat vast uren had gekost.

'Zo te zien vindt uw dochtertje het hier ook heel interessant, net als onze kinderen.' Felix glimlachte naar het echtpaar naast hen.

Zelf kon Estee geen woord uitbrengen, en het verbaasde haar dat hij zo kalm bleef.

De man draaide zich om, met zijn handen beschermend op de knieën van het kind. 'We komen hier elke maand,' vertelde hij. 'Patricia doet niets liever.'

De vrouw glimlachte naar Estee.

Ze dwong zichzelf om terug te glimlachen. Het laatste wat ze wilde was dat ze weg zouden lopen, ook al bezorgde de naam van het meisje haar een brok in haar keel die ze misschien nooit meer zou kunnen wegslikken.

Patricia.

'Wat hebt u een mooi dochtertje,' wist Estee uit te brengen. Daarna wendde ze snel haar blik af om de tranen in haar ogen te verbergen. Ze voelde dat Felix in haar hand kneep en haar de kracht gaf om haar emoties de baas te blijven.

Gewoon ademhalen, gewoon glimlachen, gewoon rustig blijven.

De vrouw keek haar stralend aan, duidelijk trots op haar dochter.

Haar dochter.

Estee had het gevoel dat ze bijna stikte door dat woord, door het verraad dat ze pleegde door er zelfs maar aan te denken dat dit meisje aan een andere vrouw toebehoorde, ook al wist ze hoe oneerlijk dat was. Deze moeder had niets verkeerd gedaan. Sterker nog, ze had alles goed gedaan.

'Nou, wij gaan eens kijken wat er nog meer te zien is.' Felix liet Estee los en wenkte hun kinderen. 'Veel plezier nog.'

Het echtpaar glimlachte en het meisje keek omlaag naar Estee, recht in haar ogen. Het leek wel of ze de band tussen hen kon voelen. Estee bracht haar vingers naar haar lippen, blies haar een kusje toe en draaide zich om, precies op het moment dat het meisje naar haar vader toe leunde en net hard genoeg zodat ze het konden horen vroeg wie die mensen waren.

'Doorlopen,' mompelde Felix, terwijl hij zijn hand tegen haar onderrug legde.

Elke stap kostte haar moeite, maar ze dwong zichzelf om verder te lopen, ook al wilde ze wanhopig graag omkijken. Toen ze het dossier van de privédetective hadden gekregen, hadden ze elkaar beloofd, gezworen zelfs, dat ze zich nergens mee zouden bemoeien als hun dochter gelukkig bleek te zijn. Het meisje leek een perfect leven te leiden, dus hoe pijnlijk het ook was, Estee moest haar loslaten.

Ze is niet meer van mij, ze heeft een eigen familie die van haar houdt.

Pas op het moment dat ze bijna uit het zicht waren en hun kinderen zich aan het volgende dier stonden te vergapen, snakte Estee naar adem en sloeg Felix beschermend zijn armen om haar heen terwijl ze het uitsnikte op zijn schouder. Zijn lippen voelden warm aan op haar wang, hij drukte zijn voorhoofd tegen het hare en hun tranen vermengden zich met elkaar. Even waanden ze zich alleen, niet midden in een dierentuin.

'Wat is ze mooi,' fluisterde hij. 'Ons kleine meisje is net zo mooi als haar mamma. Het verbaast me dat ze de gelijkenis niet zagen.'

Estee haalde bibberig adem en klemde haar lippen op elkaar om een nieuwe zee van tranen te bedwingen. 'We mogen haar nooit meer opzoeken,' fluisterde ze. 'Het is te pijnlijk.'

'Kun je het me ooit echt vergeven?' vroeg Felix. 'Na al die jaren, nu je haar eindelijk hebt gezien...'

Ze ging op haar tenen staan, sloeg haar armen om zijn nek en drukte haar wang tegen die van hem. In zijn oor fluisterde ze: 'Jou kan ik wel vergeven, Felix. Maar mezelf niet.'

Zijn lippen beroerden de hare en ze zag het verdriet in zijn ogen toen hij bij haar vandaan stapte omdat hun kinderen begonnen te zeuren dat ze verder wilden. Ze hadden helemaal niet door dat hun ouders zo emotioneel waren.

Estee wist hoe Felix zich voelde, dat hij het zichzelf kwalijk nam dat ze hun kindje had moeten afstaan. Precies zoals zij altijd de gevolgen van haar beslissing met zich mee zou dragen, ging hij gebukt onder het verraad van zijn familie en het kind dat hij daardoor was kwijtgeraakt.

'We zullen haar nooit vergeten, Estee,' mompelde hij, terwijl ze verder liepen. Door de verrukte kreetjes van hun kinderen was het onmogelijk om niet te glimlachen. 'Nooit.'

'Ik weet het.' Ze leunde tegen hem aan, met hun handen nog steeds verstrengeld.

Dag, meisje van me. Dat je maar een leven vol geluk en plezier tegemoet mag gaan. Ik hou van je.

Er trok een rilling langs haar ruggengraat en ze kon de neiging om over haar schouder te kijken niet weerstaan.

Het meisje zat nog steeds bij haar vader op zijn schouders, maar haar blik was strak op Estee gericht. Ze zwaaide even, terwijl haar haar wapperde in de bries. Toen Estee haar hand opstak, blies het meisje, haar dochter, haar een kusje toe.

Ze weet het.

Misschien had ze het zich maar verbeeld, maar ze zou zich altijd blijven afvragen of Patricia de band tussen hen had gevoeld of zich misschien op de een of andere manier nog iets kon herinneren, ook al wist ze hoe onmogelijk dat klonk.

'Mamma, kom nou.'

Door een rukje aan haar rok werd haar aandacht weer naar haar eigen gezin getrokken. Haar zoontje keek verwachtingsvol naar haar op, maar fronste vervolgens zijn voorhoofd. 'Mamma, waarom huil je?'

'Omdat ik zo gelukkig ben.' Snel veegde ze haar tranen weg en glimlachte naar hem. 'Vind jij het ook zo heerlijk in de dierentuin?'

Hij keek haar even aan, alsof hij niet goed wist of hij haar nou moest geloven of niet, maar toen haalde hij zijn schouders op en rende weer voor hen uit, met zijn armen gespreid alsof hij een vliegtuig was.

Deze keer, toen Felix zijn arm om haar middel sloeg, trok haar verdriet eindelijk weg. Het was de moeilijkste beslissing van haar leven geweest om haar dochter af te staan, maar nu ze haar weer had gezien, voelde het alsof de wolk van pijn die haar al acht jaar achtervolgde en zelfs de gelukkigste momenten van haar leven had overschaduwd, eindelijk wegdreef.

Felix had gelijk. Ze zouden haar nooit vergeten, maar ze konden nu wel verder in de wetenschap dat er goed voor haar werd gezorgd en dat ze tevreden was. Al zouden ze nooit aan iemand vertellen dat ze haar gezien hadden.

Nog één keer keek ze om, maar nog voordat ze dat deed, wist ze eigenlijk al dat Patricia er niet meer was. De ruimte tussen hen in was nu leeg en in de verte liepen andere gezinnen met wandelwagens en suikerspinnen. Van het meisje dat bij haar vader op zijn schouders zat, was geen spoor meer te bekennen.

Ze is weg.

Haar man legde zijn hand op haar buik en ze glimlachte toen hij de bolling aftastte.

Ze zou nooit meer teruggaan naar Londen; het was te moeilijk om in de stad te zijn waar ze zo veel verdriet had gehad.

Het werd tijd om terug naar huis te gaan, naar Italië, en nooit meer om te kijken. Maar elk jaar, vlak voor kerst, zou ze het zichzelf gunnen om terug te denken aan dat kleine meisje met haar ravenzwarte haar.

Patricia.

De dochter die voor altijd in haar hart zat.

Dankwoord

Allereerst wil ik vanuit de grond van mijn hart Laura Deacon bedanken, mijn redacteur voor deze reeks. Al vanaf het moment dat ik mijn idee over de verloren dochters aan haar voorlegde tijdens het videobellen, wist ik dat we zouden gaan samenwerken. Laura, bedankt dat je in mijn schrijverschap gelooft en achter mijn visie voor deze reeks staat. Het was een genot om met je samen te werken en ik vind het geweldig hoe enthousiast je over mijn werk bent.

Over deze reeks heb ik heel lang nagedacht, dus ik ben dolblij dat het eerste deel nu verschenen is. Ik wilde een serie boeken schrijven waarin ik mijn lezers zou meenemen naar allerlei plekken in de wereld, afwisselend in het heden en het verleden. Als je van dit verhaal genoten hebt, ben je vast ook benieuwd naar de rest van de reeks. Mijn volgende boek, *De Cubaanse dochter*, speelt zich af in Londen en Cuba en de latere boeken zullen je meevoeren naar Griekenland en Frankrijk!

Als je vaker een boek van me gelezen hebt, weet je al dat ik altijd een select groepje geweldige mensen bedank. Mijn agent, Laura Bradford: bedankt voor alles wat je doet! Mijn fantastische vriendinnen uit het schrijversvak – Yvonne Lindsay, Natalie Anderson en Nicola Marsh – bedankt voor jullie steun en omdat jullie via telefoon of e-mail altijd voor me klaarstaan als ik jullie nodig heb. Ik zou er niet aan moeten denken om deze reis zonder jullie af te leggen.

Aan de dames van Blue Sky Book Chat: bedankt dat ik deel

mag uitmaken van de groep en voor jullie niet-aflatende steun. Ik vind het geweldig dat we elkaar zo steunen in ons werk! Daarnaast wil ik graag mijn lieve lezers bedanken die lid zijn van Soraya's Reader Group op Facebook. Dat is een privégroep waarvan al mijn lezers lid mogen worden. Niets schenkt me zo veel voldoening als met jullie praten over boeken en schrijven. Ik ben jullie intens dankbaar voor jullie steun in het afgelopen jaar.

Tot slot, mijn familie. Mijn dank gaat uit naar mijn man, Hamish, die mijn constante geklets over mijn personages moet aanhoren, aan wie ik de vreemdste vragen stel (waarover hij zich nooit lijkt te verbazen!) en die me een luisterend oor biedt als ik me druk maak over dingen als omslagillustraties, verkoopcijfers en de publicatiedatum. Verder bedank ik mijn zoons, Mac en Hunter, gewoon omdat ze zulke heerlijke kinderen zijn en omdat ze het altijd begrijpen als ik me moet terugtrekken in mijn kantoor om mijn dagelijkse aantal woorden te kunnen halen. En *last but not least* mijn ouders, Maureen en Craig, die steevast het eerste gedrukte exemplaar van al mijn boeken krijgen, eerder dan wie dan ook! Bedankt dat jullie me altijd hebben gesteund.

Soraya x

Lees ook het tweede deel van De verloren dochters,
De Cubaanse dochter

ISBN 9789046830918

Wanneer Claudia het kistje ontvangt met aanwijzingen over haar familie, wijzen alle pijlen naar Cuba. Ze besluit spontaan naar Havanna te reizen, waar ze Mateo ontmoet. Niet alleen kunnen ze het bijzonder goed met elkaar vinden, hij blijkt de achterkleinzoon van de persoonlijke chefkok van de familie Diaz, de familie van haar overgrootmoeder. Met Mateo's hulp ontdekt Claudia het verhaal van Ezmeralda, de favoriete dochter van een van de machtigste mannen van Havanna. Tegen de wil van haar vader wordt ze verliefd op een Engelsman. Maar om die liefde een kans te geven moet ze vluchten uit haar vaderland, en dat is niet zonder gevaren…

Meer over deze serie vind je op
oceaanboeken.nl/de-verloren-dochters

Leesfragment *De Cubaanse dochter*

Proloog

De residentie van suikerbaron Julio Diaz, Havana, Cuba, eind 1950

Arm in arm met haar zus María liep Esmeralda de woonkamer in, naar hun vader toe. Het dienstmeisje had zich naar boven gehaast om te zeggen dat er bezoek was en dat ze direct beneden werden verwacht, maar dat was niet ongebruikelijk. Esmeralda's vader pronkte graag met zijn dochters, ze waren zijn grote trots. Toen haar moeder nog leefde, ontvingen haar ouders allerlei gasten en hoefden hun dochters alleen even hun gezicht te laten zien, maar tegenwoordig had haar vader zijn meisjes het liefst aan zijn zijde. Hij vond niets zo fijn als wanneer ze glimlachten en zijn zakenrelaties en vrienden vermaakten. Zijn ogen lichtten altijd op wanneer ze de kamer binnenkwamen, hij voelde zich nooit zo tevreden als wanneer zijn dochters er waren.

Vandaag liep het echter anders. Voor het eerst in haar leven viel Esmeralda uit de rol die ze tot in de puntjes beheerste. Haar voeten weigerden nog een stap te verzetten, zelfs toen María probeerde haar mee te trekken, en zelfs toen Gisele achter hen aan de kamer in glipte en tegen haar schouder op botste in haar haast om een glimp van de onverwachte gast op te vangen.

Want daar, op hun elegante sofa met vergulde randen, zag ze Christopher, die zich een beetje oprichtte op het moment dat Esmeralda en haar zusjes de kamer binnenkwamen.

Christopher is hier.

Haar hart sloeg over en haar mond werd droog.

Dat kan niet. Hoe kan Christopher nou hier zijn, in Cuba?

'Esmeralda, herinner je je meneer Christopher Dutton nog, uit Londen?' Haar vader keek haar stralend aan en gebaarde met zijn sigaar in de hand dat ze verder moest komen. 'Dit zijn Esmeralda's zusjes, María en Gisele.'

Esmeralda dwong haar voeten om in beweging te komen, want ze wilde niet dat haar vader zou merken wat Christophers aanwezigheid met haar deed. Gelukkig had hij haar maar vluchtig aangekeken en gedroeg hij zich voorbeeldig. Had ze zich soms ingebeeld wat er in Londen was gebeurd? De blikken die hij haar had toegeworpen, de manier waarop hun handen langs elkaar hadden gestreken, de lichte aanraking van zijn pink tegen de hare, die laatste keer dat ze bij hem was weggegaan?

'Wat fijn je weer te zien, Esmeralda.' Met een knikje stond Christopher op, waarna hij eerst María's hand vastpakte en daarna die van Gisele.

Haar wangen begonnen te gloeien nu ze naar hem keek, en María wierp haar over haar schouder een blik toe en trok haar wenkbrauwen op toen hij haar een handkus gaf.

Natuurlijk had Esmeralda haar jongere zus alles verteld over de knappe Engelsman. Sinds haar terugkeer uit Londen had ze nergens anders aan kunnen denken, maar ze had in geen miljoen jaar verwacht dat hij bij hen in Cuba op bezoek zou komen.

Toen het haar beurt was, hield Christopher haar hand nét iets te lang vast en bleven zijn lippen even dralen op haar huid, terwijl zijn ogen zich in de hare boorden.

'Wat... eh... wat...' Esmeralda riep zichzelf tot de orde en schraapte haar keel toen hij haar hand losliet. 'Wat voert u helemaal naar Havana, meneer Dutton?'

'Je vader stond erop dat iemand van het bedrijf hierheen zou komen om persoonlijk op het productieproces toe te zien,' legde Christopher uit. Omdat haar vader gebaarde dat ze allemaal moesten plaatsnemen ging hij weer zitten, al liet zijn blik haar vrijwel geen moment los. 'Het is erg moeilijk om je vader iets te weigeren en bovendien kon ik de verleiding niet weerstaan om zelf naar Cuba te komen, zeker na alle verhalen die je me over Havana had verteld. Ik was razend benieuwd naar dat prachtige, exotische land van jullie.'

Op dat moment repte een van hun dienstmeisjes zich de kamer in. Pas nu de aandacht van haar vader werd afgeleid, durfde Esmeralda het aan om Christopher echt aan te kijken. De knoop in haar maag werd meteen losser toen hij glimlachte en haar met zijn ogen duidelijk maakte dat hij net zo opgelucht was om haar te zien als andersom.

Misschien heb ik me toch niet ingebeeld wat hij voor me voelt.

'Een fles van onze beste champagne,' verordonneerde haar vader terwijl hij zijn sigaar aanstak en de penetrante rook de kamer in blies.

Het dienstmeisje haastte zich weg om aan zijn verzoek te voldoen.

Toen Esmeralda langs Christopher heen liep, stokte haar adem. Ze was zo dicht bij hem dat de stof van haar jurk zijn knie aanraakte en hij zijn vinger door de hare kon haken. Het duurde slechts een fractie van een seconde, zo kort dat het niemand zou opvallen, maar het vertelde haar alles wat ze moest weten.

Hij is hier niet alleen omdat hij benieuwd was naar Cuba.

Hij heeft die lange reis gemaakt omdat hij mij wilde zien.

Lees ook de andere boeken van uitgeverij Oceaan

ISBN 9789046830628

Mallorca, 1913. De familie Delgado heeft een kleine wijngaard, maar de zaken gaan niet goed. Oudste dochter Antonia en haar verloofde Mateo gaan naar Cuba om een nieuwe wijngaard te beginnen, zodat ze de familie kunnen ondersteunen. Maar als ze daar aankomen, blijkt de situatie minder rooskleurig dan Antonia had verwacht, en ook Mateo laat zich van een andere kant zien. De charmante ondernemer Frederico biedt zijn hulp aan, maar Antonia weet niet of ze hem kan vertrouwen. Zal de familie Delgado de moeilijke tijden doorstaan? En tegen welke prijs?

Meer over deze serie vind je op
oceaanboeken.nl/de-mallorca-saga

ISBN 9789046829554

Sylvia heeft een druk leven en een schijnbaar perfect huwelijk, maar toch knaagt er iets. Dan erft ze een bloemeneiland aan de Franse kust, en ze is blij met de afleiding. Maar wanneer ze het eiland bezoekt, hoort ze dat haar man het achter haar rug om al te koop heeft gezet. In de bloemenkwekerij moet dan ook niemand iets hebben van de nieuwe erfgename, en Sylvia verbergt haar identiteit. Ze wordt al snel verliefd op het eiland, maar als ze ook gevoelens krijgt voor Maël, die als bloemenkweker op het eiland werkt, wordt het pas echt ingewikkeld…

Meer over deze serie vind je op
oceaanboeken.nl/het-bloemeneiland